buzz
BOOKS

Cărțile despre care toată lumea vorbește!

O colecție cosmopolită, locul de întâlnire a celor mai noi opere de ficțiune contemporană – romane aflate în topurile internaționale, premiate, ecranizate sau în curs de ecranizare, traduse în zeci de limbi – cărți provocatoare, pe care abia aștepți să le citești

LISA JEWELL

SECRETE ÎNTUNECATE

Traducere din limba engleză
ANDREEA NĂSTASE

LITERA
București

The Family Upstairs
Lisa Jewell

Editura Litera
tel.: 0374 82 66 35; 021 319 63 90; 031 425 16 19
e-mail: contact@litera.ro
www.litera.ro

Secrete întunecate
Lisa Jewell

Editor: Vidrașcu și fiii
Redactor: Mihaela Serea
Corector: Cătălina Călinescu
Copertă: Flori Zahiu
Tehnoredactare și prepress: Ofelia Coșman

Seria de ficțiune a Editurii Litera este coordonată
de Cristina Vidrașcu Sturza.

Descrierea CIP a Bibliotecii Naționale a României
JEWELL, LISA
Secrete întunecate / Lisa Jewell; trad. din
lb. engleză: Andreea Năstase. - București: Litera, 2021
ISBN 978-606-33-7324-4

I. Năstase, Andreea (trad.)

821.111

Cartea de față le este dedicată cititorilor mei,
cu dragoste și recunoștință

Ar fi inexact să afirm că am avut o copilărie normală înainte de sosirea lor. N-a fost nici pe departe normală, dar mi se părea normală pentru că nu cunoscusem altceva. Abia acum, după zeci de ani, îmi pot da seama cât de ciudat a fost.

Aveam aproape unsprezece ani când au venit, și sora mea, nouă.

Au stat cu noi mai mult de cinci ani, creând o atmosferă îngrozitor de sumbră. Sora mea și cu mine a trebuit să învățăm cum să supraviețuim.

Și când aveam șaisprezece ani, iar sora mea, paisprezece, a venit bebelușul.

PARTEA ÎNTÂI

1

Libby ridică scrisoarea de pe preş. O răsuceşte în mână. Are un aspect oficial; plicul este crem, făcut din hârtie de o calitate foarte bună, şi pare chiar să fie căptuşit cu mătase. Ştampila de francare indică: „Smithkin Rudd & Royle, Cabinet de avocatură, Chelsea Manor Street SW3".

Se duce cu scrisoarea în bucătărie şi o lasă pe masă, apoi umple ibricul şi pune un plic de ceai în cană. Libby are o idee destul de precisă despre conţinutul plicului. A împlinit douăzeci şi cinci de ani luna trecută.

În subconştient aştepta plicul acela.

Dar acum nu e sigură că va fi în stare să-l deschidă.

Pune mâna pe telefon şi-şi sună mama.

– Mami, a venit. Scrisoarea de la fiduciari.

Se lasă tăcerea la celălalt capăt. Şi-o imaginează pe mama ei în propria-i bucătărie, la o mie şase sute de kilometri depărtare, în Dénia: dulapuri de un alb imaculat, electrocasnice din acelaşi set, de culoarea lămâii verzi, uşi de sticlă glisante dând spre o mică terasă cu vedere la Mediterana, telefonul ţinut la ureche în carcasa bătută cu cristale pe care o numeşte „zorzonul" ei.

– Aha, face ea. Uau. Doamne! Ai deschis-o?

– Nu. Încă nu. Mai întâi beau un ceai.

– Aha, repetă mama. Vrei să rămân pe fir cât faci asta?

– Da, spune Libby. Te rog.

Respirația îi e îngreunată, așa cum i se întâmplă uneori când se pregătește să facă o prezentare la muncă, de parcă tocmai ar fi băut o cafea tare. Scoate pliculețul de ceai din cană și se așază. În timp ce degetele ei mângâie colțul plicului, își umple plămânii cu aer.

– Bine, murmură într-un târziu. O fac. O fac acum.

Mama știe ce e acolo. Sau cel puțin are o idee, deși nu i s-a comunicat niciodată oficial în ce consta fondul fiduciar. Se poate foarte bine să fie, așa cum îi place să spună, un ceainic și o bancnotă de zece lire.

Libby își drege glasul și-și strecoară degetul sub clapă. Scoate dinăuntru o foaie de hârtie groasă, tot crem, pe care o parcurge rapid:

Domnișoarei Libby Louise Jones

În calitate de administrator al fondului fiduciar Henry și Martina Lamb, creat pe 12 iulie 1977, vă propun să intrați în posesia lui conform planului pe care vi-l trimit atașat...

Lasă jos scrisoarea de însoțire și scoate restul documentelor din plic.

– Ei bine? o iscodește nerăbdătoare mama ei.

– Mai am de citit, îi răspunde.

Citește pe sărite, și atenția îi este atrasă de adresa unei proprietăți. Numărul șaisprezece, Cheyne Walk, SW3. Presupune că este casa unde locuiau părinții ei naturali când au murit. Știe că se afla în Chelsea. Știe că era mare. Își imaginase că a dispărut de mult. Cu obloanele bătute în cuie. Vândută. Respirația i se oprește când își dă seama ce-a citit în urmă cu o secundă.

– Ăăă... îngaimă.

– Ce-i?

-Se pare că... Nu, nu se poate.

-Ce?

-Casa. Mi-au lăsat mie casa.

-Casa din Chelsea?

-Da.

-În întregime?

-Cred că da. E o scrisoare de însoțire, zice acolo că nici un alt beneficiar desemnat al fondului nu s-a prezentat să-și revendice drepturile în intervalul stabilit.

Pur și simplu nu poate să digere acele informații.

-Dumnezeule! Păi, trebuie să valoreze...

Libby trage aer în piept și-și ridică privirea spre tavan.

-Probabil că cineva s-a înșelat. Trebuie să fie o greșeală.

-Du-te să vorbești cu avocații, o sfătuiește mama ei. Sună-i. Fă o programare. Asigură-te că nu-i o greșeală la mijloc.

-Și dacă nu-i o greșeală? Dacă-i adevărat?

-Păi atunci, îngerașule, îi spune mama – și Libby o poate auzi zâmbind, în ciuda depărtării –, o să fii o femeie foarte bogată.

După ce încheie convorbirea, Libby se uită în jur. Cu cinci minute în urmă, bucătăria asta fusese singura bucătărie pe care și-o permisese, apartamentul ăsta, singurul pe care-l putuse cumpăra, pe o străduță liniștită cu case lipite din zona mărginașă a orășelului St. Albans. Își aduce aminte de apartamentele și casele pe care le-a văzut în timpul căutărilor pe internet, de modul în care a tresărit când i-au căzut ochii pe locul perfect: o terasă însorită, o bucătărie cu loc de luat masa, cinci minute de mers pe jos până la gară, o fereastră cu ochiurile de geam unite cu plumb și deformate din cauza trecerii timpului, clopotele catedralei întrezărindu-se în partea cealaltă a pajiștii; apoi a observat prețul și i s-a făcut rușine. Cum se putuse gândi că ar fi fost de nasul ei?

Până la urmă, a făcut toate compromisurile posibile ca să găsească un loc destul de aproape de serviciu și nu prea departe de gară. Instinctul nu i-a spus nimic când a trecut pragul; inima i-a rămas tăcută în timp ce agentul imobiliar îi arăta împrejurimile. Dar l-a transformat într-un cămin de care să poată fi mândră, dându-și osteneala să aleagă cele mai bune accesorii pentru casă de la TK Maxx, iar în prezent, apartamentul ei prost împărțit, nu foarte comod, o face fericită. L-a cumpărat; l-a decorat. Îi aparține.

Acum însă se pare că deține o casă de pe cea mai elegantă stradă din Chelsea, și dintr-odată apartamentul ei arată ca o glumă penibilă, la fel ca tot restul lucrurilor care contau pentru ea cu cinci minute în urmă – mărirea de salariu de 1 500 de lire pe an pe care tocmai a primit-o, weekendul la Barcelona cu prietenele de luna viitoare, pentru care a făcut economii șase luni, fardul de pleoape MAC pe care și-a „îngăduit" să și-l cumpere săptămâna trecută, ca răsplată pentru obținerea măririi de salariu – frisonul dulce pe care l-a încercat abandonându-și bugetul lunar, gestionat cu strictețe, în favoarea unui singur moment sclipitor, parfumat, în House of Fraser, greutatea de pană a punguței MAC pe care o legăna în mână, fiorul simțit când a așezat minuscula capsulă neagră în trusa de machiaj, știind că poseda fardul acela, că putea să-l afișeze la Barcelona, unde ar fi putut să poarte și rochia pe care i-o cumpărase mama ei de Crăciun, cea de la French Connection cu aplicații de dantelă la care visase de când lumea. Cu cinci minute în urmă bucuriile ei erau mărunte, anticipate, râvnite, obținute cu sudoarea frunții și prin economii la sânge, izbucniri efemere care nu însemnau nimic în schema generală, dar confereau suprafeței plate a vieții ei destulă sclipire încât să merite să se dea jos din pat în fiecare dimineață și să se ducă la o slujbă care-i place, însă pentru care nu are o pasiune.

Acum deține o casă în Chelsea, iar proporțiile existenței sale au sărit în aer.

Bagă scrisoarea la loc în plicul luxos și-și termină ceaiul.

2

Se pregătește o furtună pe Coasta de Azur; norii întunecați ca niște prune brumării s-au adunat la orizont, apăsând cu putere pe creștetul lui Lucy. Își duce o mână la cap, iar cu cealaltă înșfacă farfuria goală a fiicei sale și o lasă pe podea, astfel încât câinele să poată linge petele de sos și bucățelele de pui.

– Marco, termină de mâncat, îi spune băiatului.

– Nu mi-e foame.

Lucy își simte furia pulsându-i în tâmple. Furtuna se apropie; poate simți cum vaporii de apă se răcoresc în aerul fierbinte.

– Atât avem, rostește, stăpânindu-se cu greu să nu țipe. Atât avem de mâncare pentru azi. Am terminat banii. Gata. N-o să-mi mai spui că ți-e foame înainte de culcare. O să fie prea târziu. Mănâncă. Te rog.

Marco clatină din cap cu un aer chinuit și taie o bucată din șnițelul de pui. Ea îi privește vârful capului, unde părul des, castaniu face un vârtej dublu. Încearcă să-și aducă aminte când s-au spălat cu toții pe cap, dar nu reușește.

– Mami, pot să primesc un desert? întreabă Stella.

Lucy se uită la ea. Stella are cinci ani și e cea mai minunată greșeală pe care a făcut-o în viața ei. Ar trebui să spună nu; din moment ce e atât de dură cu Marco, n-ar trebui să fie atât de indulgentă cu sora lui. Dar Stella e prea blândă, prea drăgălașă, prea cuminte. Cum să-i refuze ceva dulce?

-Dacă Marco își termină șnițelul, îi spune pe un ton calm, o să împărțim o înghețată.

E nedrept față de Stella, care și-a terminat puiul în urmă cu zece minute și n-ar trebui să fie obligată să-și aștepte fratele. Dar se pare că are o vârstă prea fragedă ca să i se fi format simțul dreptății; prin urmare, încuviințează din cap și-l îndeamnă:

-Mănâncă repede, Marco!

Când băiatul termină, Lucy îi ia farfuria și o pune pe jos pentru câine. Vine și înghețata. Sunt trei bule într-o cupă de sticlă cu sos fierbinte de ciocolată, nuci pralinate și un palmier roz de staniol.

Capul începe iarăși să-i pulseze; se uită spre orizont. Trebuie să găsească un adăpost, și încă foarte repede.

Cere nota, își pune cardul pe farfurioară, apoi tastează codul, ținându-și răsuflarea la gândul că nu mai e nici un ban în cont, nu mai e nici un ban nicăieri. Așteaptă ca Stella să lingă și ultima urmă de înghețată din cupă, după care dezleagă lesa câinelui de piciorul mesei și le împarte gențile copiilor, două pentru Marco, una pentru Stella.

-Unde mergem? vrea să știe băiatul.

Ochii lui căprui sunt serioși, privirea-i e încărcată de neliniște.

Lucy oftează. Se uită înspre orașul vechi al Nisei, în lungul străzii care duce spre mare. Se uită chiar și la câine, de parcă acesta ar putea să-i facă o sugestie. El îi întoarce o privire pofticioasă, ca și când ar mai putea primi o farfurie de lins. Există un singur loc unde pot merge, și e ultimul loc unde vrea ea să se afle. Totuși, reușește să zâmbească.

-Știu. Hai s-o vizităm pe Mémé!

Marco geme. Stella nu pare convinsă. Amândoi își aduc aminte cum a fost ultima oară când au stat la bunica Stellei. Pe vremuri, Samia a fost vedetă de film în Algeria. Acum are șaptezeci de ani, nu vede deloc cu un ochi și trăiește într-un apartament dezordonat la etajul al șaptelea al unui bloc turn din l'Ariane, împreună cu fiica ei infirmă. Soțul Samiei a murit când ea avea numai cincizeci și cinci de ani, iar singurul ei fiu, tatăl Stellei, a dispărut în urmă cu trei ani și n-a mai dat nici un semn de viață. Samia e mereu nervoasă, îi sare țandăra din orice, și pe bună dreptate. Însă are un acoperiș și o podea; are perne și apă curentă. În momentul de față, are tot ceea ce Lucy nu le poate oferi copiilor ei.

– Numai pentru o noapte, adaugă. Numai noaptea asta, și pentru mâine o să găsesc altceva. Promit.

Ajung în cartierul Samiei chiar când începe să plouă, mici bombe cu apă explodând pe asfaltul fierbinte. În liftul mâzgălit cu graffiti care-i duce la etajul șapte, mirosurile pe care le emană micul lor grup invadează nările lui Lucy: izul jilav de haine nespălate, de păr gras, de tenişi care au fost purtați prea mult timp. Câinele, cu blana lui deasă și sârmoasă, miroase de departe cel mai urât.

– Nu pot, spune Samia din prag, blocându-le intrarea. Pur și simplu nu pot. Mazie e bolnavă. Infirmiera trebuie să doarmă aici noaptea asta. Nu e loc, zău.

Un tunet bubuie chiar deasupra. Cerul din spatele lor se luminează într-un alb strălucitor. Perdele de apă se revarsă din nori. Lucy o fixează pe Samia cu o privire disperată.

– N-avem unde să ne ducem.

– Știu, îi răspunde Samia. Știu asta. Pot s-o iau pe Stella. Dar în ce vă privește pe tine, pe băiat și câinele... îmi pare rău. Trebuie să găsești altă cazare.

Lucy simte cum Stella se lipește de piciorul ei, îi simte trupșorul scuturat de un fior de stinghereală.

– Vreau să stau cu tine, îi spune în șoaptă micuța. Nu vreau să stau fără tine.

Lucy se ghemuiește și-i ia mâinile între palme. Ochii Stellei sunt verzi, ca ai tatălui ei, părul castaniu are șuvițe blond-închis, chipul îi e bronzat la finalul acelei veri lungi și fierbinți. E o fetiță superbă; uneori, trecătorii fascinați o opresc pe Lucy pe stradă ca s-o complimenteze.

– Scumpo, aici o să fii la adăpost de ploaie. Poți să faci un duș. Mémé o să-ți citească o poveste...

Samia confirmă din cap.

– O să ți-o citesc pe aia care-ți place ție, cu luna.

Stella se lipește și mai tare de Lucy, care simte cum o lasă răbdarea. Ar da orice ca să i se îngăduie să doarmă în patul lui Mémé, să i se citească povestea cu luna, să facă duș și să îmbrace o pijama curată.

– Doar pentru o noapte, scumpo. Vin să te iau mâine la prima oră. Bine?

Simte capul fetiței mișcându-se ca să încuviințeze, o aude chinuindu-se să respire printre lacrimi.

– Bine, mami, îngaimă Stella, iar Lucy o împinge în apartamentul Samiei înainte ca vreuna dintre ele să se poată răzgândi.

Au rămas doar ea, Marco și câinele, cu covorașele de yoga rulate în spinare, îndreptându-se spre noaptea torențială, spre noaptea tot mai neagră, fără perspectiva unui refugiu.

*

O vreme se adăpostesc sub un pasaj rutier. Scrâşnetul constant al cauciucurilor maşinilor pe asfaltul ud e asurzitor. Ploaia nu conteneşte.

Marco ţine câinele în braţe, apăsându-şi faţa de spinarea lui.

Ridică privirea spre Lucy.

– Cum de avem aşa o viaţă de rahat?

– Ştii de ce avem o viaţă de rahat, se răsteşte ea.

– Dar de ce nu faci nimic ca să ne fie mai bine?

– Mă străduiesc.

– Ba nu. Ne laşi să ne scufundăm.

– *Mă străduiesc*, şuieră ea străpungându-l cu o privire furioasă. În fiecare minut din fiecare zi.

Se uită la ea neîncrezător. E mult, mult prea deştept şi o cunoaşte mult, mult prea bine. Lucy oftează.

– Mâine o să-mi recuperez vioara. Pot să fac iarăşi rost de bani.

– Dar cum o să plăteşti pentru reparaţii? o întreabă el mijindu-şi ochii.

– O să găsesc o cale.

– Ce cale?

– Habar n-am, bine? Habar n-am. O să apară ceva. Întotdeauna apare.

Se răsuceşte nervoasă cu faţa la şirurile paralele de faruri arzătoare care se îndreaptă în direcţia lor. Deasupra bubuie un nou tunet, cerul se luminează iarăşi, ploaia s-a înteţit, dacă lucrul acesta mai e posibil. Îşi scoate telefonul vechi şi uzat din buzunarul exterior al rucsacului, îl aprinde. Văzând că bateria e la opt la sută, se pregăteşte să-l stingă la loc când observă că a primit o notificare de la aplicaţia de agendă. E acolo de săptămâni întregi, dar nu se poate hotărî s-o anuleze.

Scrie doar atât: „Bebeluşul a împlinit douăzeci şi cinci de ani“.

3

Mă cheamă Henry, ca pe tata. Asta a fost uneori o sursă de confuzie, dar, cum mama îi spunea tatei „dragule", iar sora mea îi zicea „Tati", în timp ce restul lumii i se adresa cu „domnule Lamb" ori „sir", ne-am descurcat.

Tata a fost singurul beneficiar al averii tatălui său, făcută de pe urma automatelor de jocuri. Nu mi-am cunoscut niciodată bunicul, era foarte bătrân când s-a născut tata, dar știu că era din Blackpool și se numea Harry. Tata n-a muncit nici o zi în viața lui, pur și simplu a stat prin preajmă, așteptând ca Harry să moară, astfel încât să intre în posesia averii.

A cumpărat casa noastră de pe Cheyne Walk din Chelsea chiar în ziua în care a pus mâna pe bani. Explorase piața imobiliară în timp ce Harry era în agonie și urmărea casa aceea de câteva săptămâni, îngrozit că altcineva avea să facă o ofertă înainte ca el să-și poată revendica moștenirea.

Întrucât clădirea era goală când a cumpărat-o, a petrecut ani întregi și a cheltuit mii de lire ca s-o umple cu ceea ce el numea *objets*[1]: capete de elan care dominau încăperile de pe pereții lambrisați, săbii de vânătoare încrucișate deasupra ușilor, jilțuri de mahon cu spătarul din bare torsadate, o masă de banchet în stil

[1] Obiecte (în limba franceză în original) (n.tr.)

medieval pentru șaisprezece oaspeți, plină de zgârieturi și găuri de cari, vitrine cu pistoale și bice, o tapiserie de șapte metri, portrete în ulei sinistre înfățișându-i pe strămoșii altora, teancuri de cărți legate în piele, cu ferecături aurite, pe care nimeni n-avea să le citească, precum și un tun în mărime naturală în grădina din față. Nu exista nici un scaun comod în casa noastră, nici un colțișor intim. Totul era făcut din lemn, și piele, și metal, și sticlă. Totul era dur. Mai ales tata.

Făcea exerciții cu greutăți în subsol și bea Guinness din butoiul său personal în barul său personal. Purta costume de opt sute de lire, croite pe măsură în Mayfair, care abia dacă-i puteau cuprinde mușchii și pântecele. Avea părul de culoarea monedelor de un penny de pe vremuri și mâini aspre, înroșite la încheieturile degetelor. Conducea un Jaguar. Juca golf, deși nu-i plăcea, deoarece corpul lui nu fusese menit să legene o crosă; era prea solid, prea inflexibil. În weekenduri se ducea la vânătoare: dispărea sâmbăta dimineață, îmbrăcat cu un sacou de tweed croit pe corp, cu portbagajul plin de arme, și se întorcea duminică seara cu doi porumbei într-o cutie frigorifică. Odată, când aveam vreo cinci ani, a adus acasă un buldog englezesc pe care-l cumpărase de la un tip de pe stradă folosind bancnotele de cincizeci de lire noi-nouțe pe care le păstra făcute sul în buzunar. A spus că-i amintea de el însuși. Apoi, câinele și-a făcut nevoile pe un covor de epocă, iar tata s-a descotorosit de el.

Mama era *o frumusețe rară*. Nu-s cuvintele mele, ci ale tatei. „Mama ta e o frumusețe rară."

Era pe jumătate nemțoaică, pe jumătate turcoaică. O chema Martina. Era cu doisprezece ani mai tânără decât tata și pe vremuri, înainte de sosirea lor, era un model de eleganță. Obișnuia să-și pună o pereche de ochelari de soare și să meargă pe Sloane Street ca să cheltuiască banii tatei pe eșarfe de mătase în culori strălucitoare, rujuri în carcase aurite și parfumuri franțuzești intense; uneori era fotografiată, cu încheieturile ascunse de mânerele sacoșelor de cumpărături, iar poza apărea în publicațiile destinate lumii bune. Era numită mondenă. Nu era cu adevărat. Mergea la petreceri luxoase și purta haine splendide, dar când era acasă era doar mama noastră. Nu cea mai bună mamă, dar nici cea mai rea, și cu siguranță o sursă de gingășie în casa noastră mare, masculină, împodobită cu macete.

Cândva, timp de un an sau așa ceva, avusese o slujbă. Rolul ei era de a pune în legătură persoanele importante din lumea modei, sau cel puțin asta era impresia mea. Purta în poșetă niște cărți de vizită mici, argintii, pe care cuvintele „Martina Lamb și Asociații" erau tipărite într-un roz aprins. Avea un birou pe King's Road, o încăpere luminoasă situată deasupra unui magazin, cu o masă de sticlă, fotolii de piele și un telex, haine în folii transparente de plastic agățate pe suporturi pe rotile și o vază cu crini albi pe o poliță. În zilele libere de la școală ne lua la birou pe mine și pe sora mea și ne dădea câte un teanc de foi de hârtie de un alb orbitor și o mână de Magic Markers. Din când în când suna telefonul, și Mami spunea: „Bună dimineața, Martina Lamb și Asociații". Uneori, un vizitator era invitat prin interfon să urce - sora mea și cu mine ne luptam pentru dreptul de a apăsa pe buton. Nu era nici un „asociat", doar mama și câte o adolescentă cu ochi mari care efectua un stagiu. Nu știu ce s-a întâmplat cu toate astea. Știu doar că biroul a dispărut, cărțile de vizită argintii au dispărut, iar Mami a revenit la viața de casnică.

Sora mea și cu mine mergeam la școală în Knightsbridge – după toate probabilitățile, la cea mai scumpă școală din Londra. Tata nu se temea să cheltuiască pe atunci, ba chiar îi plăcea la nebunie. Cu cât mai mulți bani, cu atât mai bine. Uniforma noastră era o combinație de maro-excrement și galben-fiere, cu pantaloni bufanți până la genunchi, *knickerbockers*, pentru băieți. Din fericire, când am ajuns la vârsta la care să mă simt umilit de acea ținută, tata nu mai avea cu ce să plătească taxele de școlarizare, darămite pantalonii de catifea reiată de la raionul de uniforme de la Harrods.

Totul s-a petrecut lent, și totuși extraordinar de rapid, schimbarea suferită de părinții mei, de casa noastră, de viețile noastre după sosirea lor. Dar în acea primă noapte, când Birdie a apărut pe peronul de la intrare cu două valize mari și o pisică într-o cușcă de nuiele, n-am fi putut ghici nici în ruptul capului ce impact urma să aibă, ce oameni avea să aducă în viețile noastre, n-am fi putut ghici că avea să sfârșească așa cum a sfârșit. Credeam că venise să stea doar un weekend.

4

Libby poate să audă șoapta fiecărui moment de când există încăperea asta, poate să simtă răsuflarea fiecărei persoane care a stat vreodată în fotoliul pe care-l ocupă ea acum.

– O mie șapte sute nouăzeci și nouă, îi răspunsese domnul Royle la întrebarea de mai devreme. Unul dintre cele mai vechi cabinete de avocatură din capitală.

În clipa asta, domnul Royle o fixează peste biroul lui ceruit din abundență. Un zâmbet îi licărește pe buze când exclamă:

– Ei, ei! Un cadou de aniversare cum nu vezi în fiecare zi, așa-i?

Libby surâde, deloc în largul ei.

– Încă nu-s convinsă că e real. Tot mă aștept ca cineva să-mi spună că e ditamai păcăleala.

Cuvintele pe care le-a folosit – „ditamai păcăleala" – sună prost în acest decor venerabil. Ar vrea să fi ales altă formulare. Dar domnul Royle nu pare deloc afectat. Cu același zâmbet pe față, se întinde și-i înmânează un teanc gros de documente.

– Nu e nici o păcăleală, vă asigur, domnișoară Jones. Iată, îi spune scoțând o foaie din teanc. Am ezitat dacă să vi-l dau acum. Sau poate că ar fi trebuit să vi-l trimit odată cu scrisoarea. Nu știu, totul e atât de neobișnuit! Era în dosar și l-am pus deoparte, în caz că nu mi s-ar fi părut corect să vi-l dau. Până la urmă însă, mi se pare corect. Aşadar, iată-l. Nu ştiu cât de multe detalii v-au putut oferi părinţii dumneavoastră adoptivi despre familia naturală, dar poate doriţi să vă aruncaţi privirea peste articolul acesta.

Libby despătureşte pagina de ziar şi o întinde pe masă în faţa ei.

Mondenă şi soţul morţi într-un pact de sinucidere Copiii adolescenţi dispăruţi; bebeluşul găsit în viaţă

Ieri, poliţia a fost chemată la reşedinţa din Chelsea a fostei personalităţi mondene Martina Lamb şi a soţului ei, Henry, după ce s-a raportat o posibilă triplă sinucidere. Detectivii au sosit la ora prânzului şi au găsit trupurile domnului şi doamnei Lamb zăcând alături pe podeaua bucătăriei. Un al doilea bărbat, a cărui identitate încă nu este cunoscută, a fost găsit decedat la rândul lui. Un bebeluş de sex feminin, în vârstă de aproximativ zece luni, a fost găsit într-o cameră de la primul etaj. Bebeluşul a fost preluat de autorităţi şi este în stare bună. Vecinii au observat că în ultimii ani locuiau mulţi copii în casa respectivă şi există relatări despre prezenţa altor adulţi, însă nu s-a găsit nici o urmă a vreunui alt rezident.

Cauza morţii nu a fost stabilită încă, dar primele analize de sânge sugerează că cei trei s-ar fi otrăvit. Henry Lamb, 48 de ani, era singurul beneficiar al averii tatălui său, domnul Henry Lamb din Blackpool, Lancashire. În ultimii ani, acesta avusese probleme de sănătate şi se spune că era imobilizat într-un scaun cu rotile.

În prezent, poliţiştii fac verificări prin ţinut în căutarea fiului şi a fiicei cuplului, care au paisprezece, respectiv şaisprezece ani. Persoanele care au informaţii despre localizarea copiilor sunt invitate să contacteze de urgenţă

Poliția Metropolitană. De asemenea, persoanele care au locuit împreună cu familia Lamb în ultimii ani sunt de mare interes pentru poliție.

Libby se holbează la domnul Royle.

– Eu sunt...? Bebelușul lăsat în urmă... eu sunt?

Avocatul încuviințează din cap. Tânăra femeie îi observă tristețea sinceră din privire.

– Da. Ce poveste tragică! Și ce mister! La copii mă gândesc. Și ei erau moștenitori ai casei, însă nici unul nu și-a revendicat drepturile. Pot numai să presupun, ei bine, că sunt... în sfârșit. Se apleacă în față, își aranjează cravata și zâmbește îndurerat. Pot să vă ofer un pix?

Înclină spre ea un recipient din lemn plin cu pixuri care par scumpe, iar Libby ia unul pe care numele firmei este imprimat cu litere aurii. Îl contemplă îndelung.

Un frate.

O soră.

Un pact de sinucidere.

Clatină din cap imperceptibil, apoi își drege glasul și murmură:

– Mulțumesc.

Degetele ei strâng pixul. Abia dacă-și amintește cum îi arată semnătura. Pe marginile paginilor pe care trebuie să le semneze sunt lipite săgeți de plastic care-i indică locul precis. Sunetul scos de pix la contactul cu hârtia e înfiorător. Domnul Royle o privește cu bunăvoință; își împinge ceașca de ceai pe birou câțiva centimetri, peste câteva clipe o trage spre el.

Libby simte acut importanța acestui moment, această cotitură invizibilă din viața ei care o duce de *aici acolo*. De o parte a teancului de documente se află expedițiile prudente la Lidl, o săptămână de vacanță pe an și un Vauxhall Corsa vechi de unsprezece ani. De cealaltă parte sunt cheile unei case cu opt dormitoare din Chelsea.

– În regulă, spune avocatul, aproape cu un oftat de ușurare, când Libby îi întinde actele. Excelent, excelent. Frunzărește paginile, oprindu-și privirea asupra spațiilor din dreptul săgeților, apoi se uită la Libby zâmbind. Ei bine, cred că e momentul să intrați în posesia cheilor.

Scoate un plic alb dintr-un sertar al biroului. Pe etichetă scrie „16 Cheyne Walk".

Libby se uită înăuntru. Trei rânduri de chei. Unul cu un breloc de metal cu logoul Jaguar. Unul cu o brichetă agățată pe inel. Ultimul set nu are breloc.

Domnul Royle se ridică de pe scaun.

– Mergem? N-are rost să luăm mașina, e foarte aproape.

Căldura violentă a zilei de vară o lovește în plin. Libby simte fierbințeala pietrelor din pavaj prin talpa espadrilelor, lumina orbitoare a soarelui de amiază arzând prin stratul subțire de nori. Merg pe o stradă plină de restaurante, toate cu terase, mesele pregătite să-și primească clienții fiind așezate pe platforme speciale și adăpostite sub umbrele mari, dreptunghiulare. Femei cu ochelari de soare supradimensionați beau vin în grupuri de câte două sau trei. Unele sunt de aceeași vârstă cu ea; Libby se minunează că-și permit să piardă vremea și să bea vin într-un restaurant șic într-o după-amiază de luni.

– Așadar, acesta ar putea fi noul dumneavoastră cartier, îi spune domnul Royle. Dacă vă hotărâți să vă mutați în casă.

Tânăra femeie clatină din cap și scoate un chicot nervos. Nu poate să formuleze un răspuns cu cap și coadă. Totul e mult prea absurd.

Trec pe lângă buticuri elegante și magazine de antichități cu vulpi și urși din bronz, și candelabre strălucitoare de mărimea căzii ei de baie. Sunt aproape de fluviu, Libby îi simte mirosul înainte să-l vadă, izul acela de câine ud. Vase late alunecă unul pe lângă celălalt; unul mai mic, cu pasageri bogați, trece în viteză: șampanie într-o frapieră de argint, un golden retriever cu blana zbârlită de vânt la prova, mijindu-și ochii în soare.

– E chiar aici, îi spune domnul Royle. Încă un minut sau două.

I s-au iritat coapsele de la căldură; ce păcat că nu poartă pantaloni scurți în loc de fustă! Simte cum transpirația îi e absorbită de materialul sutienului în partea din mijloc, unde se unesc cupele, și-și dă seama că domnul Royle, în cămașă și costum pe corp, nu suportă nici el vipia.

– Am ajuns, o anunță el întorcându-se spre un șir de cinci sau șase case din cărămidă roșie, cu înălțimi și lățimi diferite.

Libby ghicește imediat care e a ei, chiar înainte să vadă numărul șaisprezece pictat cu înflorituri pe fereastra în evantai. Casa are trei etaje și patru ferestre în lățime. E superbă. Dar, exact așa cum își închipuise, e închisă, cu obloanele bătute în cuie. Hornurile și jgheaburile sunt pline de buruieni. E o hardughie – dar o hardughie superbă.

Trage aer în piept și șoptește:

– E foarte mare.

– Într-adevăr, îi spune avocatul. Douăsprezece încăperi în total. Fără a pune la socoteală subsolul.

Clădirea e retrasă față de trotuar în spatele unor zăbrele metalice ornamentale și al unor straturi de flori lăsate de izbeliște. Un umbrar din fier forjat se întinde până la ușa principală, iar în stânga se vede un tun în mărime naturală așezat pe un bloc de ciment.

– Vreți să fac eu onorurile? o întreabă domnul Royle arătând spre lacătul pus pe scândura care acoperă ușa.

Libby încuviințează. Avocatul descuie lacătul și se opintește să tragă în lături panoul greu, care se lasă desprins cu un scârțâit sinistru, dând la vedere o ușă neagră imensă. Se șterge pe degete, apoi ia cheile la rând până ce o găsește pe cea potrivită.

– Când a fost ultima oară cineva în casă? vrea Libby să știe.

– Ah, presupun că în urmă cu câțiva ani, când s-a produs o inundație. A trebuit să intrăm cu o echipă de instalatori care să repare stricăciunile. Ceva de genul ăsta. Ei bine, iată că am găsit și cheia.

Pătrund în hol. Căldura de afară, zumzetul traficului, ecoul fluviului, toate se estompează. Aici e răcoare. Podeaua constă dintr-un parchet închis la culoare, zgâriat și prăfuit. Scara din față are o balustradă cu stâlpi torsadați, o fructieră plină fiind sculptată în vârful pilonului central. Modelul sculptat pe uși imită faldurile de pânză, iar mânerele sunt din bronz. Pereții sunt lambrisați până la jumătate cu același lemn de culoare închisă ca balustrada, iar deasupra sunt acoperiți cu un tapet bordo ponosit pe care se văd din loc în loc porțiuni roase de molii. Prin aerul dens plutesc fire de praf. Singura sursă de lumină o reprezintă ferestrele în evantai de deasupra ușilor.

Libby se cutremură. E prea mult lemn. Prea puțină lumină. Prea puțin aer. Se simte ca într-un sicriu.

– Pot? întreabă arătând spre o ușă.

– Puteți face orice doriți. E casa dumneavoastră.

Ușa se deschide către o încăpere lungă, dreptunghiulară din spatele casei, cu patru ferestre care dau spre un hăţiş de copaci şi tufişuri. Alte lambriuri din lemn. Obloane din lemn. Parchet pe podea.

-Unde duce asta? îl întreabă pe domnul Royle făcând semn spre o uşă îngustă încastrată în lambriu.

-Aceasta este uşa care duce spre scara servitorilor. Pe aici se ajunge direct la cămăruţele de la mansardă, o altă uşă ascunsă aflându-se pe palierul de la primul etaj. E ceva banal în casele vechi, care erau construite ca nişte cuşti pentru hamsteri.

Explorează clădirea încăpere cu încăpere, etaj cu etaj.

-Ce s-a întâmplat cu mobila? Cu accesoriile? se interesează Libby.

-S-au dus de mult. Familia a vândut totul ca să se menţină pe linia de plutire. Dormeau pe saltele puse direct pe jos. Îşi coseau singuri hainele.

-Deci erau săraci?

-Da, spune avocatul. Presupun că erau săraci.

Tânăra femeie îşi pleacă fruntea. Nu şi-i imaginase pe părinţii ei naturali trăind în sărăcie. Desigur, îşi îngăduise să-şi creeze un cuplu de părinţi naturali de basm. Chiar şi copiii care nu sunt adoptaţi îşi creează părinţi naturali de basm. Ai ei erau tineri şi sociabili. Casa lor de pe malul Tamisei avea doi pereţi cu geamuri de sus până jos şi o terasă de jur împrejur. Aveau doi căţei, de talie mică, femele, cu diamante pe zgărzi. Mama ei de basm era specialistă în relaţii publice, lucra în lumea modei, tatăl ei de basm era designer grafic. Când ea era bebeluş luau micul dejun împreună, o puneau într-un scăunel înalt, îi rupeau bucăţele de brioşă şi îşi atingeau picioarele pe sub masă, acolo unde căţeluşele dormeau încolăcite. Muriseră când se întorceau cu maşina de la un cocktail. Probabil într-un accident implicând un bolid de curse.

– Mai era și altceva? În afara biletului de sinucidere? îl întreabă.

Domnul Royle clatină din cap.

– Nu. Mai precis, nimic oficial. Dar era ceva. Când ați fost găsită. Un lucru care se afla în leagăn, lângă dumneavoastră. Cred că e încă aici, în camera dumneavoastră. Vreți să...?

Îl urmează într-o cameră mare de la primul etaj. Aici sunt două ferestre mari tip ghilotină cu vedere spre fluviu; aerul e stătut și dens, colțurile tavanului înalt sunt acoperite cu draperii groase de praf și pânze de păianjen. În capătul opus se intră direct într-o cameră mai mică, mobilată ca un dressing, trei pereți de dulapuri și sertare decorate cu pietricele multicolore și vopsite în alb. În mijloc se vede un pătuț de copil.

– Ăsta e...?

– Da. Aici ați fost găsită. Chicotind și gângurind, în culmea voioșiei.

Leagănul are pârghii de metal pentru a fi împins înainte și înapoi. Este vopsit într-o nuanță de crem, cu trandafirași bleu. În partea din față se vede o plăcuță de metal cu logoul magazinului Harrods.

Domnul Royle se întinde spre un raft de pe peretele din spate și ia o cutiuță.

– Obiectul acesta era ascuns lângă dumneavoastră, între pături. Am presupus cu toții, atât noi, cât și poliția, că vă era destinat. Poliția l-a păstrat ca probă ani de zile, apoi, când au închis cazul, ni l-au trimis nouă.

– Ce este?

– Deschideți-l și o să vedeți.

Ia din mâna lui cutiuța de carton și o deschide. E plină cu fâșii rupte din ziare. Degetele ei găsesc ceva solid și mătăsos. Îl scoate din cutie și-l lasă să atârne de vârfurile degetelor. E o lăbuță de iepure prinsă pe un lanț de aur. Când Libby, uimită, face un pas înapoi, lanțul îi scapă din strânsoare și cade pe podea. Se apleacă să-l ridice.

Degetele ei se plimbă peste lăbuța de iepure, simțind răceala lipsită de viață a blănii fine, vârfurile ascuțite ale ghearelor. Își trece lanțul peste mâna cealaltă. Capul ei, care acum o săptămână era plin cu sandale noi, excursia cu prietenele, vârfurile înspicate, plantele care trebuiau udate, este plin acum de oameni dormind pe saltele, iepuri morți și o casă uriașă, înspăimântătoare, complet goală, cu excepția unui leagăn de la Harrods cu trandafiri bleu siniștri pictați pe laturi. Pune talismanul înapoi în cutie, apoi își coboară încet mâna să pipăie salteaua de pe fundul leagănului; caută ecoul trupului ei adormit, caută stafia persoanei care o culcase ultima oară acolo, o învelise cu pătura și-i vârâse între așternuturi lăbuța de iepure.

Desigur, nu e nimic acolo. Doar un pătuț gol, mirosind a mucegai.

– Cum mă chema? întreabă. Știa cineva?

– Da, îi răspunde domnul Royle. Părinții dumneavoastră v-au menționat numele în biletul pe care l-au lăsat. Vă numeați Serenity.

– Serenity?

– Da. Un nume frumos. Cred. Deși poate un pic... boem?

Dintr-odată are un atac de claustrofobie. Vrea să fugă de acolo, să-și facă o ieșire dramatică din încăpere, dar gesturile dramatice nu-i stau în fire. În loc de asta spune:

– Am putea merge să vizităm grădina? Mi-ar prinde bine niște aer curat.

5

Lucy își stinge telefonul. Are nevoie de baterie pentru cazul în care Samia încearcă să ia legătura cu ea. Se întoarce spre băiat, care o privește curios.

– Ce-i? îl întreabă.

– Ce mesaj era? Pe telefon.

– Care mesaj?

– L-am văzut. Chiar acum. Zicea: „Bebelușul a împlinit douăzeci și cinci de ani." Ce înseamnă asta?

– Nu înseamnă nimic.

– Trebuie să însemne *ceva*.

– Nu. E doar bebelușul unei prietene. Ca să nu uit că a împlinit douăzeci și cinci de ani. Trebuie să-i trimit o felicitare.

– Ce prietenă?

– O prietenă din Anglia.

– Dar n-ai nici o prietenă în Anglia.

– Sigur că am prieteni în Anglia. Am crescut în Anglia.

– Și atunci cum o cheamă?

– Pe cine?

Marco mârâie de frustrare.

– Pe prietena ta, bineînțeles!

– Ce contează? îi spune ea ritos.

– Contează, pentru că ești mama mea și vreau să știu cât mai multe despre tine. Pe bune, nu știu mai nimic.

– Asta-i o prostie! Știi o grămadă de lucruri despre mine.

Se holbează la ea nevenindu-i să creadă.

– Cum ar fi? Adică, știu că părinții tăi au murit când erai mică de tot. Știu că ai crescut la Londra cu mătușa ta și că ea te-a adus în Franța și te-a învățat să cânți la vioară și a murit când aveai optsprezece ani. Deci știu, cum ar veni, *povestea* ta. Nu știu detaliile. De exemplu, la ce școli ai fost, cine erau prietenii tăi, ce făceai în weekenduri, ce chestii haioase ți s-au întâmplat, cum era viața ta de zi cu zi.

– E complicat, murmură ea.

– Știu că-i complicat. Dar am doisprezece ani, nu mă mai poți trata ca pe un bebeluș. Trebuie să-mi vorbești ca unui om în stare să înțeleagă multe.

Lucy îl privește. Are dreptate. Are doisprezece ani și nu-l mai interesează basmele cu zâne. Știe că viața nu se rezumă la cinci evenimente majore, ci este formată din toate momentele dintre ele.

– Nu pot, oftează în cele din urmă. Deocamdată, cel puțin.

– Atunci când?

– În curând. Dacă o să ajungem vreodată la Londra, o să-ți spun tot.

– Mergem la Londra?

Lucy suspină și-și îndepărtează părul de pe frunte.

– Nu știu. N-am nici un ban. Tu și Stella n-aveți pașapoarte. Câinele. Totul e atât de...

– Tata, o întrerupe Marco. Sună-l pe tata.

– Nici gând.

– Ne putem întâlni într-un loc public. Acolo n-ar îndrăzni să facă nimic.

– Marco! Nici măcar nu știm unde e tatăl tău.

Se lasă o tăcere stranie. Lucy simte că fiul ei e nervos, căci își îngroapă iarăși fața în blana câinelui.

– Eu știu.

Se întoarce brusc ca să se uite la el.

Puștiul închide ochii, apoi îi deschide.

– M-a luat de la școală.

– Când?

– De câteva ori, îi răspunde el ridicând din umeri. Spre sfârșitul trimestrului.

– Și nu mi-ai zis?

– Mi-a spus să nu-ți zic.

– Dracu' s-o ia de treabă, Marco. Paștele mă-sii! Lucy izbește în pământ cu pumnii. Ce s-a întâmplat? Unde te-a dus?

– Nicăieri. Doar a mers cu mine.

– Și?

– Și ce?

– Ce ți-a spus? Ce face?

– Nimic. E în vacanță. Cu soția lui.

– Și unde e acum?

– Tot aici. Stă aici toată vara. În casă.

– În casă?

– Da.

– Fir-ar să fie, Marco! De ce nu mi-ai zis?

– Pentru că știam c-o să te sui pe pereți.

– Nu mă sui pe pereți. Uită-te la mine. Sunt perfect calmă. Stau aici, pe pământul tare și ud, sub un pod, fără un loc unde să dorm, în timp ce taică-tău e la nici doi kilometri mai încolo, lăfăindu-se în lux. De ce m-aș sui pe pereți?

– Îmi pare rău, mămico. Dar ai zis că nu vrei să-l mai vezi niciodată.

– Asta era pe vremea când nu dormeam sub un pod.

– Deci *vrei* să-l vezi?

- Nu vreau să-l văd pe *el*. Dar am nevoie de o cale de ieşire din balamucul ăsta. Şi el e singura opţiune. Măcar mi-ar putea da bani ca să-mi recuperez vioara.

- Da, sigur, pentru că atunci o să fim putred de bogaţi, nu-i aşa?

Lucy îşi strânge mâinile în pumni. Fiul ei are obiceiul de a exprima adevărurile insuportabile în cuvinte şi de a o plesni peste faţă cu ele.

- E mijlocul lui iulie. Toate şcolile din Marea Britanie şi Germania intră cam acum în vacanţă. O să fie de două ori mai mulţi turişti. N-ar trebui să ne ia prea mult ca să strângem destui bani pentru drumul spre Anglia.

- De ce nu-i ceri tatei să ne plătească drumul? Atunci am putea să plecăm imediat. Vreau din tot sufletul să merg la Londra. Vreau să scap de aici. Roagă-l pe tata să plătească. De ce n-o faci?

- Pentru că nu vreau să ştie că plecăm. Nimeni nu poate să afle că plecăm. Nici măcar Mémé. OK?

Marco încuviinţează. Bărbia îi cade pe piept şi Lucy remarcă ghemotoacele de păr care i s-au format la ceafă în ultima săptămână, de când dorm pe străzi. Cu inima strânsă, îi cuprinde gâtul subţire cu mâna şi-l strânge uşor.

- Îmi pare atât de rău, scumpule, îi şopteşte. Îmi pare atât de rău pentru tot! Mâine o să ne vedem cu tatăl tău, şi după aceea lucrurile o să meargă mai bine, îţi promit.

- Da, ripostează el, dar n-o să avem niciodată o viaţă normală, aşa-i?

„Aşa-i", se gândeşte ea. „N-o să avem o viaţă normală."

6

Birdie a venit prima. Birdie Dunlop-Evers.

Mama o cunoscuse pe undeva. La un *eveniment*. Birdie cânta la vioară într-o trupă intitulată The Original Version și era, presupun, vag celebră. Avuseseră un single în stil *jangle pop* care ajunsese aproape de primul loc în topuri și fuseseră de două ori în *Top of the Pops*. Nu că mi-ar fi păsat prea mult de chestiile astea. Niciodată nu m-am dat în vânt după muzica pop, iar deificarea vedetelor mă dezgustă de-a dreptul.

Stătea în bucătăria noastră, bând ceai din una dintre cănile noastre maro. Am tresărit ușor când am văzut-o acolo. O femeie cu părul fin, lung până la talie, pantaloni bărbătești prinși în talie cu o curea, o cămașă în dungi, bretele, un pardesiu gri și mănuși fără degete. Părea atât de nelalocul ei în casa noastră, m-am gândit. Singurii oameni care veneau pe la noi purtau costume cusute de mână și rochii de satin în bie; miroseau a after-shave Christian Dior și a L'Air du Temps.

Când m-a auzit intrând, Birdie a ridicat ochii spre mine, niște ochi mici și albaștri cu sprâncene subțiri, desenate cu creionul, o gură severă care nu se închidea bine peste șirul de dinți mărunți și o bărbie slab conturată, care părea să se fi lăsat copleșită de posomorala feței. M-am gândit că avea să zâmbească, dar n-a făcut-o.

-Henry, mi-a spus mama, iat-o pe Birdie! Doamna despre care ți-am vorbit, din trupa de pop!

-Bună, i-am zis.

-Bună.

Nu știam ce impresie să-mi fac despre ea. Suna ca o directoare de școală, dar arăta ca o vagaboandă.

-Trupa lui Birdie vrea să filmeze un clip la noi acasă! m-a informat mama.

Recunosc, în momentul acela a trebuit să mă prefac dezinteresat cumva. Mi-am păstrat chipul inexpresiv și n-am spus nimic, îndreptându-mă în tăcere spre cutia cu biscuiți de pe tejghea destinată gustării cotidiene de după școală. Am ales doi Malted Milk și mi-am turnat un pahar de lapte. Atunci și abia atunci am zis:

-Când?

-Săptămâna viitoare, mi-a răspuns Birdie. Găsiserăm alt loc, dar au avut o inundație sau alt dezastru de genul ăsta. *Buf*. Anulat.

-Așa că i-am spus: „Hai să arunci o privire la casa noastră, să-ți faci o părere", a continuat mama.

-Și iată-mă.

-Și iat-o.

Am dat din cap aprobator. Voiam să întreb când veneau și dacă puteam să lipsesc de la școală în ziua aceea și dacă-i puteam ajuta, dar nu eram, n-am fost niciodată o persoană care să se arate entuziasmată în vreo situație. Prin urmare, mi-am înmuiat biscuitul Malted Milk în lapte, așa cum făceam întotdeauna, fix până la litera T din „Malted", acolo unde conturul vacii în picioare se atinge de conturul vacii culcate, și l-am mâncat în tăcere.

-E minunat, a spus Birdie arătând în jur cu mâna. Un loc mai bun decât celălalt, de fapt. Pur și simplu perfect. Cred c-o să fie niște hârtii de semnat, a zis ea dând ochii peste cap. Știi, acorduri și așa mai departe, în caz că vă dăm foc la casă. Sau dacă vreun cap de elan cade peste unul dintre noi și-l omoară. Chestii de genul ăsta.

– Da, da, s-a grăbit să răspundă mama, de parcă ar fi semnat tot timpul declarații de asumare a răspunderii pentru victimele accidentelor provocate de capetele de elan. E logic. Și, evident, mai întâi va trebui să stau de vorbă cu soțul meu. Dar știu c-o să fie încântat. Îi place la nebunie muzica voastră.

Bănuiam că era o minciună. Tatei îi plăceau cântecele de rugby și ariile obscene. Dar îi plăceau agitația și atenția și-i plăcea casa aceea, așa că oricine îi făcea complimente despre casă îi intra ușor în grații.

Birdie a plecat după câteva minute. Pe masă, lângă cana ei, am observat o grămăjoară de fragmente de piele cojită și mi s-a făcut greață.

Filmarea clipului a durat două zile și a fost mult mai plicticoasă decât îmi închipuisem. Le lua o grămadă să ajusteze luminile și să-i convingă pe cântăreți să repete mișcările. Erau îmbrăcați la fel, în haine maronii care arătau de parcă ar fi puțit, dar nu puțeau, pentru că o doamnă cu un suport mobil le adusese în pungi de plastic transparente. Până la sfârșitul zilei, cântecul mi se învârtea prin creier ca o muscă prinsă într-un borcan. Era un cântec teribil de prost, dar a ajuns pe locul întâi în top și a stat acolo preț de nouă săptămâni îngrozitoare. Clipul rula pe fiecare ecran TV pe lângă care treceai, *casa noastră* era acolo, în văzul a milioane de oameni.

Era un videoclip bun, cu asta trebuie să fiu de acord. Și eram destul de încântat să le spun cunoscuților că fusese filmat la noi. Dar încântarea s-a stins odată cu trecerea săptămânilor, deoarece, la mult timp după ce echipa de filmare plecase, la mult timp după ce single-ul ieșise din topuri, la mult timp după ce următorul lor single a ieșit din topuri, Birdie Dunlop-Evers, cu ochișorii ei ca niște mărgele și dinții ei mărunți, era tot în casa noastră.

7

Libby lucrează pentru o companie specializată în designul bucătăriilor de lux. E şefă de vânzări, cu biroul în showroomul din centrul orăşelului St. Albans, lângă catedrală. Are doi manageri de vânzări şi doi adjuncţi ai acestora sub ea şi un director-adjunct de vânzări, un director de vânzări senior şi un director general deasupra ei. E la jumătatea ierarhiei, ierarhie care a reprezentat punctul focal al existenţei ei în ultimii cinci ani. Şi-a construit în minte un pod spre viaţa care va începe când va împlini treizeci de ani. La treizeci de ani va fi directoare de vânzări, iar dacă nu ajunge acolo, se va duce în altă parte în schimbul unei promovări. Apoi se va mărita cu tipul pe care în momentul de faţă se chinuie să-l găsească atât online, cât şi în viaţa reală, tipul cu riduri de expresie şi un câine şi/sau o pisică, tipul cu un nume de familie interesant care se va lega bine prin cratimă cu Jones, tipul care câştigă la fel de mult sau mai mult decât ea, tipul căruia îi plac îmbrăţişările mai mult decât sexul, care are pantofi eleganţi şi o piele frumoasă, fără tatuaje, o mamă adorabilă şi picioare sexy. Tipul care are cel puţin un metru şaptezeci şi opt, preferabil un metru optzeci sau mai mult. Tipul fără obligaţii care are o maşină bună şi pătrăţele pe abdomen, deşi lipsa burţii ar fi suficientă.

Tipul respectiv încă n-a apărut, și Libby e conștientă că a formulat niște criterii cam restrictive. Însă are la dispoziție cinci ani ca să-l găsească și să se mărite cu el și încă cinci ani ca să facă un copil, poate doi dacă-i place primul. Nu se grăbește deocamdată. O să continue să dea *swipe* spre stânga, o să continue să arate bine când iese în oraș, să accepte invitații la evenimentele sociale, să fie optimistă, să-și mențină silueta, să se controleze, să meargă înainte.

E deja cald când se trezește să plece la serviciu, aerul are o lucire perlată chiar și la opt dimineața.

A dormit toată noaptea cu geamul deschis, deși știe că femeilor singure li se recomandă să n-o facă. A aranjat un set de pahare pe pervaz, astfel încât, dacă un spărgător ar încerca să intre, măcar ar fi avertizată. Cu toate astea, s-a foit fără încetare, mototolindu-și așternuturile îmbibate de transpirație.

Soarele o trezise din somnul chinuit trimițând o rază ca de laser printr-o fantă minusculă din perdele; aerul din încăpere se înfierbântase iarăși în câteva minute. Preț de o clipă, totul păruse normal. Apoi însă, gândurile i s-au îndreptat brusc spre ziua precedentă. Spre casa întunecată și lambriurile cu model de falduri, scara secretă, lăbuța de iepure, trandafirii bleu de pe leagăn. Oare toate astea se întâmplaseră cu adevărat? Oare casa era încă acolo, sau se transformase în praf și pulbere după plecarea ei?

Ajunge a doua la muncă în acea dimineață. Dido, designera-șefă, e deja la biroul ei și a pornit aerul condiționat. Îi face plăcere să simtă curentul glacial pe pielea cleioasă, dar știe că peste o jumătate de oră o să-i fie frig și o să-i pară rău că nu și-a luat o jachetă.

– Bună dimineața, îi spune Dido fără să ridice ochii din tastatură. Cum a fost?

În ajun îi spusese, rugând-o să păstreze discreția, că avea nevoie de o zi liberă ca să meargă la avocat în legătură cu o moștenire. Nu-i zisese că fusese adoptată sau că miza moștenirii era o casă. Menționase doar că era o rudă mai în vârstă care-i lăsase probabil câteva sute de lire. În momentul respectiv, Libby nu era sigură că i-ar fi putut suporta reacția dacă-i spunea adevărul. Acum însă sunt doar ele două, e marți dimineața, n-o să se vadă cu cea mai bună prietenă a ei, April, până la sfârșitul săptămânii și n-are cui să i se destăinuie, așa că se gândește că i-ar face bine să-și împărtășească secretul. Poate că Dido, care e cu doisprezece ani mai mare decât ea, o să aibă un sfat înțelept sau util și-o s-o ajute să înțeleagă toată aiureala aceea.

– Am moștenit o casă, îi zice în timp ce toarnă apă în aparatul Nespresso.

– Ha ha, face Dido, în mod evident fără s-o creadă.

– Zău. E în Chelsea, pe malul Tamisei.

– Chelsea, Londra? exclamă Dido, rămânând cu gura căscată.

– Da.

– Ca în *Made In*[1]?

– Da, repetă Libby. Pe malul fluviului. E uriașă.

– Îți bați joc de mine?

– Nu.

– Dumnezeule! icnește Dido. Deci ești practic milionară?

– Așa cred.

– Și totuși ești aici, la Northbone Kitchens, într-o dimineață de marți, purtându-te ca un om normal.

– Încerc să mă obișnuiesc cu ideea.

---

[1] *Made in Chelsea*, emisiune de reality TV care descrie viața unor tineri bogați din cartierele exclusiviste ale Londrei (n.tr.)

– Doamne, Libby, dacă aş fi în locul tău m-aş obişnui cu ideea pe loc, bând şampanie în grădina de la St. Michael's Manor!

– E nouă fără douăzeci.

– Ei bine, ceai atunci. Şi ouă Benedict. Ce naiba faci aici?

Libby simte că-şi pierde cumpătul la gândul că nu are nevoie să fie acolo, că scara solidă de care s-a agăţat toată viaţa cu înverşunare tocmai s-a prefăcut într-un morman de monede de aur, că totul s-a schimbat.

– Am aflat abia ieri! Încă n-am vândut-o. Nici nu ştiu dacă o să reuşesc s-o vând.

– Da, sigur, nimeni nu vrea o casă în Chelsea cu vedere la Tamisa.

„Aproximativ şase sau şapte milioane de lire." Aceasta fusese estimarea pe care i-o dăduse avocatul în ajun, când se încumetase să-l întrebe. Minus onorariul şi spezele datorate firmei, adăugase el. Mai erau de plătit şi taxele pe moştenire. „O să rămâneţi cam cu trei milioane şi jumătate", îi zisese. Sau cam pe-acolo. Ridicase mâna să bată cuba cu ea, confundând-o probabil cu una dintre tinerele acelea despre care citise în ziare. Fusese destul de stânjenitor.

– E cam părăginită, spune Libby acum. Şi are o poveste macabră.

– Macabră?

– Da. Nişte oameni au murit acolo. A fost ceva ciudat. Mi-erau rude îndepărtate.

Era pe cale să menţioneze bebeluşul lăsat în leagăn, dar s-a oprit.

– Nu se poate!

– Ba da. E şocant, ştiu. Prin urmare, deocamdată o să mă port ca şi când nu s-ar fi schimbat nimic.

– O să continui să vinzi bucătării? În St. Albans?

– Da, răspunde Libby, simțind că echilibrul i se reface la gândul că nu s-a schimbat nimic. O să continui să vând bucătării în St. Albans.

8

Până la urmă, Marco și Lucy și-au petrecut noaptea pe plajă. Când se oprise ploaia, la vreo două ore după miezul nopții, își strânseseră lucrurile și merseseră cale de douăzeci de minute până la Promenade des Anglais, unde-și derulaseră covorașele de yoga pe pietricelele ude, se înveliseră bine cu sarongurile și priviseră resturile de nori cenușii fugărindu-se prin fața lunii imense și roz până când soarele se ițise la granița dintre cer și mare.

La opt, Lucy a adunat toți bănuții risipiți prin poșetă și pe fundul rucsacului și a descoperit că avea destui pentru doi croasanți și o cafea. Au mâncat pe o bancă, năuciți de lipsa somnului și de condițiile oribile ale nopții precedente. Apoi au traversat iarăși orașul până la apartamentul Samiei ca s-o ia pe Stella, iar Samia nu i-a invitat la masă, deși era ora prânzului și arătau ca vai de capul lor. Stella fusese îmbăiată și îmbrăcată în haine curate, buclele ei fine fuseseră periate și prinse cu agrafe roz; pe drumul de întoarcere, Lucy s-a gândit că probabil lăsau impresia că ea și Marco o răpiseră pe fetiță.

– Aș putea s-o mai țin o noapte, zisese Samia cu mâna pe umărul Stellei.

Lucy o văzuse pe Stella ridicând din umeri sub palme bunicii, aproape imperceptibil, cu o ușoară clătinare a capului.

– E foarte amabil din partea ta, însă am găsit un loc unde să dormim noaptea asta. Simțise ochii lui Marco sfredelind-o la auzul acelei minciuni. Dar îți sunt foarte, foarte recunoscătoare, adăugase. Serios.

Samia își înclinase capul ușor și-și mijise ochii, evaluând situația lui Lucy. Tânăra femeie își ținuse răsuflarea, așteptând o sentință aspră cu privire la aspectul ei, maniera în care-și creștea copiii, rolul pe care-l jucase în fuga prețiosului ei fiu. În loc de asta, Samia se îndreptase agale spre masa din vestibul și scosese un portmoneu din poșetă. Se uitase înăuntru și extrăsese o bancnotă de douăzeci de euro pe care i-o întinsese zicându-i:

– E tot ce am.

Lucy o luase, apoi se aplecase s-o îmbrățișeze.

– Mulțumesc. Fii binecuvântată.

Acum, ea și copiii și câinele merg pe Promenade des Anglais sub soarele arzător al după-amiezii cu un sac plin cu haine curate de la spălătorie și burțile pline cu pâine și brânză, și coca-cola. Se îndreaptă spre unul dintre numeroasele cluburi de pe plajă, cel intitulat Bleu et Blanc.

Lucy a mai mâncat aici. A stat la una sau alta dintre mesele astea cu tatăl lui Marco, a dat gata mormane de scoici, cu un pahar de șampanie sau un șpriț la îndemână, în timp ce se lăsa răcorită de jeturile intermitente de apă răcită lansate din duzele minuscule. Acum, ospătarii aceia bătrâni și blazați, cu tricourile lor polo în alb și albastru, surprinzător de trendy, n-ar mai recunoaște-o. În urmă cu doisprezece ani era o apariție încântătoare.

O femeie stă pe un scaun înalt la intrarea în restaurant. E blondă în felul acela în care numai franțuzoaicele din sud pot fi blonde, ceva ce ține de contrastul între părul în nuanța vaniliei și pielea foarte bronzată. Le aruncă nou-veniților o privire indiferentă, înregistrându-le starea deplorabilă, înainte de a se concentra iarăşi asupra ecranului de computer. Lucy se preface că aşteaptă pe cineva de pe plajă, umbrindu-și ochii cu mâna și uitându-se spre orizont până când atenția femeii e distrasă de un grup de cinci persoane care vor să ia prânzul.

-Acum, şuieră ea, acum.

Ia câinele în brațe și o împinge pe Stella în față. Inima îi bate nebuneşte în timp ce se deplasează cât de nonşalant poate pe platforma de lemn care duce de la restaurant la duşuri. Priveşte drept înainte.

-Continuă să mergi, îi şopteşte Stellei, care s-a oprit inexplicabil la mijlocul drumului.

În fine au ajuns la țintă, în atmosfera sumbră și umedă a duşurilor. „Rezervat exclusiv pentru clienții clubului Bleu et Blanc", proclamă o mulțime de inscripții bătute în cuie pe pereții de lemn. Pardoseala de beton e nisipoasă și jilavă sub tălpi; aerul e încins. Lucy o îndrumă pe Stella spre dreapta. Dacă pot trece prin uşile batante până la duşuri fără să fie observate, totul o să fie în regulă.

Au reuşit. Nu e nimeni la duşuri. Ea și Marco își scot hainele pentru prima oară în aproape opt zile. Găsește un coș de gunoi în care să-și arunce chiloții. Nu vrea să-i mai poarte niciodată. Scoate din rucsac șamponul și balsamul, un săpun, un prosop. Se ghemuiește lângă câine, îi masează cu șampon toată blana, insistă sub coadă, sub zgardă, după urechi. Patrupedul stă nemișcat, de parcă ar ști că asta trebuie să facă. Apoi, Lucy i-l pasează Stellei, care așteaptă afară. Câinele se scutură, iar fetița chicotește când e stropită cu picăturile care-i țâșnesc din blană. Într-un târziu, Lucy se postează sub jetul de apă caldă și-l lasă să-i curgă peste cap, în ochi și-n urechi, la subsuori, între picioare și printre degete, simte cum iadul ultimei săptămâni începe să se dizolve laolaltă cu praful, noroiul și sarea. Își șamponează părul, trecându-și degetele pe toată lungimea lui până când scârțâie, după care îi întinde sticla lui Marco pe sub peretele despărțitor. Se uită cum clăbucii lor se întâlnesc în spațiul dintre ei, iar culoarea lor tristă, cenușie o face să se cutremure.

– Spală-ți bine părul la ceafă, Marco, îi spune. E încâlcit rău. Și nu uita de subraț. Freacă-te bine la subraț.

După aceea se așază pe o bancă de lemn, înveliți în prosoape. Prin micile găuri din lemn văd oameni trecând pe partea cealaltă, văd petice de cer albastru strălucitor, adulmecă mirosurile de lemn încălzit de soare și de usturoi prăjit. Lucy oftează. Se simte despovărată, aproape, însă nu e pregătită să treacă la etapa următoare.

Își pun haine curate și se dau cu deodorant; Lucy se unge cu cremă hidratantă pe față și le dă copiilor loțiunea de protecție solară. Ia din neseser sticluța de parfum și-și pulverizează puțin după urechi și în decolteu. Își răsucește părul umed la ceafă și-l prinde cu o clamă mare de plastic. Se uită în oglindă. Aproape patruzeci de ani. Fără adăpost. Singură. Fără un ban. Nici măcar nu e cine pretinde că este. Până și numele ei e fals. E o stafie. O stafie în carne și oase.

Își dă cu puțin rimel și gloss de buze, își aranjează pandantivul care-i atârnă pe lănțișorul de aur astfel încât să stea fix în decolteul ars de soare. Se uită la copiii ei: sunt superbi. Câinele nu arată deloc rău. Toată lumea miroase frumos. Au mâncat. N-au mai dus-o atât de bine de zile întregi.

– Perfect, îi spune lui Marco în timp ce-și vâră hainele murdare în rucsac și trage de baiere să-l închidă. Hai să mergem la tatăl tău.

9

Mă uitasem de pe scară, așa că știam deja. Un bărbat brunet cu părul creț, pălărie, haină lălâie, pantaloni de tweed vârâți în niște bocanci enormi. Valize vechi care păreau să fie din recuzita unui film de pe vremuri și o cușcă de pisică din nuiele împletite, legată cu o curea de piele uzată. Birdie stătea lângă el, într-o rochie ce arăta ca o cămașă de noapte.

– Dragule! am auzit-o pe mama strigându-l pe tata. Vino să ți-l prezint pe Justin!

L-am văzut pe tata apărând din salonul de zi. Avea un trabuc între dinți și purta un pulover verde de mohair.

– Ia zi, a spus el strângând prea tare mâna nou-venitului, ești iubitul lui Birdie?

– Partenerul, a intervenit Birdie. Justin e partenerul meu.

Tata a privit-o așa cum făcea când avea impresia că cineva își bătea joc de el, de parcă ar fi avut de gând să recurgă la violență. Dar expresia i s-a estompat rapid, fiind înlocuită de un zâmbet.

– Da, desigur, a zis. Așa e modern, nu?

Birdie îi spusese mamei că ea și *partenerul* ei aveau nevoie de un loc unde să stea câteva zile. Proprietarul îi dăduse afară pentru că adoptaseră o pisică – ce idiot își ia o pisică fără să verifice termenii contractului de închiriere? Deși încă nu împlinisem unsprezece ani și nu locuisem niciodată cu chirie, pricepeam lucrurile astea –, iar Birdie nu avusese la cine să apeleze. Ca adult, acum în vârstă de patruzeci și unu de ani, am folosit adesea formula asta ca să-i conving pe oameni să mă ajute. „N-am avut la cine să apelez." Nu-i lași nici o cale de ieșire persoanei pe care încerci s-o manipulezi. Singura ei opțiune este să se dea bătută, și exact asta a făcut și mama.

– Dar avem atâtea camere, îmi zisese când m-am plâns de situație. Și e doar pentru câteva zile.

În opinia mea, tot ce voia mama era ca o vedetă pop să locuiască la noi.

Soră-mea a trecut pe lângă mine pe scări și s-a oprit cu un icnet când a văzut cușca pisicii în hol.

– Cum îl cheamă? a întrebat, ghemuindu-se ca să se uite printre zăbrele.

– E fetiță. O cheamă Suki, i-a zis Birdie.

– Suki, a murmurat ea vârându-și degetele printre gratii, iar pisica s-a împins spre mâna ei și a început să toarcă sonor.

Tipul pe nume Justin și-a luat valiza de recuzită și a întrebat:

– Unde să duc bagajul, Martina?

– Avem o cameră splendidă pentru voi la mansardă. Copii, conduceți-i pe oaspeții noștri în camera galbenă, vă rog.

Soră-mea a pornit prima pe scări. Era mult mai sociabilă decât mine. Mie adulții mi se păreau de-a dreptul înspăimântători, pe când ea îi simpatiza. Purta o pijama verde. Eu aveam un halat ecosez și papuci albaștri de pâslă. Era aproape ora nouă, așa că ne pregăteam de culcare.

– O, a exclamat Birdie când sora mea a împins ușa ascunsă în lambriu. Unde Dumnezeu ne duci?

– Asta e scara de serviciu. Mergem în camera galbenă.

– Adică e intrarea servitorilor? a pufnit Birdie.

– Da, i-a răspuns veselă sora mea; deși ne despărțea doar un an și jumătate, era prea mică pentru a înțelege că nu toată lumea era entuziasmată să doarmă într-o cameră secretă din capătul unor scări secrete, ci unele persoane se simțeau ofensate, considerând că meritau un dormitor mare și confortabil.

Scara secretă ducea la o ușă de lemn dincolo de care era un coridor lung și îngust cu pereți șui și scorojiți și podeaua deformată și săltăreață, dându-ți senzația că mergeai printr-un tren în mișcare. Camera galbenă era cea mai frumoasă dintre cele patru aflate acolo. Avea trei ferestre în tavan și un pat mare a cărui cuvertură galbenă se asorta cu tapetul galben Laura Ashley și cu veiozele moderne, cu abajururi de sticlă albastră. Mama aranjase niște lalele roșii și galbene într-o vază. Am urmărit chipul lui Birdie în timp ce înregistra detaliile, i-am observat înclinarea în silă a bărbiei, de parcă ar fi zis: „Merge".

I-am lăsat acolo și, împreună cu sora mea, am coborât scările în viteză, am traversat salonul de zi și ne-am dus în bucătărie.

Tata deschidea o sticlă de vin. Mama, cu șorțul ei cu volănașe, amesteca o salată.

– Cât o să stea oamenii ăștia?

Întrebarea îmi scăpase fără să mă gândesc. Am văzut o umbră trecând peste chipul tatei când mi-a sesizat neobrăzarea.

– Ah, nu mult.

Mama a împins dopul în sticla de oțet din vin roșu și a pus-o deoparte cu un zâmbet binevoitor.

– Putem să ne culcăm mai târziu? s-a interesat sora mea fără să privească tabloul de ansamblu, fără să se uite dincolo de vârful nasului.

– Nu azi, i-a spus mama. Poate mâine, când va fi weekend.

– Și după aia o să plece? am insistat, punând la încercare răbdarea tatei. După weekend?

M-am răsucit în momentul în care am văzut privirea mamei trecând peste umărul meu. Birdie stătea în prag cu pisica în brațe. Era maro cu alb și avea trăsături de prințesă egipteană.

– Nu stăm mult, băiețelule, mi-a zis Birdie. Doar până când Justin și cu mine ne găsim o locuință.

– Mă cheamă Henry, am informat-o, șocat că o persoană adultă mă numise, în propria mea casă, „băiețel".

Sora mea se uita pofticioasă la pisică.

– Ai vrea s-o iei în brațe? a întrebat-o Birdie.

Ea a încuviințat, așa că pisica i-a fost pusă în brațe, unde s-a răsucit imediat la 180 de grade, ca o bucată de elastic, și a sărit jos, lăsându-i o zgârietură urâtă. I-am văzut ochii umplându-se de lacrimi și gura strâmbându-se într-un zâmbet curajos.

– E în regulă, a spus, în timp ce mama s-a repezit să-i tamponeze brațul cu o cârpă umedă.

– Henry, adu niște Germolene, te rog, din dulăpiorul meu din baie.

În trecere, i-am aruncat o privire lui Birdie, vrând să-i arăt că știam că fusese neglijentă când îi dăduse pisica surorii mele. Ea mi-a întors privirea cu ochii aceia atât de mici, încât aproape că nu le puteam distinge culoarea.

Eram un puşti ciudat, acum îmi dau seama. De atunci am întâlnit o serie de băieţi ca mine: sobri, emotivi, precauţi, atenţi. Presupun că Birdie fusese o fetiţă foarte ciudată. Poate că se recunoştea în mine. Însă era limpede că mă ura, chiar şi atunci. Nu încăpea nici o îndoială. Iar sentimentul era reciproc.

Când am traversat holul, am trecut pe lângă Justin, care ţinea în mână o cutie ponosită de Black Magic şi avea un aer pierdut.

– Părinţii tăi sunt pe-acolo? m-a întrebat, arătând vag în direcţia bucătăriei.

– Da, i-am zis. În bucătărie. Pe sub bolta aceea.

– *Merci beaucoup*.

Cu toate că aveam numai zece ani, eram destul de mare ca să ştiu că fusese un răspuns afectat.

Am fost trimişi la culcare imediat după aceea, sora mea cu un plasture pe interiorul braţului, eu cu dureri de burtă în fază incipientă. Eram unul dintre copiii aceia: emoţiile mi se reflectau în intestine.

În cursul nopţii i-am auzit foindu-se deasupra. Mi-am pus o pernă pe cap şi am adormit la loc.

A doua zi am coborât foarte devreme, şi cutia de Black Magic stătea nedeschisă pe masa din bucătărie. Eram tentat să rup celofanul şi s-o deschid. Un gest mărunt de rebeliune care m-ar fi făcut să mă simt mai bine pe termen scurt, dar mult, mult mai rău pe termen lung. Simţind o mişcare în spatele meu, m-am întors brusc, moment în care am văzut pisica strecurându-se pe uşă. M-am gândit la zgârietura de pe braţul surorii mele şi mi-am adus aminte de ţâţâitul nerăbdător al lui Birdie: „A fost un accident, n-a ţinut-o bine, Suki n-ar zgâria niciodată cu intenţie“.

O sferă de mânie incandescentă m-a străbătut la amintirea acelui moment. Fără să stau pe gânduri, am mârâit amenințător și am alungat pisica din încăpere.

În ziua aceea a fost aproape o ușurare să mă duc la școală, să duc o viață normală timp de câteva ore. Tocmai începusem ultimul trimestru din școala primară. Aveam să împlinesc unsprezece ani peste o lună, eram unul dintre cei mai mici băieți din an, și după aceea aveam să mă mut la o școală mai mare, mai aproape de casă, fără pantaloni bufanți. Era un subiect care mă obseda. Eram prea matur pentru școala cu pantaloni bufanți și pentru colegii de clasă. Îmi dădeam seama că eram altfel decât ei. Cu totul altfel. Acolo nu mai era nimeni ca mine, așa că visam să merg la școala cea mare, unde aveam să fiu înconjurat de oameni asemenea mie. Totul avea să fie mai bine la școala cea mare. Trebuia mai să rezist doar zece săptămâni, apoi de-a lungul verii plictisitoare, și în sfârșit dorința avea să mi se îndeplinească.

Habar n-aveam cât de diferit avea să fie peisajul vieții mele la finalul acelei veri, habar n-aveam că toate lucrurile după care tânjisem aveau să pară doar niște visuri îndepărtate.

10

Libby stă la masa din bucătărie. Ușa din spate e deschisă către curte, care este umbrită în acest sfârșit de după-amiază, dar prea umedă ca să poată sta afară. Are la îndemână un pahar cu Diet Coke și cuburi de gheață și e în picioarele goale, și-a scos sandalele imediat ce-a intrat în apartament. Își deschide laptopul de culoarea aurului roz și intră în browserul Chrome. E aproape surprinsă să vadă că ultimul lucru pe care l-a căutat, cu patru zile în urmă, înainte ca scrisoarea să sosească și să răstoarne totul cu susul în jos, a fost lista cursurilor de salsa din cartier. „Probabil avea legătură cu găsirea unui tip", se gândește.

Deschide o nouă fereastră și cu gesturi încete, nervoase, tastează cuvintele „Martina și Henry Lamb".

Găsește imediat un link la un articol din *The Guardian* din 2015. Apasă pe el. Articolul e intitulat: „Misterul lui Serenity Lamb și al lăbuței de iepure".

„Serenity Lamb, asta eram eu, asta *sunt* eu", își spune. „Eu sunt Serenity Lamb. De asemenea, sunt Libby Jones. Libby Jones vinde bucătării în St. Albans și vrea să ia cursuri de salsa. Serenity Lamb stă într-un leagăn pictat dintr-o cameră lambrisată din Chelsea, cu o lăbuță de iepure vârâtă în așternuturi."

Îi vine greu să găsească intersecția, punctul în care una devine cealaltă. Atunci când mama ei adoptivă a luat-o prima oară în brațe, își imaginează. Dar pe atunci nu putea să-și dea seama. Nu era conștientă de tranziția de la Serenity la Libby, de răsucirea și desfacerea silențioasă a filamentelor identității sale.

Soarbe o gură de Diet Coke și se pune pe citit.

11

Casa din Antibes are nuanța trandafirilor ofiliți: un roșu prăfos, estompat, cu obloanele vopsite într-un albastru viu. Este casa în care Lucy a trăit cândva, într-o altă viață, când era măritată cu tatăl lui Marco. La zece ani după divorț, tot nu-i vine să-i pronunțe numele. O cuprinde greața ori de câte ori îl simte pe limbă, pe buze. Iată însă că se află aici, în fața lui, și numele lui este Michael. Michael Rimmer.

Pe aleea din față e parcat un Maserati roșu, luat în leasing, fără îndoială, pentru că Michael poate fi multe lucruri, dar *atât de bogat pe cât crede el c-ar trebui să fie* nu se numără printre acestea. Observă privirea lui Marco zăbovind asupra mașinii. Îi vede dorința pură înscrisă în trăsăturile feței, modul în care-și ține respirația, uluirea.

– Nu e a lui, îi șoptește, e închiriată.

– De unde știi?

– Știu.

O strânge pe Stella de mână într-un gest liniștitor. Stella nu l-a mai întâlnit pe tatăl lui Marco, dar știe foarte bine ce părere are Lucy despre el. Se apropie de ușă, iar Lucy apasă pe soneria de alamă. Își face apariția o servitoare purtând un halat de lucru alb și mănuși de cauciuc.

– *Bonjour, madame*, îi spune zâmbitoare.

- Domnul Rimmer e acasă? o întreabă Lucy folosindu-şi cel mai bun şi mai clar accent englezesc.

- *Oui.* Da, e în grădină. Vă rog să aşteptaţi o clipă. Extrage un mic Nokia negru din buzunarul salopetei, îşi scoate o mănuşă şi formează un număr. Ridică privirea: Cine să-i spun că îl caută?

- Lucy. Şi Marco.

- Domnule Rimmer, e aici o doamnă pe nume Lucy. Şi un băiat pe nume Marco. Încuviinţează din cap, apoi spune: OK. Da. OK. OK. Domnul Rimmer mi-a cerut să vă conduc la dânsul. Veniţi.

Lucy o urmează pe femeia micuţă prin hol. Îşi fereşte privirea în timp ce merge, nevrând să vadă locul de la baza scării de piatră unde, gravidă în patru luni cu Marco, a aterizat cu un braţ rupt şi o coastă fracturată când Michael a împins-o. Nu vrea să vadă locul de pe peretele din coridor unde Michael i-a izbit în mod repetat capul pe motiv că avusese o zi proastă la muncă - sau cel puţin aşa i-a explicat o oră mai târziu, când încerca s-o împiedice să plece pentru că o iubea atât de mult, pentru că *nu putea trăi fără ea.* Ah, ce ironie! Acum e bine mersi, însurat cu altcineva şi cum nu se poate mai viu.

Mâinile lui Lucy încep să tremure când se apropie de intrarea din spate, cea pe care o cunoaşte atât de bine, uşile mari cu două canaturi care se deschid în splendoarea tropicală a grădinii, unde moliile colibri sorb seva florilor în formă de corn şi bananierii cresc în colţurile umbrite, unde o cascadă micuţă şiroieşte printre pietrele acoperite cu vegetaţie şi un dreptunghi strălucitor de apă azurie se încălzeşte la soare în capătul sudic. Acolo este şi el. Michael Rimmer. Aşezat la o masă lângă piscină, cu o cască wireless într-o ureche, un laptop deschis în față și două telefoane, sticla mică de bere dezmințind imaginea de om de afaceri extrem de ocupat pe care s-a străduit să și-o construiască.

– Lucy! exclamă radios. Se ridică și-și suge burta bronzată, încercând să mascheze faptul că la patruzeci și opt de ani nu mai are fizicul sculptat la sala de forță din urmă cu un deceniu, când tânăra femeie a fugit de el cât au ținut-o picioarele. Își scoate casca din ureche și se îndreaptă spre ea. Lucy! repetă cu și mai multă căldură în glas, întinzându-și brațele.

Lucy face un pas înapoi.

– Michael, îi răspunde circumspect, îndepărtându-se de el.

Bărbatul se întoarce spre Marco și-l îmbrățișează strâns.

– Deci i-ai spus?

Marco încuviințează din cap.

Michael îi aruncă o ocheadă de prefăcută mustrare, apoi își îndreaptă atenția către Stella, care stă agățată de piciorul mamei sale.

– Și cine e domnișoara?

– E Stella, spune Lucy. Fiica mea.

– Uau! Ce fetiță drăgălașă! Îmi pare foarte bine să te cunosc. Îi întinde mâna, iar Lucy rezistă tentației de-a o trage pe Stella din calea lui. Și el este...? întreabă privind spre câine.

– El e Fitzgerald. Pe scurt, Fitz.

– De la F. Scott?

– Da, de la F. Scott.

Lucy simte un val de adrenalină prin corp: amintirea sesiunilor de întrebări și răspunsuri la care o obliga să participe ca să-i arate că era proastă și needucată, nedemnă de el, norocoasă că o băga în seamă. Dar în sufletul ei existase întotdeauna o certitudine de neclintit că Michael se înşela, că într-o zi avea să scape şi că, odată ce scăpa, n-avea să se mai uite în urmă. Şi totuşi acum răspunde cu nervozitate la întrebările lui şi e pe cale să-i ceară bani; a ajuns aproape de punctul de unde a pornit.

- Salut, Fitz, spune el scărpinând câinele sub bărbie. Eşti tare simpatic! Apoi se ridică şi cercetează din priviri micul grup. La fel o scruta şi pe Lucy când cântărea posibilitatea de a o pedepsi. Momentul acela crucial care se putea încheia cu un râset şi o îmbrăţişare sau cu un deget rupt sau cu un braţ răsucit. Nu-mi vine să cred că sunteţi aici! Sunteţi absolut adorabili. Vă pot servi cu ceva? Nişte suc? Se uită la Lucy. Au voie suc?

Ea aprobă, iar Michael priveşte spre servitoare, care aşteaptă în umbra terasei din spatele casei.

- Joy! Nişte suc pentru copii! Mulţumesc! Şi tu, Lucy? Vin? Bere?

Lucy n-a băut alcool de săptămâni întregi. Ar da orice pentru o bere. Nu poate însă. În următoarea jumătate de oră o să aibă nevoie de întreaga ei prezenţă de spirit, aşa că scutură din cap.

- Nu, mersi. Tot suc şi pentru mine.

- Trei sucuri, Joy. Mulţumesc. Şi încă o bere pentru mine. A, şi nişte chipsuri de cartofi. Ăia, cum se cheamă, cu striaţii? Grozav. Îşi întoarce privirea spre Lucy, în continuare jucându-şi rolul de puştan fermecător: Stai jos, stai jos.

Aranjează scaunele în jurul mesei şi iau loc cu toţii.

- Aşadar, Lucy Lou, cum ţi-a mers în toţi anii ăştia?

Ea dă din umeri zâmbind.

- Ştii cum e. M-am descurcat. Am îmbătrânit. M-am înţelepţit.

- Şi ai fost aici tot timpul?

- Da.

– Nu te-ai întors în Anglia?

– Nu.

– Şi fetiţa ta... tatăl ei... Eşti măritată?

– Nu. Am trăit împreună vreo doi ani. După aia, el s-a dus în Algeria să-şi „viziteze rudele" în urmă cu vreo trei ani, şi de atunci nu mai avem nici o veste.

Michael se cutremură, de parcă dispariţia tatălui Stellei ar fi fost echivalentă cu maltratarea ei fizică. O ironie greu de suportat, se gândeşte Lucy.

– Nasol, murmură el. E nasol. Deci eşti mamă singură?

– Da. Da.

Joy se întoarce cu o tavă pe care se află o carafă cu suc rece de portocale, trei pahare pe suporturi de hârtie, chipsuri în castronaşe din argint, şerveţele, paie. Michael toarnă sucul, le împarte paharele, le oferă chipsurile cu striaţii. Copiii se reped să le înfulece.

– Mai încet, şuieră ea.

– E în regulă, spune Michael. Am o mulţime de pungi, să ştii. Aşadar, unde stai acum?

– Pe ici, pe colo.

– Şi tot...? o întreabă mimând cântatul la vioară.

Lucy zâmbeşte strâmb.

– Păi, da, cântam. Până când la o petrecere a burlacilor un beţivan englez a hotărât să mi-o smulgă din mână, iar după aia a trebuit să-i fugăresc pe el şi pe amicii lui juma' de ceas ca să mi-o iau înapoi. A apucat însă s-o arunce peste un zid. Acum e la reparat. Sau, mai precis, a fost reparată. Dar... Cu gura uscată de groază, continuă: N-am cu ce să plătesc lucrarea.

Îi aruncă privirea de „vai, biata de tine", cea pe care i-o oferea de fiecare dată după ce o rănea.

– Cât? o întreabă, răsucindu-se deja ca să-şi ia portofelul din buzunarul din spate.

– O sută zece euro, îi răspunde ea puțin mai calmă.

Îl urmărește scoțând bancnotele una câte una, apoi întinzându-i-le îndoite.

– Uite aici. Și ceva pe deasupra. Poate îmi duci băiatul la tuns. Poate te duci și tu.

Acum, când se uită la părul ei, pe chipul lui se afișează expresia sumbră a dezamăgirii. *Nu te mai îngrijești. Nu faci nici un efort. Cum te-aș putea iubi când. Nu. Faci. Nici. Un. Nenorocit. De. Efort.*

Când îi ia din mână bancnotele împăturite, Lucy simte rezistența aproape imperceptibilă în momentul în care el își întețește strânsoarea asupra lor, indiciul unui joc malefic pe tema controlului și puterii. În cele din urmă, Michael își retrage mâna zâmbind.

– Mulțumesc, îi spune ea vârând banii în geantă. Îți sunt recunoscătoare. O să ți-i dau înapoi în vreo două săptămâni. Promit.

– Nu, îi răspunde el cu un zâmbet pervers, lăsându-se pe spate și desfăcându-și ușor picioarele. Nu-i vreau înapoi. Dar...

Un fior rece o străbate pe șira spinării.

– Promite-mi un lucru, continuă Michael.

Surâsul ei îngheață.

– Mi-ar face mare plăcere să vă revăd mai pe îndelete. Pe tine și pe Marco. Și pe tine, bineînțeles, adaugă el făcându-i cu ochiul Stellei. Sunt aici toată vara. Până la mijlocul lui septembrie. Între contracte. Știi.

– Și soția ta?

– Rachel a trebuit să se întoarcă. Are treburi importante de rezolvat în Marea Britanie.

O spusese pe un ton disprețuitor. Rachel ar putea să fie neurochirurg sau politician, de ea ar putea să depindă mii de vieți. Dar, din punctul de vedere al lui Michael, orice distrage atenția unei femei de la el, chiar și numai o clipă, este o glumă jalnică. În categoria asta intră și copiii.

– Ah, face ea. Ce păcat!

– N-aș zice. Aveam nevoie de liniște. Pentru că... poți să ghicești cu ce mă ocup? Cum Lucy clatină din cap zâmbind, se grăbește s-o lămurească: Scriu un roman. Sau, mai curând, niște memorii. Sau poate o combinație între cele două. O chestie semi-autobiografică. Încă nu știu precis.

„Dumnezeule, e atât de încântat de el însuși", se gândește Lucy, de parcă ar vrea ca ea să-i spună: „Uau, Michael, e extraordinar, ești un geniu!" În loc de asta, ar vrea să-i râdă-n nas: „Ei poftim, scrii o carte? Vorbești serios?"

– E grozav, îi răspunde în cele din urmă. Ce palpitant!

– Ar trebui să fie, într-adevăr. Deși am și perioade în care inspirația o lasă mai moale, e firesc. Așa că ar fi nemaipomenit dacă am putea să ne mai vedem. Să petrecem mai mult timp împreună. Să folosim piscina asta care stă degeaba.

Lucy îi urmărește privirea în direcția piscinei. Respirația i se întețește, plămânii i se umflă, apoi se micșorează, inima îi bubuie la amintirea clipelor când capul ei era sub acea apă turcoaz perfectă, presiunea mâinilor lui pe creștet. A împins-o. A împins-o până când plămânii aproape i-au explodat. Apoi i-a dat drumul brusc, iar în timp ce ea tușea și icnea, chinuindu-se să-și revină, el a ieșit din piscină, a luat un prosop de pe un șezlong, și l-a înfășurat în jurul șoldurilor și a intrat cu pași mari în casă fără să privească în urmă.

– Aș fi putut să te omor, i-a spus după aceea. Dacă aș vrut. Știi asta, nu-i așa? Aș fi putut să te omor.

– De ce n-ai făcut-o? l-a întrebat ea.

– Pentru că n-am catadicsit.

– Poate, cine știe, îi spune Lucy acum. Deși suntem destul de ocupați vara asta.

– Da, vine replica lui condescendentă. N-am nici o îndoială că sunteți ocupați.

– Știi, îi spune ea întorcându-se ca să se uite la casă, întotdeauna m-am gândit c-ai vândut proprietatea asta. În decursul timpului am văzut alți oameni locuind aici.

– Chiriași de vacanță.

Tânăra femeie poate decela rușinea din glasul lui la ideea că bogatul, sclipitorul, incredibilul, înfloritorul Michael Rimmer a trebuit să coboare atât de jos încât să-și închirieze casa de vacanță din Antibes unor străini.

După o clipă de tăcere, el simte nevoia să-i explice:

– Era păcat s-o las să stea goală în timp ce alți oameni puteau să se bucure de ea.

Lucy aprobă, lăsându-l să se agațe de această minciunică jalnică. Michel îi urăște pe „alți oameni". Cu siguranță, ordonă ca proprietatea să fie dezinfectată dintr-un capăt în celălalt înainte de a se putea gândi să se întoarcă.

– Ei bine, spune ea răsucindu-se să le zâmbească lui Marco și Stellei, a venit vremea să ne punem în mișcare.

– Nu, o oprește Michael. Mai stați! De ce nu? Aș putea deschide o sticlă de ceva bun. Copiii se pot bălăci în piscină. O să ne distrăm!

– Atelierul de instrumente muzicale se închide în curând, insistă Lucy încercând să-și ascundă nervozitatea. Chiar am nevoie să-mi recuperez vioara acum, ca să pot lucra în seara asta. Dar îți mulțumesc. Îți mulțumesc din suflet. Cum spuneți, copii?

La rândul lor, Marco și Stella îi mulțumesc, iar Michael se luminează la față.

– Sunt niște copii superbi. Într-adevăr superbi.

Îi conduce până la ușa din față. Pare c-ar vrea s-o îmbrățișeze pe Lucy, însă ea se lasă rapid în genunchi ca să aranjeze zgarda câinelui. Michael se uită la ei din prag, peste capota mașinii lui ridicole, cu zâmbetul încă jucându-i pe buze.

Preț de câteva clipe, Lucy se gândește c-o să vomite, așa că rămâne în loc și inspiră adânc. Apoi, când sunt pe cale să dea colțul, câinele se așază brusc pe vine și depune o grămăjoară de excremente lângă zidul casei lui Michael, fix în calea soarelui puternic de după-amiază. Lucy caută în poșetă o pungă de plastic ca să curețe, dar își ia seama. Peste o oră, rahatul o să fie copt și-o să dea în clocot. O să fie primul lucru pe care-l vede când iese din casă. Ar putea chiar să calce în el.

Îl lasă acolo.

12

Libby trebuia să se ducă la un grătar sâmbătă. Abia aștepta. Prietena ei, April, îi spusese că voia să invite „un tip tare de la muncă. Sunt convinsă c-o să-ți placă de el. Îl cheamă Danny".

Acum însă, în zorii zilei de sâmbătă, când se prefigurează o vreme caniculară, cu cerul enervant de albastru, când ferestrele sunt deja fierbinți în momentul în care le deschide, Libby nu se gândește nici la Danny, tipul cel tare, nici la vestita salată picantă de cușcuș a lui April sau la cupa rotundă de Aperol Spritz pe care ar ține-o în mână în timp ce și-ar răcori picioarele în mica piscină gonflabilă. Nu se gândește la nimic altceva în afară de misterul lui Serenity Lamb și al lăbuței de iepure.

Îi trimite un SMS lui April: „Îmi pare tare rău. Să ai o zi minunată. Să-mi zici dacă mai ești în formă diseară, vin să bem ceva de noapte bună".

Apoi face duș, își pune un costum cu imprimeu tropical și sandale din piele aurie, își masează brațele și umerii cu cremă de protecție solară, își așază ochelarii de soare pe vârful capului, se asigură că are în poșetă cheile casei și pornește spre gară ca să ia trenul de Londra.

Libby vâră cheia în lacăt și o răsucește, iar după ce înlătură panoul de lemn introduce altă cheie în ușa propriu-zisă. Se aşteaptă cumva să simtă o bătaie pe umăr, să fie întrebată ce face acolo, dacă are permisiunea să deschidă uşa cu cheile acelea.

În clipa următoare e în casă. În casa ei. Şi e singură. Închide uşa, iar zgomotul traficului matinal se stinge instantaneu; fierbinţeala de pe gât i se răcoreşte.

Câteva secunde rămâne complet nemişcată.

Şi-i imaginează pe poliţişti stând chiar acolo unde se află ea. Poartă căşti de modă veche. Ştie cum arată, deoarece articolul din *Guardian* avea şi poze. Agenţii Ali Shah şi John Robbin. Dădeau curs unui apel anonim primit la secţie din partea unui „vecin preocupat". Vecinul preocupat nu fusese identificat niciodată.

Merge în bucătărie pe urmele dispărute ale lui Shah şi Robbin. Mirosul trebuie să fi fost mai puternic acum. Agentul Shah îşi amintea zgomotul muştelor. A crezut că cineva lăsase în funcţiune o maşină de tuns sau o periuţă de dinţi electrică. Trupurile, au spus ei, erau într-un stadiu incipient de putrefacţie, încă recognoscibile, o femeie de treizeci şi cinci de ani brunetă, atrăgătoare, şi un bărbat mai în vârstă cu părul grizonant. Se ţineau de mână. Lângă ei zăcea cadavrul unui alt bărbat. Vreo patruzeci de ani. Înalt. Păr castaniu. Toţi erau îmbrăcaţi în negru: femeia, într-o tunică şi colanţi, bărbaţii, într-un fel de robe. Hainele fuseseră cusute de mână. Ulterior, în camera din spate a fost găsită o maşină de cusut, iar într-un coş de gunoi, resturi de material negru.

În afară de muştele zumzăitoare, în casă domnea o linişte mormântală. Poliţiştii au spus că nu s-ar fi gândit să caute bebeluşul dacă n-ar fi fost menţionat în biletul lăsat pe masă. Prima oară nu văzuseră dressingul alăturat dormitorului matrimonial, dar apoi auziseră un sunet, un „ooh", după cum a relatat agentul Shah.

Un „ooh".

Libby urcă încet la etaj și intră în dormitor. Se uită după colțul ușii în dressing.

Acolo fusese! Frumușică foc! Asta spusese agentul Robbin. „Frumușică foc!"

I se face pielea de găină la vederea leagănului pictat, dar reușește să treacă peste neplăcere și se uită la el până când nu mai simte nimic. După câteva clipe hotărăște că s-a calmat suficient ca să-l atingă. Și-i închipuie pe cei doi tineri polițiști uitându-se înăuntru. Se închipuie pe sine, în costumașul alb Babygro, cu părul deja mare, cu bucle à la Shirley Temple deși avea doar zece luni, dând încântată din piciorușe la vederea celor două fețe prietenoase care o priveau.

„A încercat să se ridice", a spus Robbin. „Se agăța de marginile leagănului. Disperată să fie scoasă de-acolo. Nu știam ce să facem. Era o probă. Aveam voie s-o atingem? Trebuia să chemăm ajutoare? Eram năuciți."

În cele din urmă, se pare că au decis să n-o ia din leagăn. Agentul Shah i-a cântat o mulțime de cântecele în timp ce așteptau să primească instrucțiuni. Lui Libby îi pare rău că nu și le poate aminti: oare ce cântecele îi cântase polițistul acela de treabă? Îi făcuse plăcere să-i cânte? Se simțise jenat? Potrivit articolului, urma să aibă cinci copii, dar când a găsit-o pe Serenity Lamb nu avea nici o experiență cu bebelușii.

Echipa de criminaliști a sosit curând, însoțită de o polițistă cu misiunea de a se ocupa de copil. O chema Felicity Measures, și pe atunci avea patruzeci și unu de ani. Acum are șaizeci și cinci și e la pensie, locuiește în Algarve cu cel de-al treilea soț. „Era un bebeluș tare drăgălaș", a declarat ea conform articolului. „Bucle aurii, bine hrănită și îngrijită. Foarte veselă și dornică de mângâieri. Culmea, dacă stai să te gândești unde fusese lăsată. Atmosfera de-acolo era gotică, zău. Da, era foarte, foarte gotică."

Libby împinge leagănul, iar acesta scârțâie jalnic, mărturisindu-și vârsta venerabilă. Oare pentru cine o fi fost cumpărat? se întreabă. Pentru ea însăși, sau pentru generații de bebeluși înaintea ei? Deoarece acum știe că sunt și alți actori în povestea vieții sale. Nu doar Martina și Henry Lamb și bărbatul misterios. Nu doar copiii dispăruți. Vecinii vorbiseră nu de doi, ci de „numeroși" copii, de alte persoane care „veneau și plecau". În casă erau o mulțime de pete de sânge și urme de ADN neidentificabile, fibre, fire de păr, bilete ciudate și inscripții pe pereți și panouri secrete, iar în grădină era un strat cu plante medicinale dintre care unele fuseseră folosite în așa-zisul pact de sinucidere încheiat de părinții ei.

„Ne eliberăm de aceste trupuri stricate, de această lume vrednică de dispreț, de durere și dezamăgire. Pe fetița noastră o cheamă Serenity Lamb. Are zece luni. Vă rugăm să faceți în așa fel încât să ajungă la niște oameni cumsecade. Pace veșnică, H.L., M.L., D.T.", scria în biletul de lângă trupurile lor intrate în descompunere.

Libby iese din încăpere și începe să se plimbe prin casă în căutarea obiectelor care au fost găsite după tragedie. Oricine mai fusese acolo în noaptea sinuciderilor fugise, se afirma în articol, lăsând ușile șifonierelor date de perete, mâncare în frigider, cărți deschise pe podea, bucăți de tapet rupte de pe pereți, lăsând vederii colțurile lipite cu bandă adezivă.

Găsește una dintre aceste fâșii adezive pe peretele bucătăriei, galbenă și întărită. Dezlipește de pe ea bucățica de tapet și, ținând-o între degete, o privește. Ce fusese pe ea atât de important, încât oamenii care fugiseră de pe nava care se scufunda nu voiseră ca alții să vadă?

În bucătăria rustică e un frigider, o măgăoaie ruginită în stil american, crem cu bej, probabil o raritate în Marea Britanie a anilor optzeci, se gândește ea. Deschide ușa și-și vâră nasul înăuntru. Pete de mucegai și două tăvițe pentru gheață crăpate, nimic mai mult. În dulapurile din bucătărie găsește niște cutii emailate goale și o pungă cu făină atât de veche, încât e tare ca o cărămidă. Sunt acolo un set de cești de ceai albe, un ceainic cromat, borcănașe cu ierburi și mirodenii, un grătar pentru prăjit pâinea, o tavă mare, vopsită în negru. Zgârie vopseaua neagră ca să scoată la iveală argintul de dedesubt. Oare de ce ar fi vrut cineva să vopsească în negru o tavă de argint?

Și apoi se oprește. A auzit ceva. Un fel de mișcare la etaj. Vâră tava la loc în dulap și se duce la baza scărilor. Aude iarăși sunetul, un soi de bufnet înfundat. Bătăile inimii i se întețesc. Urcă în vârful picioarelor până pe palier. Se aude iar. Și iar. Și pe urmă - pulsul i-o ia razna în momentul acela - cineva își drege glasul.

„Domnul Royle“, se gândește, „trebuie să fie domnul Royle, avocatul. Nu poate fi nimeni altcineva. Nu încape îndoială.“

-Alo? strigă. Hei, domnule Royle!

Nu primește în schimb decât tăcere. O tăcere imediată, deliberată.

-Alo! strigă iar.

Liniștea domnește apăsător la mansardă. Aproape că poate să audă sângele cuiva pulsând.

Își aduce aminte de toate celelalte mistere enumerate în articol: copiii care au fugit din casă, persoana care a rămas să aibă grijă de ea; se gândește la inscripțiile de pe pereți, la fâșia de pânză care atârna pe calorifer și la zgârieturile săpate în ziduri, la biletul stângaci lăsat de părinții ei, la trandafirii bleu de pe leagănul scârțâitor, a bucățile de tapet smulse de pe pereți, la petele de sânge și zăvoarele montate pe exteriorul ușilor de la camerele copiilor. Apoi se gândește iarăși la peluza perfectă a prietenei sale, April, la cușcușul ei picant, la cupa de Aperol Spritz oranj-neon, la picioarele ei lipicioase în apa rece ca gheața din piscina gonflabilă. Se gândește la Danny, tipul cel tare, și la potențialii bebeluși pe care i-ar avea la treizeci de ani. Sau mai devreme. Chiar așa, de ce nu mai devreme? De ce să amâne? Poate să vândă casa asta cu trecutul ei sinistru, cu frigiderul ei mucegăit și grădina moartă, cu locatarul ei din pod care bufnește și-și drege glasul. Poate s-o vândă acum și să fie bogată și să se mărite cu Danny și să aibă copii cu el. Nu-i mai pasă de ceea ce s-a întâmplat aici. Nu vrea să știe.

Scotocește prin poșetă după chei, apoi încuie ușa masivă de la intrare și panoul cu lacăt. Pășind ușurată pe trotuarul fierbinte, își scoate telefonul din poșetă.

„Păstrează-mi niște cușcuș. Sunt la tine într-o oră."

13

Lucy își întoarce vioara pe toate părțile în lumina slabă a atelierului de instrumente muzicale. O pune sub bărbie și cântă repede trei octave și trei arpegii în la major, verificând uniformitatea sunetului și încercând să detecteze posibilele defecte.

Se uită radioasă la *monsieur* Vincent.

– E uimitor, îi spune în franceză. E mai bine decât înainte!

O cuprinde brusc un val de duioșie. Nu-și dăduse seama, în atmosfera groaznică a ultimelor săptămâni, când dormise pe plaje și pe sub poduri, cât de greu îi fusese să stea despărțită de instrumentul ei și câtă furie nutrise la adresa imbecililor beți care i-l stricaseră. Mai mult decât atât, nu-și dăduse seama ce dor îi era să cânte la vioară.

Numără bancnotele de douăzeci de euro pe tejghea, iar *monsieur* Vincent îi scrie o chitanță, o rupe din carnet și i-o întinde, după care scoate două acadele Chupa Chups din suportul lor și le înmânează copiilor.

– Să ai grijă de mama ta, îi spune lui Marco. Și de surioara ta.

Afară, în aerul ceva mai răcoros al serii, Lucy desface ambalajul unei acadele și i-o dă fetiței. Apoi se îndreaptă cu toții spre centrul turistic; copiii sunt ocupați cu acadelele, câinele amușină asfaltul fierbinte în căutare de oase de pui ori resturi de înghețată. Lui Lucy nu-i e foame. Întâlnirea lui Michael i-a distrus complet pofta de mâncare.

Primii clienți ai restaurantelor au și apărut: vilegiaturiști în vârstă sau familii cu copii mici. Asta e o categorie mai greu de impresionat decât cea a petrecăreților, care ies mai târziu. Aceia sunt deja abțiguiți; nu se jenează să se apropie de tipa în fustă de tul și bluză cu bretele, cu brațe musculoase bronzate, sâni mari, piercing în nas și lănțișor la gleznă, cu doi copii frumoși și obosiți așezați pe un covoraș de yoga în spatele ei la umbră, alături de terierul Jack Russel cu un aer neîngrijit care stă cu botul pe labe. Petrecăreții nu sunt distrași de scâncetele copiilor mici care trebuiau de mult să fie în pat. Nici nu se întreabă cu cinism dacă ea va cheltui banii pe droguri sau băutură, dacă băiatul, fetița și câinele sunt numai pentru recuzită, dacă o să-i bată când ajung acasă în caz că n-a câștigat destui bani. A auzit vrute și nevrute de-a lungul anilor. A fost acuzată de toate astea și de multe altele, dar cu timpul pielea i s-a tăbăcit.

Scoate din rucsac ceea ce Marco numea pe vremuri „pălăria de bani“. Acum îi spune „pălăria de cerșit“. Urăște pălăria aceea.

O pune pe jos în fața ei și deschide cutia viorii. Se uită în spate spre copii, să vadă dacă sunt bine. Marco citește o carte, iar Stella colorează de zor. Băiatul îi aruncă o privire excedată.

– Cât o să stăm aici?

Se poartă ca un adolescent în toată puterea cuvântului, deși mai are destul până să împlinească doisprezece ani.

– Până fac destui bani pentru o săptămână la Casa Albastră.

– Cât înseamnă asta?

- Cincisprezece euro pe noapte.

- Nu știu de ce nu i-ai cerut pur și simplu tatei niște bani. Are de unde. Ar fi putut să-ți mai dea o sută. Ar fi fost atât de ușor!

- Marco. Știi de ce. Acum, te rog, lasă-mă să-mi fac treaba.

Puștiul țâțâie și ridică din sprâncene, apoi își coboară ochii spre carte.

Lucy își duce vioara la bărbie, își împinge în față piciorul drept, închide ochii, trage aer în piept și începe să cânte.

E o noapte numai bună; furtuna de ieri a disipat tensiunea din atmosferă, nu mai e atât de cald și oamenii sunt mai relaxați. O mulțime de turiști se opresc s-o urmărească pe Lucy cântând la vioară. Interpretează piese de-ale celor de la The Pogues și Dexys Midnight Runners; doar în timp ce cântă „Come on Eileen" socotește că vreo cincisprezece euro i-au fost aruncați în pălărie. Lumea fredonează și zâmbește; un tip și o tipă de vreo treizeci de ani îi dau o bancnotă de zece euro pur și simplu pentru că s-au logodit. O doamnă în vârstă îi dă cinci euro pentru că tatăl ei cânta la vioară și asta îi amintește de copilăria ei fericită. Pe la nouă și jumătate, Lucy a cântat deja în trei locuri și a strâns aproape șaptezeci de euro.

Își adună copiii, câinele, bagajele. Stella abia își poate ține ochii deschiși, și Lucy simte nostalgie după vremurile când o plimba în cărucior; la sfârșitul zilei de muncă o culca acolo, apoi o ducea direct în pat. Dar acum trebuie s-o trezească, s-o oblige să meargă, să încerce să nu țipe la ea când scâncește că e prea obosită.

Casa Albastră e la zece minute distanță, la jumătatea dealului în vârful căruia se află Le Parc du Château.

E o clădire lungă și îngustă, inițial zugrăvită în bleu, odinioară o reședință elegantă, cu o vedere splendidă spre Mediterana, acum scorojită și cenușie, cu ochiuri de geam sparte și burlanele acoperite de iederă. Un bărbat pe nume Giuseppe a cumpărat-o în anii '60, a lăsat-o să cadă în paragină și apoi i-a vândut-o unui afacerist care a umplut-o cu itineranți, câte o familie în fiecare cameră, baia la comun, gândaci, nici un serviciu, plata numai cu bani gheață. Proprietarul îl lasă pe Giuseppe să stea într-o garsonieră de la parter, iar în schimb acesta se ocupă de administrație și întreținere și plătește o chirie modică.

Giuseppe o adoră pe Lucy. „Dacă aș fi avut o fiică", obișnuiește el să spună, „ar fi fost ca tine. Ți-o jur."

Timp de câteva săptămâni după incidentul cu vioara, Lucy nu plătise nici un cent la chirie, așa că tot așteptase ca proprietarul s-o dea afară. Apoi un alt chiriaș îi spusese că Giuseppe plătea în locul ei. Își făcuse bagajele în aceeași zi și plecase fără să-și ia rămas-bun.

Acum, când cotesc pe aleea spre Casa Albastră, simte că intră în panică. Și dacă Giuseppe n-are o cameră liberă? Și dacă e furios că a plecat fără o vorbă și-o să-i trântească ușa în nas? Și dacă a plecat? Dacă a murit? Dacă a fost un incendiu și casa s-a transformat în scrum?

Însă el vine la ușă, se uită prin spațiul îngăduit de lanțul de siguranță și zâmbește, lăsând să se vadă un șir de dinți înnegriți prin barba stufoasă cu fire cenușii. Când observă cutia de vioară, zâmbetul îi devine și mai larg.

– Fata mea, exclamă desprinzând lanțul și deschizând ușa. Copiii mei! Cățelul meu! Haideți, intrați!

Câinele se repede înăuntru nebun de bucurie și-i sare în brațe, aproape doborându-l. Stella îi cuprinde picioarele cu brațele, iar Marco se lipește de el și-l lasă să-l sărute pe creștet.

– Am șaptezeci de euro, anunță ea. Destul pentru câteva nopți.

– Ai vioara. Poți să stai cât vrei. Ai slăbit. Ați slăbit cu toții. Am numai niște pâine. Și niște șuncă. Nu e o șuncă bună, dar am unt bun, așa că...

Îl urmează în garsoniera lui de la parter. Câinele sare imediat pe canapea și se ghemuiește, aruncându-i lui Lucy o privire care înseamnă: „În sfârșit!" Giuseppe se duce în chicinetă și revine de acolo cu pâine, șuncă și trei sticluțe pântecoase de Orangina. Lucy ia loc lângă câine; în timp ce-l mângâie pe gât respiră profund, simțind cum măruntaiele i se deznoadă și se așază cum trebuie. Apoi își vâră mâna în rucsac să-și caute telefonul. Bateria s-a epuizat cândva în timpul serii. Cu încărcătorul în mână, îl întreabă pe Giuseppe:

– E în regulă dacă-mi încarc telefonul?

– Sigur că da, scumpo. Uite acolo o priză liberă.

Îl branșează și ține apăsat butonul de pornire, așteptându-l să se trezească la viață.

Notificarea e încă acolo.

Bebelușul a împlinit douăzeci și cinci de ani.

Se așază împreună cu copiii în jurul măsuței de cafea și-i privește cum mănâncă pâine și șuncă. Umilințele din ultima săptămână încep să se șteargă, asemenea urmelor de pași de pe țărm. Copiii ei sunt în siguranță. Au mâncare. Ea și-a recuperat vioara. Are un pat în care să doarmă. Are bani în portofel.

Și Giuseppe se uită la copii. Ridică privirea spre ea și-i zâmbește.

– Am fost așa de îngrijorat în privința voastră! Unde ați fost?

– Ei, am stat cu o prietenă, îi răspunde ea, nevrând să intre în detalii.

– Nu... începe Marco, însă Lucy îl înghiontește, apoi se întoarce spre Giuseppe.

– Mi-a spus o păsărică ce-ai făcut, zăpăcitule. Și n-am putut să accept. Pur și simplu n-am putut. Și știam că dacă-ți spuneam că plec m-ai fi convins să rămân. Așa că a trebuit s-o întindem pe furiș, și, sincer, ne-am descurcat. Totul a fost bine. Uită-te la noi! Suntem bine cu toții.

Ia câinele în brațe ca să i-l arate.

– Și ți-ai recuperat vioara?

– Da. Prin urmare... e vreo cameră liberă? Nu trebuie să fie camera în care stăm de obicei. Poate fi oricare, nu contează.

– E o cameră liberă. Dar e în spate, așa că n-are priveliște. Și e cam întunecoasă. Iar dușul e stricat, e doar un robinet. Te poți caza acolo pentru doisprezece euro pe noapte.

– Da, exclamă Lucy, da, te rog! Pune câinele jos, se ridică și-l îmbrățișează pe Giuseppe. Miroase a praf și a bătrânețe, e cam murdar, însă nu-i pasă. Îți mulțumesc! Îți mulțumesc din suflet!

În noaptea aceea, Lucy, Marco și Stella dorm în patul mic din camera întunecoasă din spatele casei, unde scrâșnetul cauciucurilor pe asfaltul fierbinte e în concurență cu scârțâitul ventilatorului hodorogit, televizorul vecinilor de alături și o muscă prinsă cumva între perdea și fereastră. Stella și-a vârât pumnișorul în fața mamei sale, Marco geme încetișor prin somn, iar câinele sforăie. Dar Lucy doarme dusă, reușind să se odihnească așa cum trebuie pentru prima oară într-o săptămână.

14

Ziua aceea, 8 septembrie 1988, ar fi trebuit să fie pentru mine a doua zi la școala cea mare, dar de-acum trebuie să fi ghicit deja că n-am avut prilejul să merg în anul acela la mult dorita școală, școala unde aveam să-mi întâlnesc sufletele pereche, prietenii pe viață, oamenii mei. Pe timpul verii o tot întrebam pe mama: „Când mergem la Harrods să cumpărăm uniforma?" Iar ea îmi răspundea: „Hai să așteptăm sfârșitul vacanței, în caz că mai crești". Sfârșitul vacanței se apropia, și noi tot nu fuseserăm la Harrods.

Nu fuseserăm nici în Germania. De obicei stăteam o săptămână sau două cu bunica în casa ei mare și aerisită din Pădurea Neagră, cu piscina ei rece așezată pe iarbă și acele mătăsoase de pin care-mi înțepau tălpile. După toate aparențele, în vara asta nu ne permiteam să călătorim, iar dacă nu ne permiteam un zbor până în Germania, cum Dumnezeu aveam să ne permitem taxele școlare?

Pe la începutul lui septembrie, părinții mei depuneau de zor cereri de admitere la școlile de stat din preajmă și ne treceau numele pe listele de așteptare. N-au spus niciodată clar că aveam probleme financiare, însă era evident. M-a durut stomacul zile în șir de teamă că aveam să fiu hărțuit la școala de cartier.

Ah, ce preocupări mărunte! Ce griji meschine! Mă uit în urmă la cel care eram la unsprezece ani: un băiat ciudățel de înălțime medie, slăbănog, cu ochii albaștri ai mamei, părul castaniu al tatei, genunchii ca niște cartofi înfipți fiecare într-un băț, o atitudine ușor arogantă, un puști răsfățat convins că toate capitolele vieții lui fuseseră scrise caligrafic și aveau să se succeadă lin; mă uit la el și-mi vine să-l plesnesc peste mutra stupidă, încrezută și visătoare.

Justin stătea pe vine în grădină, migălind plantele pe care le cultiva acolo.

– Ierburi medicinale; plantarea, îngrijirea și utilizarea acestora, mi-a spus în stilul lui tărăgănat, vecin cu letargia. Marile companii farmaceutice sunt hotărâte să corupă planeta. Peste douăzeci de ani o să fim un popor de drogați cu medicamente, iar NHS[1] o să se târască în genunchi, străduindu-se să plătească pentru pastilele unei națiuni bolnave. Vreau să dau ceasul înapoi și să folosesc ceea ce oferă solul ca să tratez afecțiunile curente. N-ai nevoie de opt feluri de chimicale ca să vindeci o durere de cap. Mama ta spune că vrea să înceteze să mai ia doctorii și să treacă pe tincturile mele.

M-am holbat la el. Eram o familie care se îndopa cu pastile. Pastile pentru alergiile de primăvară, pastile pentru răceli, pastile pentru dureri de burtă și de cap, pentru dureri de creștere și mahmureală. Mama avea niște pastile chiar și pentru ceea ce numea „tristețile" ei. Tata avea pastile pentru inimă și pastile împotriva căderii părului. Pastile peste tot. Iar acum, după toate

[1] National Health Service, sistemul public de sănătate din Marea Britanie (n.tr.)

aparențele, urma să cultivăm ierburi și să ne facem propriile medicamente. Nu-mi venea să cred.

Tata suferise un accident cerebral minor în timpul vacanței de vară. De atunci șchiopăta și vorbea ușor neclar și nu mai era el însuși într-un mod care abia dacă putea fi definit. Să-l văd slăbit astfel mă făcea să mă simt cumva lipsit de apărare, ca și când ar fi apărut o spărtură mică, dar importantă în zidul defensiv al familiei noastre.

Medicul lui, un tip sec și plicticos de o vârstă incertă pe nume dr. Broughton, care-și avea locuința și cabinetul într-o casă cu șase etaje din apropiere, a venit să-l vadă după ce tata s-a întors de la spital, unde stătuse peste noapte. El și tata au fumat trabucuri în grădină și au discutat despre prognostic.

– Aș spune, Henry, că ai nevoie de serviciile unui fizioterapeut foarte bun, specializat în reabilitare. Din păcate, toți cei pe care-i cunosc sunt îngrozitori.

Au râs, iar tata a zis:

– Nu sunt sigur, nu mai sunt sigur de nimic. Dar aș fi bucuros să încerc. Aș încerca orice, numai să-mi revin.

Birdie plivea grădina de ierburi a lui Justin. Era foarte cald și purta o bluză de muselină care-i lăsa sfârcurile la vedere. Și-a scos pălăria de pânză cu boruri moi și, cu mâinile în șolduri, s-a postat în fața tatei și a medicului.

– Cunosc pe cineva, le-a spus. Cunosc un tip extraordinar. E un vrăjitor, pur și simplu. Folosește energia. Poate să deplaseze *chi*-ul prin corp. Mi-a vindecat prieteni care sufereau de dureri de spate. De migrene. O să-i zic să vină încoace. Tata a încercat să protesteze, însă Birdie l-a întrerupt: Nu. Serios, Henry, măcar atât pot face și eu. Măcar atât. O să-l sun chiar în clipa asta. Îl cheamă David. David Thomsen.

În dimineața aceea eram în bucătărie cu mama, o priveam făcând biscuiți cu brânză, când s-a auzit soneria. Mama s-a șters pe mâini cu șorțul, și-a aranjat agitată capetele permanentului coafat lejer și mi-a zis:

– Ah, trebuie să fie Thomsenii.

– Cine sunt Thomsenii? am întrebat-o, căci uitasem de recomandarea făcută de Birdie cu o săptămână în urmă.

– Niște prieteni, mi-a răspuns voioasă mama. De-ai lui Birdie și Justin. Soțul e fizioterapeut. O să lucreze cu tatăl tău, o să încerce să-l ajute să-și reintre în formă. Iar ea este profesoară. O să facă lecții cu voi acasă, numai pentru o perioadă scurtă. Nu e grozav?

N-am avut ocazia s-o rog pe mama să-mi dea detalii în privința acestor evoluții uimitoare, deoarece s-a grăbit să deschidă ușa.

Cu gura căscată de uimire, i-am privit bulucindu-se în hol.

Întâi o fetiță, de vreo nouă sau zece ani. Păr negru tuns bob, o salopetă de stambă, genunchi zgâriați, o urmă de ciocolată pe obraz, aerul că era împiedicată să-și reverse energia. Numele ei părea să fie Clemency.

Și apoi un băiat de vârsta mea, poate puțin mai mare, blond, înalt, cu gene negre și dese care atingeau marginile pomeților oțeliți, mâinile în buzunarele unui șort albastru elegant, o șuviță pe care și-o îndepărta din ochi fără efort și cu o siguranță de sine impresionantă. Îl chema Phineas. Pe scurt, Phin, ni s-a spus.

Mama lor a intrat pe urmă. Cu oase mari, palidă, piept plat, un păr blond lung și o anumită nervozitate în atitudine. Aceasta, aveam să descopăr, era Sally Thomsen.

Și în spatele lor, înalt, cu umeri lați, suplu, bronzat, cu părul negru tuns scurt, ochi albaștri intenși și o gură plină, se afla tatăl lor. David Thomsen. Mi-a prins cu putere mâna într-a lui și a acoperit-o cu cealaltă.

– Mă bucur să te cunosc, tinere, mi-a spus pe un ton coborât, calm. Apoi mi-a dat drumul și, cu un zâmbet larg, și-a îndepărtat brațele de corp. Mă bucur să vă cunosc pe voi toți.

David a insistat să ne invite la cină în seara aceea caldă de joi. Am petrecut destul timp fasonându-mi aspectul, mai mult ca de obicei, când mă mulțumeam să verific că hainele îmi erau curate, cărarea, trasată cu precizie și manșetele, drepte; băiatul pe nume Phineas mă fascina, nu doar prin frumusețea fizică, ci și prin stilul vestimentar. Pe lângă șortul albastru elegant purta un tricou de polo roșu, cu dungi albe pe marginea gulerului, și pantofi de sport Adidas de un alb strălucitor, cu șosete albe scurte. Mi-am scotocit prin șifonier în căutarea unei ținute la fel de șic. Toate șosetele mele urcau până la jumătatea gambei; numai sora mea avea șosete pe gleznă. Toți pantalonii mei scurți erau din stofă de lână și toate tricourile mele aveau nasturi. O clipă am luat în calcul chiar și vechiul meu costum de trening, dar am respins ideea când mi-am dat seama că era înghesuit în geanta de sport încă de la ultima oră de educație fizică. În cele din urmă m-am hotărât asupra unui tricou albastru simplu, cu blugi și tenişi. Am încercat să-mi fac șuvița rebelă din frunte să-mi cadă peste sprânceană, ca la Phineas, însă refuza cu încăpățânare să se clintească din loc. M-am privit în oglindă preț de douăzeci de secunde înainte de a ieși din încăpere, detestându-mi mutra oribilă de prost, tricoul banal, croiala tristă a jeanşilor de la John Lewis for Boys. Scoţând un mârâit de enervare, am tras un pumn în perete, apoi am coborât la parter.

Phin era acolo, în hol, aşezat pe unul dintre cele două fotolii uriaşe care flancau scara. Citea o carte. L-am privit printre stâlpii balustradei câteva momente, pregătindu-mă să-mi fac intrarea. Într-adevăr, era cea mai frumoasă creatură pe care o văzusem în toată viaţa mea. Mi-am simţit obrajii roşind în timp ce-l studiam: conturul delicat al unei guri ce arăta de parcă ar fi fost modelată din cel mai moale lut roşu, ca şi când atingerea unui vârf de deget i-ar fi lăsat o urmă permanentă. Tenul lui era ca o piele de căprioară întinsă perfect peste pomeţii care păreau gata s-o străpungă. Avea până şi umbra plină de promisiuni a unei mustăţi.

Şi-a îndepărtat iarăşi şuviţa de pe frunte, apoi m-a privit dezinteresat în timp ce coboram, lăsându-şi imediat ochii asupra cărţii. Aş fi vrut să-l întreb ce citea, însă n-am făcut-o. Mă simţeam stingher, nu ştiam unde să mă aşez ori cum să stau. Dar în scurt timp au apărut şi ceilalţi: mai întâi mama şi tata, după aceea fetiţa pe nume Clemency, care era cu sora mea, cele două sporovăind deja vesele, apoi Sally, urmată de Justin şi Birdie, şi în sfârşit, înconjurat de un cerc de lumină în capătul scărilor, David Thomsen.

Ce vă pot spune despre David Thomsen din perspectiva băiatului care eram atunci? Ei bine, vă pot spune că era foarte chipeş. Nu în maniera soft, aproape feminină a fiului său, ci într-un mod mai tradiţional. Umbra bărbii nerase de dimineaţă arăta de parcă ar fi fost pictată, avea sprâncene groase, bine definite şi o energie animalică, emana putere. Reuşea cumva să-i facă pe toți cei din jurul lui să pară mai mici, chiar și atunci când nu erau. Vă pot spune că mă îngrozea și mă fascina în aceeași măsură. Și vă pot spune că mama se purta bizar în prezența lui, nu cu cochetărie, ci cu prudență, de parcă n-ar fi avut încredere în propria-i judecată. David era deopotrivă arogant și prietenos, cald și rece. Îl uram, și totuși puteam înțelege de ce toți ceilalți îl iubeau. Însă mai e până atunci. Întâi a fost acea primă cină din acea primă seară când toți s-au străduit să se prezinte în lumina cea mai bună.

Ne-am înghesuit în jurul unei mese lungi de la Chelsea Kitchen, unde în mod normal ar fi încăput doar opt persoane. Copiii fuseseră puși cu toții la un capăt, ceea ce însemna că stăteam lipit de Phineas. Eram atât de electrizat, nervii îmi erau atât de întinși, corpul îmi era atât de dornic să descopere ceva ce eram prea tânăr ca să înțeleg, încât n-am avut de ales, a trebuit să mă întorc cu spatele la el.

M-am uitat în lungul mesei la tata, care stătea în capăt.

La vederea lui am simțit ceva prăbușindu-se în mine, ca un lift care cade în gol. Nu pricepeam foarte bine ce era, dar vă pot spune acum că trăisem un moment înspăimântător de clarviziune. Îmi văzusem tatăl micșorat brusc în compania lui David Thomsen, care era neobișnuit de înalt, și observasem că poziția lui în capul mesei, odinioară incontestabilă, era fragilă. Chiar și fără daunele provocate de atacul cerebral, toată lumea de la masă era mai inteligentă decât el, până și eu. Era îmbrăcat aiurea, în sacoul prea strâmt, iar batista roz-închis din buzunarul de la piept nu se asorta deloc cu părul ruginiu. L-am văzut foindu-se în scaun; am văzut conversația trecând peste capul lui asemenea norilor într-o zi vântoasă. L-am văzut uitându-se la meniu mai mult timp decât era necesar. L-am văzut pe David Thomsen aplecându-se peste masă înspre mama ca să-și întărească un argument și apoi sprijinindu-se iarăși pe spătar ca să-i evalueze reacția. Am văzut toate aceste lucruri, le-am văzut, și știam deja, la un nivel subliminal, dar îngrozitor de inconfortabil, că sub nasul meu începuse o luptă pentru putere și că încă din acel moment, momentul zero, tata pierduse deja.

15

Luni dimineață, Libby ajunge la serviciu cu o întârziere de douăzeci de minute.

Dido o privește surprinsă. Libby nu întârzie niciodată.

– Voiam să te sun. Totul e în regulă?

Libby încuviințează, își scoate telefonul din poșetă, apoi strugurelul și jacheta, își vâră poșeta sub birou, își desface părul, îl leagă la loc, își trage scaunul și se trântește pe el.

– Îmi pare rău, murmură într-un târziu. N-am dormit azi-noapte.

– Eram sigură, arăți îngrozitor. Căldura?

Libby confirmă. Însă n-a fost căldura. A fost ceea ce se petrecea în mintea ei.

– Păi, dă-mi voie să-ți aduc o cafeluță tare.

În mod normal, Libby ar fi spus: „Nu, nu, nu, pot să-mi iau singură". Dar azi picioarele îi sunt atât de grele, capul îi e atât de împâclit, că acceptă recunoscătoare. O privește pe Dido în timp ce-i face cafeaua; luciul părului ei negru vopsit, felul în care stă, cu o mână în buzunarul rochiei-tunică negre și picioarele micuțe depărtate, în adidași butucănoși de catifea verde-închis, toate acestea îi dau un sentiment de siguranță.

– Uite, îi zice Dido așezându-i ceașca în față. Sper c-o să-și facă efectul.

Libby o cunoaşte de cinci ani. Ştie o mulţime de lucruri despre ea. Ştie că mama ei a fost o poetă celebră, tatăl ei a fost un celebru director de ziar, că a crescut într-una dintre cele mai ilustre case din St. Albans şi a fost educată de o guvernantă. Ştie că fratele ei mai mic a murit la douăzeci de ani şi că ea n-a mai făcut sex de unsprezece ani. Ştie că stă într-o căsuţă de la marginea domeniului familial şi că încă are calul pe care-l călărea în adolescenţă, pe nume Spangles. Ştie că părinţii lui Dido au stabilit prin testament ca reşedinţa ilustră să ajungă nu la fiica lor, ci la National Trust, şi că ea n-are nici o problemă cu asta. Ştie că lui Dido îi plac PG Tips, Benedict Cumberbatch, caii, Gianduja, apa de cocos, *Doctor Who*, cuverturile scumpe, Jo Malone Orange Blossom, mâncărurile preparate la wok, Nando's şi tratamentele cosmetice. Dar n-a fost niciodată acasă la Dido şi nici nu i-a întâlnit familia sau prietenii. Nu s-au văzut niciodată în afara orelor de serviciu, cu excepţia petrecerii anuale de Crăciun, care se ţine la hotelul de lux din apropiere, şi a reuniunilor în cinstea colegilor care părăsesc firma. În realitate, habar n-are cine *este* Dido.

Acum însă se uită la ea şi brusc o loveşte gândul că Dido este exact persoana de care are nevoie în aceste clipe. Sâmbătă seara stătuse în grădina lui April, flirtând moderat cu Danny - care s-a vădit că nu era atât de tare, avea faţa unui băieţel de opt ani şi mâini foarte mici - şi privise în jur căutând pe cineva cu care să discute despre lucrurile incredibile care i se întâmplă, despre casă şi despre articol şi despre părinţii morţi şi despre cel care tuşea în pod. Dar tot ce văzuse fuseseră oameni ca ea, oameni normali, cu vieţi normale, oameni care încă stăteau cu părinţii ori în apartamente minuscule cu partenerii de viaţă sau cu prietenii, oameni cu credite de studii încă neplătite, cu slujbe banale, visuri banale, bronzuri false, câini de talie mică, dinți albi, păr curat. Se simțise prinsă între două locuri dureros de disparate și plecase înainte de unsprezece, grăbindu-se să se întoarcă la laptopul ei și la ceea ce putea găsi pe internet despre soarta lui Serenity Lamb.

Se alesese însă cu mai multe întrebări decât răspunsuri, așa că pe la ora două își trântise capacul laptopului și se dusese la culcare. Avusese un somn tulburat, cu vise pline de laitmotive și întâlniri bizare.

- Am nevoie de un sfat, îi spune acum lui Dido. Despre chestia din Chelsea.

- Ah, da, răspunde Dido frecând între degete discul de argint supradimensionat care-i atârnă de un lanț la gât. Ce fel de sfat?

- Păi, pur și simplu să vorbim despre asta. Te pricepi la... *case*. Mă gândeam că te pricepi la case.

- Ei bine, mă pricep la *o* casă. Nu la case în general. Dar sigur, de ce nu? Vino la cină.

- Când?

- În seara asta?

- Da, spune Libby. Da, mulțumesc.

Casa lui Dido e superbă. Are ferestre cu cercevele din plumb, o boltă din trandafirași roz deasupra ușii și, în față, Fiatul Spider negru strălucitor, cu capota retractabilă cafenie. Mașina întregește casa, iar casa întregește mașina; Libby nu se poate abține să nu scoată telefonul din poșetă și să facă o poză pentru pagina ei de Instagram. Dido o întâmpină la ușă desculță, într-o pereche de pantaloni largi cu model floral și o bluză neagră fără mâneci, cu părul susținut pe creștet de niște ochelari de soare mari, roșii. Libby a văzut-o doar în încălțările grosolane de la muncă, așa că privește cu surprindere picioruşele albe, perfect pedichiurate, cu unghii trandafirii.

– E minunat, îi spune păşind prin uşa mică într-un hol alb cu podeaua din dale de teracotă. Absolut minunat.

Casa lui Dido e plină cu ceea ce Libby presupune că sunt obiecte moştenite; nu se zăreşte nimic de la TK Maxx. Pe pereţi sunt expuse lucrări de artă abstractă; Dido a pomenit odată că mama ei era şi artistă. Gazda o conduce prin uşile vitrate în grădiniţa perfectă din spatele casei, unde iau loc pe două scaune de ratan de modă veche, Lloyd Loom, tapiţate cu un model floral. Dintr-odată, lui Libby îi trece prin minte că, după toate probabilităţile, Dido n-are nevoie să muncească. Poate că slujba ei de a concepe bucătării de lux este doar un hobby.

Dido pune pe masă un castron cu salată de quinoa şi avocado, altul cu cartofi fierţi cu unt, o pâine neagră şi două pahare de şampanie pentru sticla de Prosecco pe care a adus-o invitata.

– De când stai aici? o întreabă Libby în timp ce-şi unge cu unt o felie de pâine.

– De la douăzeci şi trei de ani, când m-am întors din Hong Kong. Era căsuţa mamei. O păstra pentru mine. Casa mare urma să-i rămână fratelui meu, desigur, dar apoi, ei bine, lucrurile s-au schimbat.

Libby zâmbeşte absent. „Casa mare“, „căsuţa“. O cu totul altă lume.

– E atât de trist, murmură ea.

– Da, încuviinţează Dido. Dar casa mare e un blestem. Mă bucur că n-am de-a face cu ea.

Musafira dă din cap aprobator. În urmă cu o săptămână habar nu avusese că reşedinţele de lux puteau fi un blestem, acum începe să înţeleagă.

– Vreau să-mi povestești despre casa *ta*. Te rog!

Libby soarbe din prosecco, pune paharul pe masă, apoi se sprijină de spătar și începe:

– Am găsit un articol din *The Guardian*. Despre casă. Despre părinții mei. Despre mine.

– Despre tine?

– Da, spune Libby masându-și umerii. Totul e destul de ciudat. Vezi tu, am fost adoptată când eram foarte mică, la nici un an. Casa din Chelsea le aparținea părinților mei naturali. Și, potrivit articolului, m-am născut în sânul unui cult.

Cuvântul sună oribil când îi iese din gură. E un cuvânt pe care s-a străduit din răsputeri să-l evite, nu vrea nici măcar să se gândească la el. E în totală contradicție cu fantezia demnă de milă în care s-a legăna toată viața. O vede pe Dido fremătând de curiozitate.

– Poftim?

– Un cult. Conform articolului, în casa din Chelsea își desfășura activitatea un fel de cult. O mulțime de oameni locuiau acolo. Duceau cu toții o existență spartană. Dormeau pe jos, purtau robe pe care și le coseau singuri. Și totuși... Caută în geantă și scoate copia printată a articolului. Uite, ăștia erau mama și tata, cu șase ani înainte să mă nasc eu, la un bal de caritate. Ce părere ai?

– Uau, exclamă Dido, sunt absolut superbi!

– Știu! Mama era o personalitate mondenă. Conducea o companie de PR în domeniul modei. Cândva a fost logodită cu un prinț austriac. E de o frumusețe uluitoare!

Fusese extraordinar să vadă fața mamei sale; părul vopsit negru și ochii albaștri pătrunzători aminteau de Priscilla Presley. Mama ei fusese la nivelul tuturor fanteziilor ei din copilărie, până și al celei legate de activitatea în PR. Tatăl ei... ei bine, era foarte bine îmbrăcat, dar mai scund decât mama; avea o bărbie ușor arogantă, însă era ceva straniu, defensiv în modul în care se uita la fotograf, de parcă s-ar fi așteptat la necazuri. Își ținea brațul pe după talia Martinei Lamb, cu vârfurile degetelor abia vizibile în imagine; ea își ținea pe după umeri șalul de mătase cu degetele pline de inele, iar marginea șoldului ei se profila ascuțit prin rochia de seară. Potrivit articolului, era ultima fotografie a „cuplului monden" înainte să dispară din viața publică, numai pentru a fi descoperiți morți pe podeaua bucătăriei șase ani mai târziu.

– Aveam un frate și o soră, spune simțind cum șocul îi propulsează cuvintele din gură prea repede, fără să lase nici un spațiu între ele.

Dido se uită la ea cu ochii mari.

– Uau! Ce s-a întâmplat cu ei?

– Nimeni nu știe. Avocatul e de părere că au murit.

Iat-o în fine. Cea mai grea dintre toate realitățile extrem de grele care o apasă de zile în șir. Aterizează între ele cu forța unui ciocan de luptă.

– Dumnezeule, îngaimă Dido. Asta e... Vreau să spun, cum e posibil?

Libby ridică din umeri.

– Poliția a venit la apelul unui vecin. I-au găsit pe părinții mei și pe încă un tip morți în bucătărie. Se sinuciseseră într-un fel de pact. Iar eu, în vârstă de zece luni, eram la etaj, bine sănătoasă într-un leagăn. Însă nu era nici urmă de fratele meu și de sora mea.

Dido se prăbușește la loc pe scaun, cu gura căscată.

– OK, spune peste câteva clipe, după care se apleacă în față și-și sprijină tâmplele în podul palmelor. Deci era un cult. Și părinții tăi au dus la îndeplinire un pact de sinucidere cu un tip oarecare...

Libby confirmă din cap.

- S-au otrăvit cu plante pe care le cultivaseră în grădină.

Gura lui Dido se cască iar.

- Da. Sigur. La dracu'! Și după aia?

- Mai locuiau și alți oameni în casă. Poate încă o familie, cu copii. Dar când a ajuns poliția acolo nu mai era nimeni. Doar cadavrele și eu. Toți copiii pur și simplu... *dispăruseră*. Nu se mai știe nimic despre ei de atunci.

Dido se cutremură și-și duce o mână la piept.

- Inclusiv fratele și sora ta?

- Da. De ani de zile abia dacă fuseseră văzuți. Vecinii au presupus că erau la o școală cu internat, însă nici o școală n-a comunicat că-i avusese drept elevi. Și unul dintre ei trebuie să fi rămas în casă după moartea părinților mei, deoarece se pare că cineva a avut grijă de mine câteva zile. Scutecul meu era uscat. Și atunci când m-au ridicat din leagăn au găsit asta. Scoate lăbuța de iepure din geantă și i-o întinde lui Dido explicându-i: Era vârâtă între așternuturi.

- Pentru noroc, spune Dido.

- Îmi imaginez că da.

- Și celălalt tip care a murit... cine era?

- Nimeni nu știe. Nu s-a găsit nici un act, doar inițialele lui pe biletul de sinucidere. Nimeni nu i-a raportat dispariția, nimeni nu l-a recunoscut după schițele polițiștilor. Teoria e că era un itinerant. Un țigan, poate. Ceea ce ar explica probabil asta, adaugă Libby arătând spre lăbuța de iepure din mâna lui Dido.

- Țigani, șoptește Dido delectându-se cu acel cuvânt. Doamne!

- Și casa e foarte ciudată. E întunecoasă. Am fost acolo sâmbătă dimineața și am auzit ceva. La etaj.

- Ceva, ce?

– Păi, o persoană. Cineva se mişca. O tuse.

– Şi eşti sigură că nu erau vecinii?

– Nu pot să bag mâna-n foc. Totuşi, suna ca şi cum ar fi venit de la ultimul nivel al casei. Iar acum sunt prea speriată ca să mă mai duc acolo. Am senzația că pur și simplu ar trebui s-o scot la vânzare și să scap de ea și să merg mai departe. Însă...

– Fratele și sora ta...?

– Fratele și sora mea. Adevărul. Povestea mea. Toate sunt legate laolaltă în casa aceea, iar dacă o vând, risc să nu aflu niciodată ce s-a întâmplat.

Dido se uită un moment la articolul din ziar, apoi își îndreaptă atenția spre Libby.

– Aici, îi spune bătând cu vârful degetului în titlu. Tipul ăsta. Jurnalistul. Mijeşte ochii ca să-i citească numele: Miller Roe. El e omul de care ai nevoie. Trebuie să iei legătura cu el. Imaginează-ți ce uimit o să fie când, după atâtea luni de muncă de documentare, găsește un mesaj de la tine în inbox. Serenity Lamb însăși. Plus lăbuța de iepure.

Tac amândouă câteva clipe, lăsându-și privirile să alunece spre lăbuța de iepure, scăldată în lumina blândă a serii pe masa de grădină.

Libby ia articolul din mâna lui Dido și găsește semnătura. „Miller Roe". Un nume neobişnuit. Uşor de căutat pe Google. Își scoate telefonul din poşetă și-l tastează, iar peste mai puțin de un minut are adresa lui de e-mail de la *The Guardian*. Își întoarce telefonul ca să i-l arate gazdei sale.

Dido dă din cap cu un aer înțelept.

– Bravo. Ridică paharul de prosecco și-l îndreaptă spre Libby: Pentru Serenity Lamb. Și pentru Miller Roe. Fie ca el să scoată la iveală adevărul despre tine.

16

A doua zi, Lucy se trezește la cinci și jumătate dimineața. Coboară cu grijă din pat, iar câinele sare jos și o urmează până în chicinetă cu ghearele țăcănind pe linoleum. Giuseppe le-a lăsat pliculețe de ceai, cafea granulată și o pungă de plastic cu brioșe cu ciocolată. E și o sticlă de lapte în frigider. Lucy pune la fiert o oală cu apă, apoi se așază pe scaunul de plastic din colț, holbându-se la fereastra acoperită cu o perdea. Peste o clipă se ridică și trage în lături perdeaua, după care se așază la loc să se uite la clădirea de vizavi, ale cărei geamuri întunecate reflectă portocaliul zorilor și ale cărei ziduri cenușii au căpătat o nuanță roz efemeră. Cerul, de un albastru chimic, e plin de păsări care zboară în cerc. Traficul e încă liniștit, singurele zgomote sunt murmurul constant al apei care fierbe și tânguiala flăcării de gaz de dedesubt.

Aruncă o privire la telefon. Nimic. Câinele o fixează cu subînțeles. Deschide ușa apartamentului, împinge pe tăcute ușa din spate care dă în stradă și-i face semn să iasă afară. El trece pe lângă ea, își ridică piciorul lângă fațada clădirii, după care fuge înăuntru.

În cameră, Lucy își trage spre ea rucsacul și deschide un buzunar interior cu fermoar. Acolo se află pașaportul ei. Îl deschide. După cum bănuia, a expirat cu trei ani în urmă. Îl folosise ultima oară când

Marco avea doi ani, iar ea și Michael îl duseseră la New York ca să-și cunoască bunicii din partea tatei. Se despărțiseră la scurt timp după aceea, și Lucy nu mai călătorise de atunci.

Michael fusese cel care-i comandase pașaportul. Făcea rezervarea pentru luna lor de miere în Maldive.

– Dă-mi pașaportul tău, iubito, îi zisese. Am nevoie de datele de acolo.

– N-am pașaport, îi răspunsese ea.

– Ei bine, o să trebuiască să ți-l înnoiești acum, altfel s-a zis cu luna de miere.

Oftase adânc.

– Știi care-i treaba? N-am pașaport. Punct. N-am avut niciodată.

Michael încremenise, cu rotițele minții învârtindu-i-se nebunește.

– Dar...

– Am venit în Franța ca pasageră într-o mașină. Când eram mult mai tânără. Nimeni nu mi-a cerut pașaportul.

– A cui mașină?

– Nu știu. O mașină.

– Adică mașina unui străin?

– Nu, nu chiar.

– Dar care era planul? Ce-ai fi făcut dacă-ți cereau pașaportul?

– Nu știu.

– Și cum ai trăit? Vreau să zic...

– Păi, așa cum m-ai găsit, îi replicase ea lapidar. Cântând la vioară pentru câțiva bănuți. Plătindu-mi cazarea cu noaptea.

– De când erai mică?

– De când eram mică.

Pe atunci avea încredere în americanul acela înalt, simpatic, cu un zâmbet cuceritor. Pe atunci era eroul ei, tipul care venise s-o asculte cântând în fiecare seară preț de aproape o lună, cel care-i spusese că era cea mai frumoasă violonistă din câte văzuse, cel care o adusese în casa lui trandafirie elegantă și-i dăduse prosoape pufoase cu care să se șteargă după ce stătuse jumătate de oră în cabina de duș cu mozaic poleit cu aur, cel care-i pieptănase șuvițele ude de păr și o făcuse să se cutremure când o atinsese fugar pe umăr cu vârfurile degetelor, cel care-i dăduse hainele ei soioase slujnicei, ca să le spele, să le calce, să i le aducă înapoi împăturite în formă de evantai și să le așeze pe cuvertura patului din apartamentul de oaspeți. Pe atunci, Michael era numai atingeri ușoare, fascinație și blândețe. Bineînțeles că avea încredere în el.

Prin urmare, îi spusese tot, întreaga poveste, iar el o privise cu ochii lui strălucitori de culoarea alunei și-i șoptise:

– E în regulă, acum ești în siguranță. Ești în siguranță.

Și apoi îi făcuse rost de un pașaport. Lucy nu știa cum sau de la cine. Informațiile din el nu erau întru totul precise: nu erau corecte nici numele, nici data nașterii, nici locul nașterii. Însă era un pașaport bun, un pașaport care o dusese până în Maldive și înapoi, care o dusese în Barbados și înapoi, până în Italia și Spania și la New York și înapoi fără ca cineva să-i pună vreo întrebare.

Acum însă a expirat; n-are cum să facă rost de altul și n-are cum să se întoarcă în Anglia. Asta ca să nu mai pună la socoteală și faptul că n-are pașapoarte pentru copii și pentru câine.

Închide la loc paşaportul şi oftează. Sunt două căi ca să treacă de acest obstacol, una e periculoasă şi ilegală, iar cealaltă e doar periculoasă. Alternativa e să nu plece deloc.

La gândul acesta, mintea i se umple cu imaginile părăsirii Angliei din urmă cu douăzeci şi patru de ani. Le face să se perinde în fața ochilor pentru a mia oară: sunetul uşii închizându-se în spatele ei pentru ultima oară, şoapta: „O să mă întorc curând, îți promit, îți promit, îți promit", repetată continuu în timp ce alerga pe Cheyne Walk în toiul nopții, cu inima bătând de să-i sară din piept, cu răsuflarea tăiată, coşmarul ei terminându-se şi totodată începând.

17

Au trecut aproape două săptămâni până când Phineas Thomsen a catadicsit să-mi vorbească. Sau poate că a fost invers, cine știe. Sunt sigur că el ar avea o versiune proprie. Însă din câte îmi amintesc (și, bineînțeles, e vorba doar de amintirile *mele*), a fost el.

Ca de obicei, stăteam în bucătărie cu mama, trăgând cu urechea la conversațiile pe care le purta cu femeile care păreau să locuiască în casa noastră. Stabilisem cumva inconștient că singura cale de a afla ce se întâmpla în lume era să le ascult pe femei vorbind. Cei care ignoră sporovăiala femeilor sunt mai săraci din toate punctele de vedere.

Birdie și Justin stăteau cu noi de aproape cinci luni, Thomsenii, de aproape două săptămâni. Conversația din bucătărie din acea zi anume era una care funcționa într-un ciclu de patruzeci și opt de ore: chestiunea spinoasă a locului unde urmau să stea Sally și David. În momentul acela încă mă agățam jalnic de iluzia că Sally și David aveau să rămână doar puțin timp. La fiecare câteva zile apărea câte o posibilitate la orizont; era discutată pe larg și senzația că Sally și David erau pe punctul de a se muta plutea pentru o clipă în aer, până când, *poc*, se descoperea că „posibilitatea" avea un defect inerent și se revenea la planșa de proiectare. În ziua aceea, „posibilitatea" era o casă plutitoare la

Chiswick. Îi aparținea unei paciente de-a lui David care pleca într-o excursie de un an și avea nevoie de cineva care să aibă grijă de agamele ei cu barbă.

– Un singur dormitor, totuși, le spunea Sally mamei și lui Birdie. Și încă unul minuscul. Evident, David și cu mine am putea să dormim în camera de zi, dar acolo e cam înghesuit din cauza vivariilor.

– Doamne, a murmurat Birdie continuând să-și jupoaie pielea uscată din jurul unghiilor; vedeam cum fragmentele aterizau pe spinarea pisicii. Câte sunt?

– Vivarii?

– Cum s-or chema. Da.

– N-am idee. Vreo șase. Probabil o să trebuiască să găsim o modalitate de-a le pune laolaltă.

– Și copiii? a întrebat mama. O să vrea să împartă locul de dormit? Mai ales dacă e vorba de un pat dublu. Vreau să zic, Phin o să fie adolescent...

– Ah, o dureze foarte puțin. Numai până când găsim ceva permanent.

Am ridicat privirea. De obicei, acesta era punctul în care planul se destrăma. Momentul în care devenea limpede că era un plan stupid. Sally avea să spună cu stoicism: „Ei bine, nu e pentru totdeauna", iar mama avea să-i replice: „Dar e ridicol, avem atât de mult loc aici! Nu trebuie să aveți impresia că vă grăbește cineva". Iar limbajul corporal al lui Sally avea să se îmblânzească, ea avea să surâdă și, atingând-o pe mama pe braț, avea să spună: „Nu vreau să profit prea mult de ospitalitatea voastră". Iar superba mea mamă avea să-i răspundă, cu superbul ei accent german: „E absurd, Sally. Absurd. Luați-vă tot răgazul de care aveți nevoie. O să apară ceva până la urmă. Ceva perfect".

Așa s-au petrecut lucrurile în acea după-amiază de la sfârșitul lui septembrie. Planul casei plutitoare a fost dezbătut și respins într-un interval record de opt minute.

*

Trebuie să recunosc că prezența Thomsenilor mă descumpănea. Pe de o parte, aglomerau casa. Nu cu obiecte neapărat, ci cu persoanele lor, cu formele lor umane, sunetele, mirosurile, alteritatea lor. Sora mea și Clemency formaseră o uniune diabolică, producând un zgomot imposibil de îndurat. Goneau prin casă de dimineața până seara punând în scenă jocuri stranii care presupuneau toate o gălăgie teribilă. Pe lângă asta, Birdie le învăța să cânte la vioară, ceea ce era o adevărată tortură pentru urechile mele.

Apoi, desigur, era David Thomsen, a cărui prezență charismatică părea să impregneze fiecare colțișor al casei. Pe lângă dormitorul de la etaj reușise cumva să pună stăpânire pe camera din față, unde se afla barul tatei, transformând-o într-un fel de sală de gimnastică; la un moment dat îl observasem printr-o crăpătură din ușă încercând să-și ridice de la podea întregul corp doar pe vârful degetelor.

Și în capătul opus al acestor factori de perturbare se afla Phin. Phin, care refuza până și să se uite la mine, darămite să-mi vorbească; Phin, care se purta ca și când n-aș fi fost acolo. Și cu cât insista să se poarte ca și când n-aș fi fost acolo, cu atât mai puternică îmi era senzația că aș fi putut muri din cauză că mă ignora.

În cele din urmă, în ziua aceea, s-a întâmplat. Plecasem din bucătărie după ce se stabilise că Sally și David aveau să rămână și am dat nas în nas cu Phin, care venea din sens opus. Purta un tricou decolorat cu inscripții și blugi rupți la genunchi. S-a oprit când m-a văzut și, pentru prima oară, privirile ni s-au intersectat. Mi-am ținut răsuflarea și mi-am scotocit prin gândurile încâlcite, dar n-am găsit nimic de zis. Am făcut un pas la stânga; el a făcut un pas la dreapta lui. Mi-am cerut scuze și m-am dat în dreapta. Am crezut c-o să-și continue drumul fără o vorbă; în loc de asta, mi-a spus:

– Știi c-o să rămânem aici, nu?

– Poftim?

– Nu băga în seamă tot ce zic părinții mei despre faptul c-o să ne mutăm. Nu plecăm nicăieri. Știi, am ajuns să stăm doi ani în casa aia din Bretania, deși merseserăm acolo doar pentru o vacanță.

A tăcut și a ridicat din sprânceană. Fără îndoială trebuia să reacționez cumva, însă eram stupefiat. Nu stătusem niciodată atât de aproape de o ființă atât de frumoasă. Răsuflarea lui mirosea a mentă.

Mă privea lung, și am sesizat dezamăgirea care i-a străbătut chipul, nu neapărat dezamăgire, mai curând resemnare, ca și când i-aș fi confirmat bănuielile că eram plicticos și inutil, nedemn de atenția lui.

– De ce nu aveți o casă a voastră? l-am întrebat într-un târziu.

A dat din umeri.

– Pentru că tata e prea zgârcit ca să dea bani pe chirie.

– N-ați fost niciodată proprietari?

– Ba da. O dată. El a vândut-o ca să putem călători.

– Păi și școala?

– Care-i treaba cu școala?

– Când mergeți la școală?

– N-am mai fost la școală de la șase ani. Învăț cu mama.

– Uau! Și prietenii? M-a privit chiorâș, așa că am adăugat: Nu ți-e dor de prietenii tăi?

Și-a mijit ochii.

– Nu, mi-a răspuns simplu. Câtuși de puțin.

Dădea semne că voia să plece. Nu voiam să plece. Voiam să-i simt răsuflarea mentolată și să aflu mai multe despre el. Privirea mi-a căzut pe cartea din mâna lui.

- Ce citești?

S-a uitat în jos și a întors-o spre mine. Era *Omul zar* de Luke Rhinehart, un roman despre care nu auzisem pe vremea aceea, dar pe care l-am citit de atunci de vreo treizeci de ori.

- E bună?

- Toate cărțile sunt bune, mi-a spus.

- Nu-i adevărat. Am citit unele îngrozitor de proaste.

Mă gândeam mai ales la *Anne de la Green Gables*, pe care fuseserăm obligați s-o citim în trimestrul precedent; era cea mai tâmpită și mai plicticoasă carte din câte văzusem vreodată.

- Nu erau proaste, m-a contrazis el răbdător. Erau niște cărți care nu ți-au făcut plăcere. Nu-i deloc același lucru. Singurele cărți proaste sunt cele scrise atât de prost, încât nimeni nu le-ar publica. Orice carte care a fost publicată va fi o „carte bună“ pentru cineva.

Am încuviințat din cap. Părea o logică imbatabilă.

- Aproape am terminat-o, mi-a spus uitându-se la cartea din mâna lui. Poți s-o iei tu după aceea, dacă vrei.

Am încuviințat iarăși.

- Sigur. Mulțumesc.

Și apoi a plecat. Eu am rămas pe loc, cu tâmplele pulsându-mi, cu palmele umede, cu inima plină de un sentiment extraordinar și nou.

18

Miller Roe se ridică în picioare când o vede pe Libby apropiindu-se. Îl recunoaște după poza de pe internet, deși și-a lăsat barbă între timp și a pus câteva kilograme. Mănâncă un sendviș cu o mulțime de ingrediente, iar niște sos i-a aterizat pe bărbie. Își șterge degetele pe un șervețel înainte de a-i strânge mâna vizitatoarei.

– Libby, mă bucur enorm să te cunosc. Are accent londonez și ochi albastru-închis. Mâna care a prins-o ca în menghină pe a ei este uriașă. Te rog, ia loc. Ce pot să-ți ofer? Sendvișurile sunt absolut bestiale.

Ea aruncă o privire la sendvișul unsuros de pe masă și-i răspunde:

– Abia am luat micul dejun.

– Cafea, ceai?

– Un cappuccino ar fi minunat. Mulțumesc.

Îl privește dând comanda la bar în cafeneaua trendy de pe West End Lane unde el a propus să se întâlnească, fiind la jumătatea drumului dintre St. Albans și South Norwood. Poartă blugi cu talie joasă și un tricou decolorat, o geacă verde de bumbac și bocanci. Are burtă și o claie de păr negru și des. E o prezență copleșitoare, amintind de un urs, dar nu lipsită de farmec.

Îi aduce cappuccino și-l pune pe masă în fața ei.

– Îți sunt atât de recunoscător c-ai venit! Sper că ai călătorit bine.

Împinge sendvişul într-o parte, ca şi când n-ar avea de gând să mai mănânce.

- N-a fost nici o problemă, drumul a durat fix cincisprezece minute.

- De la St. Albans, da?

- Da.

- E un loc frumos.

- Într-adevăr. Îmi place mult.

- Aşadar, spune el privind-o lung, tu eşti bebeluşul.

Libby râde stingher.

- Se pare că da.

- Şi ai moştenit casa aia?

- Da.

- Uau! Trebuie să-ţi fi schimbat viaţa.

- În totalitate.

- Ai fost s-o vezi?

- Casa?

- Da.

- Da, de două ori.

- Dumnezeule! exclamă el trântindu-se pe spătar. Nici nu ştii cât m-am chinuit să-i conving să mă lase înăuntru. Mai aveam puţin şi-i ofeream primul meu născut tipului de la cabinetul de avocatură. Într-o noapte am încercat chiar să intru prin efracţie.

- Deci n-ai fost acolo niciodată?

- N-am avut şansa asta. Cu un zâmbet strâmb, adaugă: M-am uitat pe fereastră; i-am vrăjit pe vecinii din spate să mă lase să mă uit de la geamurile lor. Dar n-am pătruns niciodată înăuntru. Cum arată?

- E întunecoasă. O mulţime de lambriuri. Ciudată.

- Presupun că ai de gând s-o vinzi.

- O s-o vând, da. Însă... Libby îşi plimbă vârfurile degetelor pe marginea ceştii în timp ce-şi caută cuvintele. Mai întâi vreau să ştiu ce s-a întâmplat acolo.

Miller Roe scoate un fel de mormăit și-și freacă barba, dislocând pata de sos galben.

– Dumnezeu să ne ajute pe amândoi. Articolul ăla mi-a mâncat doi ani din viață, doi ani de obsesii nebune, doi ani duși pe pustii. Mi-a distrus căsnicia, și tot n-am găsit răspunsurile pe care le căutam. N-am ajuns nici măcar pe-aproape.

Îi zâmbește. Are trăsături frumoase, observă ea. Încearcă să-i ghicească vârsta, dar e imposibil. Poate avea oricât între douăzeci și cinci și patruzeci de ani.

Scoate din poșetă cheile casei de pe Cheyne Walk și le pune pe masă în fața lui.

Cu ochi plini de jind, Miller întinde mâna spre ele.

– Ah, Dumnezeule! Pot?

– Sigur. Ia-le.

Se holbează la fiecare cheie pe rând, mângâie inelul care le ține laolaltă.

– Un Jaguar?

– Se pare că da.

– Știi, Henry Lamb, tatăl tău, era un tip cum nu întâlnești prea des. În weekenduri se ducea la partide de vânătoare încheiate cu petreceri de pomină, iar în serile din timpul săptămânii chefuia la Annabel's.

– Știu, ți-am citit articolul.

– Da. Sigur că l-ai citit.

Se lasă tăcerea. Miller își trage spre el sendvișul și ia o îmbucătură. Libby soarbe din cafea.

– Ce ai de gând acum? o întreabă în cele din urmă.

– Vreau să-mi găsesc fratele și sora.

– Deci n-au încercat niciodată să ia legătura cu tine?

– Nu. Niciodată. Care-i ipoteza ta?

– Am un milion de ipoteze. Dar marea întrebare este: ei știu că tu ai fost desemnată moștenitoarea casei? Și, dacă da, știu că ai intrat în posesia ei?

– Nu știu, oftează Libby. Avocatul mi-a zis că fondul fiduciar fusese înființat demult, când s-a născut fratele meu, care ar fi urmat să beneficieze de el când împlinea douăzeci și cinci de ani. Însă nu s-a prezentat să-l revendice. Apoi ar fi trebuit să meargă la sora lui, dar nici ea nu l-a revendicat... și, desigur, avocații n-aveau nici o modalitate de a-i contacta. Totuși, e posibil să fi știut că moștenirea avea să ajungă la mine. Presupunând... Voia să spună: „Presupunând că încă mai sunt în viață", dar își ia seama și continuă: Mai era și tipul acela care a murit odată cu părinții mei. În articol ai scris c-ai urmărit o mulțime de fire care n-au dus nicăieri. N-ai reușit să afli cine era?

– Nu, e teribil de frustrant, spune Miller trecându-și degetele prin barbă. Deși a apărut un nume la un moment dat. A trebuit să renunț la căutările în direcția asta, dar îmi stă pe creier. David Thomsen. Observându-i privirea întrebătoare, adaugă: Pe biletul de sinucidere erau niște inițiale, îți aduci aminte? M.L., H.L., D.T. Prin urmare, le-am cerut polițiștilor lista persoanelor dispărute cu inițialele D.T. David Thomsen era unul din cele treizeci și opt de nume pe care mi le-au dat. Treizeci și opt de bărbați dispăruți cu inițialele D.T. Zece în intervalul de vârstă estimat pentru cadavrul nostru. I-am eliminat unul câte unul. Dar ăsta mă fascina. Nu știu. Pur și simplu, în povestea tipului ăstuia era ceva ce mi-a atras atenția. Patruzeci și doi de ani, din Hampshire. Nimic deosebit în copilărie și adolescență. Dar nu apare nicăieri, în nici un act oficial, de când s-a întors în Marea Britanie din Franța, în 1988, cu o soție pe nume Sally și doi copii, Phineas și Clemency. Cei patru sosesc cu ferry-ul de la Saint-Malo la Portsmouth în... Își frunzărește câteva clipe carnetul, apoi reia: În septembrie 1988. Din momentul acela nu mai apare nici o urmă de-a lor: nici dosare medicale, nici impozite, nici cataloage școlare, nici vizite la spital, nimic. Familiile lor i-au descris drept „singuratici" - fuseseră certuri și supărări, se războiseră de-a dreptul pentru o moștenire sau ceva de genul ăsta. Așa că nimeni nu s-a întrebat pe unde umblau. Asta a durat ani de zile, până când mama lui David Thomsen, simțind că i se apropie sfârșitul, hotărăște că vrea să se împace cu el pe patul de moarte și raportează la poliție dispariția fiului său și a familiei acestuia. Poliția face niște căutări superficiale, nu găsește nici un indiciu, după care mama lui moare și nimeni nu se mai interesează vreodată de David ori de Sally Thomsen. Până la mine, în urmă cu trei ani, spune Miller posomorât. Nici nu știi cât m-am chinuit să dau de ei! Phineas. Clemency. Sunt niște nume neobișnuite. Ar fi trebuit să fie ușor de găsit. Dar nimic. Nici o urmă. Și aveam nevoie să public articolul, aveam nevoie să-mi iau banii, așa că am fost obligat să renunț. Acum înțelegi? Înțelegi de ce mi-a luat doi ani, de ce am ajuns o epavă? De ce m-a părăsit nevasta? Făcusem o obsesie, devenisem un zombi. Nu mai vorbeam despre altceva, nu mă mai gândeam la altceva. Oftând, își trece degetele peste legătura de chei, apoi ridică privirea spre ea: Dar hai s-o facem. Hai să aflăm ce s-a întâmplat cu toți oamenii ăștia. Hai să aflăm ce ți s-a întâmplat ție. Ne-am înțeles, Serenity Lamb? o întreabă întinzându-i mâna.

– Ne-am înțeles, îi răspunde Libby strângându-i-o.

După micul dejun luat cu Miller Roe, Libby se duce direct la showroom. E numai nouă și jumătate, iar Dido abia dacă-i remarcă întârzierea. Când îi pică fisa, se holbează la ea și-i șoptește agitată:

– Ah, Doamne! Jurnalistul! Cum a mers?

– Nemaipomenit, îi răspunde Libby. Ne vedem în fața casei în seara asta ca să începem ancheta.

– Doar tu și cu el? întreabă Dido încrețindu-și ușor nasul.

– Da.

– Hmmm. Ești sigură că-i o idee bună?

– Poftim? De ce?

– Nu știu. Poate că nu-i ceea ce pare, îi spune Dido privind-o cu ochi mijiți. Cred c-ar trebui să vin și eu.

Libby clipește rar, apoi zâmbește.

– Tot ce trebuia să faci era să-mi spui că asta vrei.

– Nu știu la ce te referi, pufnește Dido întorcându-se la laptopul ei. Nu vreau decât să am grijă de tine.

– Perfect, spune Libby zâmbind în continuare. Poți să „ai grijă" de mine. Mă văd cu el la șapte. OK?

– Da, îi răspunde prietena ei fără să-și ia ochii de la ecran. OK. Și, apropo – ridică brusc privirea –, am citit toate romanele Agathei Christie. Toate. De două ori. Așa c-aș putea fi de ajutor.

19

Lucy îi lasă pe copii dormind, cu un bilet pe noptiera lui Marco: „Mă duc să rezolv cu pașapoartele. Stau cam două ore. Dă-i surorii tale să mănânce. Câinele e cu Giuseppe".

Iese din casă la ora opt și se îndreaptă spre gara din Nisa, aflată în partea opusă a orașului. Face o pauză pe o bancă, delectându-se cu soarele blând al dimineții care-i încălzește pielea. La nouă fără un sfert se îmbarcă în trenul către Antibes.

La puțin timp după ora nouă este în fața casei lui Michael. Un strat metalic de muște de carne acoperă rahatul lui Fitz din ajun. Cu un zâmbet fin, se îndreaptă foarte încet spre ușă, simțind cum fierea îi arde măruntaiele, și apasă pe butonul soneriei.

Servitoarea o întâmpină zâmbind.

– Bună dimineața! Sunteți soția lui Michael! De dinainte! Mama fiului lui Michael. N-am știut că Michael are un băiat! Își ține o mână pe piept și pare sincer entuziasmată. Un băiețel atât de frumos! Intrați, intrați!

În casă e liniște.

– Michael e disponibil? întreabă Lucy.

– Da, da. Face duș. Puteți să-l așteptați pe terasă. E OK?

Joy o conduce pe terasă și o invită să se așeze, insistând să-i aducă o cafea cu amaretti pe farfurioară, deși Lucy a cerut doar un pahar cu apă. „Michael nu merită o asemenea femeie", se gândește. „Michael nu merită nimic."

Își scoate din poșetă vechiul pașaport și portofelul în care ține pozele celor doi copii. Își bea cafeaua, dar nu se atinge de amaretti, pe care nu-i suportă. O prigorie colorată stă vigilentă pe ramura unui copac, pândind o posibilă pradă. Libby rupe biscuitul și i-l aruncă pe jos, însă pasărea nu-l observă și-și ia zborul. Stomacul tinerei femei bolborosește și se strânge. E nouă și jumătate.

În fine, Michael își face apariția, imaculat într-un tricou alb și un șort verde-deschis, cu părul rărit încă ud de la duș și picioarele goale.

- Ei, ce surpriză, exclamă aplicându-se s-o sărute pe obraji. De două ori în două zile. E o adevărată sărbătoare! N-ai venit cu copiii?

- Nu, i-am lăsat să doarmă. Am stat până târziu azi-noapte.

- Data viitoare. Oferindu-i zâmbetul său larg, de revistă, se așază picior peste picior. Deci, cărui fapt îi datorez plăcerea?

- Ei bine... Cu privirea fixată asupra pașaportului, își adună curajul să continue: Trebuie să mă duc acasă. Prietena mea e bolnavă. S-ar putea să mai aibă foarte puțin. Vreau s-o văd înainte să... în caz că... înțelegi.

O lacrimă îi cade din ochiul stâng și aterizează perfect pe coperta documentului. O șterge. Nu plănuise să plângă, dar așa i-a venit.

- Ah, scumpo! Michael își pune mâna peste a ei, iar ea zâmbește crispat, încercând să pară recunoscătoare. E îngrozitor. De ce suferă? Cancer?

Lucy confirmă printr-o înclinare a capului.

- Ovarian. Își retrage mâna cu delicatețe și o duce la gură ca să-și înăbușe un suspin. Vreau să plec săptămâna viitoare, însă mi-a expirat pașaportul. Și copiii mei n-au avut niciodată. Mi-e atât de jenă să apelez la tine! Ai fost atât de generos ieri, cu banii pentru vioară! Nici nu mi-ar trece prin gând să te rog dacă aş avea altă variantă. Dar tu îi ştii pe oamenii aceia, nu? Cei care mi-au făcut rost de paşaportul ăsta.

Îşi trece un deget pe sub ochi, apoi îl priveşte; e demnă de milă, dar încă ispititoare, sau cel puţin aşa speră.

- Hm, nu chiar. Nu. Dar stai liniştită, o să încerc, îi spune Michael trăgând paşaportul spre el.

- Uite, am adus pozele. Şi, Doamne, ştiu că pare aiurea complet, dar am nevoie de unul şi pentru câine. Îi lipsesc nişte vaccinuri, aşa că nu pot să merg pe calea normală. Şi, oricum, cine ştie cât ar dura...

- Iei cu tine câinele? Ca să-ţi vezi o prietenă pe moarte?

- N-am de ales.

- Păi, l-aş putea ţine eu.

Încearcă să-şi ascundă oroarea pe care i-o trezeşte gândul că nepreţuitul ei Fitz ar putea să trăiască aici, cu monstrul acesta.

- Dar ce-o să faci tu cu un câine?

- Habar n-am. O să mă joc cu el? O să-l plimb? O să-l hrănesc?

- E mai complicat, să ştii. Trebuie să te scoli în fiecare dimineaţă şi să-l duci să-şi facă nevoile. Şi trebuie să-i culegi rahatul.

Michael îşi dă ochii peste cap.

- Lui Joy îi plac foarte mult câinii. Ar fi încântată să-l aibă în preajmă. La fel şi eu.

„Bineînţeles", se gândeşte Lucy, „Michael are servitori care să culeagă rahatul de câine." Cu voce tare spune:

- Totuşi, prefer să-l iau cu mine. Copiii sunt ataşaţi de el, şi eu...

– Să văd ce pot să fac. Cred că aş forţa lucrurile un pic cam mult dacă aş cere un paşaport pentru câine, dar o să încerc.

– Minunat! strigă ea, cu ochii măriţi de prefăcută recunoştinţă. Îţi mulţumesc din inimă, Michael. Nici nu ştii cât de uşurată sunt. Aseară am primit un mesaj despre starea prietenei mele şi n-am putut dormi toată noaptea, m-am tot frământat întrebându-mă cum o să ajung la ea. Mulţumesc!

– Stai blând, că încă n-am făcut nimic.

– Ştiu. Ştiu că n-ai făcut. Dar tot îţi sunt recunoscătoare!

Observă cum expresia lui, până atunci prietenoasă, devine sinistră.

– Foarte, foarte recunoscătoare?

Se forţează să zâmbească. Ştie încotro duc toate astea şi e pregătită.

– Foarte, foarte, foarte recunoscătoare.

– Ah! Michael se lasă pe spătar zâmbind. Îmi place cum sună asta.

Lucy îi întoarce zâmbetul şi-şi trece mâna prin păr.

Ochii lui se îndreaptă spre ferestrele oblonite de deasupra; în spatele lor se află dormitorul matrimonial, locul unde au fost comise mai multe violuri conjugale. Apoi se întorc spre ea. Stăpânindu-se să nu tremure, tânăra femeie murmură:

– Poate data viitoare.

El ridică o sprânceană şi-şi trece braţul peste spătarul scaunului de alături.

– E un stimulent?

– Posibil.

– Îmi place stilul tău.

Lucy zâmbeşte. În clipa următoare se îndreaptă de spate, îşi ia poşeta şi, ridicându-se, îi spune:

– Acum însă trebuie să mă întorc la copiii mei adormiți. Când crezi...? îl întreabă șovăielnic.

– Mă apuc de treabă chiar acum. Dă-mi numărul tău, te sun când am vești.

– În momentul ăsta n-am telefon.

Michael se strâmbă.

– Dar tocmai mi-ai zis că ai primit aseară un mesaj despre prietena ta.

Poate că dormitul pe plajă timp de o săptămână e un calvar, dar îți ascute prezența de spirit.

– A, mi-a fost transmis pe telefonul fix, într-un hostel. Cineva mi l-a lăsat. Pe o hârtiuță.

– Înțeleg. Atunci cum pot să dau de tine? Să te sun la hostel?

– Nu, îi răspunde ea cu răceală. Nu. Dă-mi numărul tău. O să te sun de la o cabină telefonică. Vineri e bine?

El își scrie numărul și-i întinde hârtia.

– Da, sună-mă vineri. Și aici... Își vâră mâna în buzunar, scoate câteva bancnote de douăzeci de euro și i le întinde. Ia-ți un telefon, pentru numele lui Dumnezeu.

Lucy ia bancnotele și-i mulțumește. Acum nu mai are nimic de pierdut. Tocmai și-a vândut sufletul pentru un pașaport.

20

Lunile au trecut una după alta. Phineas a împlinit treisprezece ani; acum mărul lui Adam îi era proeminent și deasupra buzei avea o mustăcioară blondă. Eu am crescut cu doi centimetri și jumătate, iar părul îmi era în sfârșit destul de lung încât să-mi intre în ochi. Sora mea și Clemency erau tot mai apropiate, într-un mod aproape nefiresc, împărtășind un limbaj secret și petrecând ore întregi într-o vizuină făcută din cearșafuri și scaune răsturnate în dormitorul gol de la mansardă. Trupa lui Birdie a scos un single prost care a ajuns pe locul 48 în topuri, ea a părăsit grupul furioasă, fără ca cineva din presa muzicală să observe ori să se arate interesat, și a început să dea lecții de vioară în salonul de muzică.

Între timp, Justin a transformat grădina tatei într-o întreprindere comercială, vânzându-și leacurile din plante prin anunțuri la mica publicitate. Sally ne preda tuturor patru ore pe zi, la masa din bucătărie, iar David ținea săptămânal trei cursuri de terapii alternative în sala de întruniri a unei biserici din World's End și se întorcea cu buzunarele pline de bani.

Phin prezisese absolut corect toate aceste lucruri.

Thomsenii nu plecau nicăieri.

*

Acum, gândindu-mă la anii pe care i-am petrecut în casa de pe Cheyne Walk cu Thomsenii, pot să văd exact punctele de inflexiune, pivoții în jurul cărora s-a răsucit soarta noastră, deformându-se atât de oribil. Îmi aduc aminte de cina de la Chelsea Kitchen, când l-am văzut pe tata prea slab ca să-și dea seama că se iscase o luptă pentru putere pe care o pierduse deja. Și mi-o amintesc pe mama ținându-se departe de David, refuzând să strălucească de teamă să nu-i ațâțe dorința. Îmi aduc aminte unde a început totul, dar n-am idee cum am ajuns peste nouă luni în situația în care străinii să ocupe fiecare colțișor al casei fără ca părinții mei să opună vreo rezistență.

Tata se prefăcea interesat de diversele activități. Își făcea de lucru prin grădină cu Justin, chipurile fascinat de șirurile de plante și ierburi aromatice; turna două degete de whisky în două pahare mari în fiecare seară la ora șapte și se așeza cu David la masa din bucătărie, purtând conversații căznite despre politică și afaceri internaționale. Ochii îi ieșeau ușor din orbite la efortul de a lăsa impresia că avea idee despre ce vorbea. (Toate opiniile tatei erau în alb sau negru; lucrurile erau fie corecte, fie greșite, fie bune, fie rele, nu exista nici o nuanță în viziunea lui asupra lumii. Era jenant.) Uneori asista la lecțiile noastre în bucătărie și părea extrem de impresionat de deșteptăciunea pe care o vădeam. Nu-mi puteam da seama ce se întâmplase cu el. Era ca și cum Henry Lamb ar fi părăsit casa, dar și-ar fi lăsat corpul în urmă. Voiam cu disperare să vorbesc cu el despre tot ce se petrecea, despre faptul că lumea mi se răsturnase cu susul în jos, dar mă temeam că astfel l-aș fi făcut să-și piardă și ultima fărâmă din sentimentul că era bun la ceva. Părea atât de vulnerabil! Pe la începutul verii l-am văzut la ora prânzului strângându-și în mână fesul de mohair și haina în timp ce-și verifica portofelul la ușa din față. Terminaserăm lecțiile pentru ziua aceea și mă plictiseam.

- Unde te duci? l-am întrebat.

- La club, mi-a răspuns.

Ah, clubul lui! Niște încăperi pline de fum de pe o străduță ce se desprindea din Piccadilly. Fusesem acolo o dată, când mama era în oraș și bona nu putuse să vină. În loc să rămână acasă cu doi copii mici și enervanți, tata ne urcase într-un taxi și ne dusese la club. Lucy și cu mine am primit limonadă și alune și am stat cuminți într-un colț, în timp ce tata fuma trabucuri și bea whisky cu niște bărbați pe care nu-i mai văzusem niciodată. Fusesem încântat, aș mai fi vrut să rămân acolo, mă rugasem ca bonele să nu mai vină niciodată.

- Pot să merg cu tine? M-a privit fără să înțeleagă, de parcă i-aș fi pus o întrebare grea de matematică, așa că am stăruit: Te rog! O să fiu cuminte. N-o să scot o vorbă.

A aruncat o privire spre scări, ca și când soluția dilemei sale ar fi putut să apară pe palier.

- Ai terminat cu școala?

- Da.

- Bine.

Mi-am pus haina, apoi am ieșit împreună, iar el a oprit un taxi.

La club n-a găsit nici un cunoscut. În timp ce așteptam să ne vină comanda, m-a privit lung și m-a întrebat:

- Așadar, cum o duci?

- Sunt nedumerit, am început.

- Nedumerit?

- Da, în privința modului în care ni s-a transformat viața.

Mi-am ținut răsuflarea. Era exact genul de abordare imprudentă care pe vremuri l-ar fi făcut pe tata să se încrunte la mine, apoi să se întoarcă spre mama și s-o întrebe amenințător dacă i se părea că tipul acela de atitudine era acceptabil, dacă așa își educau ei copilul. Acum însă s-a uitat la mine cu ochii lui albaștri apoși și mi-a răspuns simplu:

– Da.

Imediat după aceea și-a ferit privirea.

– Și tu ești nedumerit?

– Nu, băiete, nu. Nu sunt nedumerit. Știu precis ce se întâmplă.

Nu-mi dădeam seama ce voia să spună: că știa ce se întâmpla și controla situația, sau că știa ce se întâmpla, dar nu putea face nimic ca să se opună.

– Atunci zi-mi și mie, l-am rugat. Ce e?

Ne-au sosit băuturile: o limonadă pe un suport alb de hârtie pentru mine, un whisky și apă pentru tata. Nu-mi răspunsese la întrebare, și mă gândeam că n-avea s-o facă. Dar în clipa următoare a slobozit un oftat.

– Băiete, uneori în viață ajungi la o răscruce de drumuri. Mama ta și cu mine am ajuns la o răscruce de drumuri. Ea voia s-o apuce într-o parte, eu voiam s-o apuc în cealaltă. Ea a câștigat.

Sprânceana mi-a țâșnit în sus.

– Vrei să spui că mămica vrea ca toți oamenii ăștia să stea la noi? Chiar îi vrea?

– Dacă-i vrea? a mormăit el posac, de parcă întrebarea mea ar fi fost cumva ridicolă.

– Vrea să trăiască laolaltă cu toți oamenii ăștia?

– La naiba, habar n-am. Nu mai știu ce vrea mama ta. Uite, am un sfat pentru tine. Niciodată să nu te însori cu o femeie. Femeile or fi ele frumoase, dar te distrug.

N-avea nici o logică. Ce legătură exista între însurătoarea cu o femeie - un lucru pe care n-aveam nici o intenție să-l fac, dar despre care credeam că n-avea alternativă; dacă nu te însurai cu o femeie, cu cine să te însori? - și oamenii de la mansardă?

L-am fixat cu privirea, dorindu-mi să-l aud spunând ceva clar și lămuritor. Dar tata nu avea inteligența emoțională sau, de la atacul cerebral, vocabularul care să-i permită să fie clar și lămuritor. A scos un trabuc din buzunarul hainei și s-a apucat să-l pregătească pentru fumat.

-Deci nu prea îi ai la suflet, mi-a zis în cele din urmă.

-Nu, i-am răspuns. O să plece vreodată?

-Ei bine, dacă aș avea un cuvânt de spus...

-Dar e casa ta. Fără îndoială ai tot dreptul să-i alungi!

Am încremenit, îngrijorat că mersesem prea departe, însă el n-a făcut decât să ofteze.

-Așa s-ar fi zis, nu?

Obtuzitatea lui mă scotea din fire. Voiam să țip.

-Nu poți pur și simplu să le spui să plece? Să le spui că vrem să avem casa iarăși pentru noi? Că vrem să mergem iar la școală? Că nu-i mai vrem aici?

-Nu, a murmurat tata. Nu. Nu pot.

-Dar de ce?

Vocea mea se ridicase cu o octavă, și l-am văzut pe tata încordându-se. S-a răstit la mine:

-Ți-am zis. E mama ta. Are nevoie de ei. Are nevoie de *el*.

-De el? De David?

-Da, de David. Se pare că o face să se simtă mai bine, să-și accepte existența searbădă. Se pare că o ajută să-și găsească „sensul vieții". Dar ai promis c-o să taci din gură, a mormăit el deschizându-și ziarul. Ce-ar fi să te ții de cuvânt?

21

Miller Roe stă cu ochii în telefon în fața casei de pe Cheyne Walk. Arată încă și mai șifonat decât dimineață, când s-au cunoscut la cafeneaua de pe West End Lane. Se îndreaptă când le vede pe Libby și Dido apropiindu-se și le zâmbește.

– Miller, ți-o prezint pe Dido, colega mea... Se corectează imediat: *Prietena* mea. Dido, ți-l prezint pe Miller Roe.

Își strâng mâinile, apoi se întorc cu fața spre casă. Ferestrele ei strălucesc auriu în lumina amurgului.

– Dumnezeule, Libby Jones! exclamă Dido. Ai un palat în toată puterea cuvântului!

Libby zâmbește și se apucă să descuie lacătul. Nu are nici un sentiment de proprietate când intră cu toții în hol, privind în jur. Încă se așteaptă ca avocatul să apară și să le-o ia înainte cu pași mari.

– Înțeleg ce voiai să spui când vorbeai despre tot lemnul de aici, spune Miller. Știi, casa asta era plină de capete de animale împăiate și cuțite de vânătoare. Erau și două tronuri, chiar aici... Arată în părțile laterale ale scării și adaugă strâmbându-se: Al lui și al ei.

– Cine ți-a spus despre tronuri? vrea să știe Dido.

– Niște vechi prieteni de-ai lui Henry și de-ai Martinei, care au participat aici la niște petreceri pe cinste în anii șaptezeci și la începutul anilor optzeci. Când

Henry și Martina erau personalități mondene. Când copiii erau foarte mici. Se pare că erau niște serate foarte extravagante.

– Și unde au fost toți prietenii ăștia când treburile s-au stricat? insistă Dido.

– Păi, nu erau prieteni adevărați. Erau părinții colegilor de școală ai copiilor, vecini efemeri, figuri cosmopolite care umblau de colo colo. Nu le păsa de ei câtuși de puțin. Erau doar oameni care i-au ținut minte.

– Pe ei și tronurile lor, completează Libby.

– Da, zâmbește Miller. Și tronurile lor.

– Și familia extinsă? întreabă Dido. Unde erau rudele?

– Henry nu avea familie. N-avusese frați sau surori, iar părinții îi muriseră. Despre tatăl Martinei nu se mai știa nimic. Mama ei se recăsătorise și trăia în Germania cu noua ei familie. Aparent, tot încerca să reia legătura, iar Martina tot o respingea. Chiar și-a trimis un băiat încoace, în 1992; a venit să bată la ușă în fiecare zi timp de cinci zile, însă nu i-a deschis nimeni. A spus c-a auzit zgomote, a văzut perdelele mișcându-se. Nu i s-a răspuns nici la telefon. Mama era măcinată de vinovăție că nu se străduise mai tare să ajungă la fiica ei. Nu și-a revenit niciodată. Pot...?

Cotește spre stânga, în direcția bucătăriei, iar cele două femei îl urmează.

– Deci aici învățau copiii, spune el. Sertarele erau pline de hârtii, manuale și caiete de exerciții.

– Cine le preda?

– Nu știm. Henry Lamb n-ar fi putut s-o facă. A picat toate probele de bacalaureat și n-a mers la universitate. Engleza nu era limba maternă a Martinei, deci nici ea n-ar fi putut să-i învețe. Așadar, unul dintre acei misterioși „alții", îmi imaginez. După toate probabilitățile, o femeie.

– Ce s-a întâmplat cu manualele și caietele? întreabă Libby.

– N-am idee, spune Miller. Ar putea să fie încă aici?

Libby se uită la masa mare de lemn din mijlocul încăperii, cu două rânduri de sertare pe fiecare parte. Ținându-și răsuflarea, le trage pe rând, dar sertarele sunt goale. Oftează dezamăgită.

– Le-au luat polițiștii, conchide Miller. Foarte probabil le-au și distrus.

– Ce altceva au mai luat? se interesează Dido.

– Robele. Așternuturile de pat. Toate echipamentele de farmacie, flacoanele, tăvițele și ce-o mai fi fost. Săpun. Prosoape. Fibre, desigur, chestii de genul ăsta. Dar în rest nu era nimic oricum. Nu erau tablouri pe pereți, nu erau jucării, nu erau pantofi.

– Nu erau pantofi? repetă uimită Dido.

Libby confirmă. A fost unul dintre cele mai șocante detalii din articolul publicat de Miller în *The Guardian*. O casă plină de oameni, și nici o pereche de pantofi.

Dido se uită în jur.

– Bucătăria asta trebuie să fi fost ultimul răcnet al modei în anii șaptezeci, remarcă ea.

– Așa-i, încuviințează Miller. Era culmea luxului. Practic tot ce se afla în casă înainte să se apuce de vândut provenea de la Harrods. Arhivistul departamentului lor de vânzări mi-a arătat facturile, începând cu data când Henry a cumpărat casa. Electrocasnice, paturi, abajururi, canapele, haine, livrări săptămânale de flori, programări la coafor, produse de toaletă, prosoape, mâncare, totul.

– Inclusiv leagănul meu.

– Da, inclusiv leagănul tău. Care a fost cumpărat, dacă țin minte bine, în 1977, când Henry junior abia se născuse.

- Deci am fost al treilea bebeluş care a dormit în el?

- Da. Cred că da.

Se îndreaptă spre camera mică din fața casei.

- Care-i teoria ta? întreabă Dido. Ce crezi că s-a întâmplat aici?

- În rezumat? Nişte oameni ciudați se mută la o familie bogată. Se petrec lucruri ciudate și toată lumea moare, cu excepția unor adolescenți de care n-a mai auzit nimeni. Şi, desigur, cu excepția bebeluşului. Serenity. Şi existau dovezi că altcineva a locuit aici. Cineva care a amenajat grădina de plante medicinale. Am petrecut o lună întreagă vânând fiecare comerciant de produse naturiste din Marea Britanie și din străinătate care a trăit în Londra în perioada respectivă. Nici o urmă.

Încăperea în care se află are lambriuri de lemn și podea de lemn. Pe peretele îndepărtat e un şemineu uriaş din piatră, iar pe celălalt, rămășițele unui bar din mahon.

- Aici au găsit diverse echipamente, spune Miller pe un ton grav. Întâi polițiştii au crezut că erau instrumente de tortură, dar se pare că erau echipamente artizanale pentru calistenie. S-a constatat că trupurile a doi dintre sinucigaşi erau foarte suple și musculoase. În mod clar, în camera asta își făceau exercițiile. Poate ca să compenseze efectele negative ale rămânerii în casă. Din nou, am petrecut o lună luând legătura cu fiecare profesor de calistenie pe care l-am putut găsi, ca să văd dacă vreunul era la curent cu utilizarea acestei tehnici în Chelsea în anii optzeci și la începutul anilor nouăzeci. Din nou, nimic. Oftează, apoi se întoarce brusc spre Libby: Ai găsit scara secretă? Care duce în pod?

- Da, avocatul mi-a arătat-o când m-a adus aici.

- Ai văzut încuietorile? De pe uşile de la camerele copiilor?

Libby e străbătută de un fior.

– Pe atunci nu-ți citisem articolul, așa că nu m-am uitat. Iar ultima oară când am venit aici... Face o pauză, apoi reia: Ultima oară am crezut c-am auzit pe cineva la etaj. M-am speriat îngrozitor și am plecat.

– Vrei să mergem să aruncăm o privire?

– OK.

– În casa părinților mei e o scară secretă din asta, spune Dido ținându-se de balustradă în timp ce urcă pe scara îngustă. Mă speria teribil când eram mică. Îmi închipuiam că o stafie supărată avea să încuie ambele uși, închizându-mă acolo pentru totdeauna.

Povestea prietenei sale o face pe Libby să grăbească pasul, așa că gâfâie atunci când ajunge la mansardă.

– Ești bine? o întreabă amabil Miller.

– Mm, îngaimă ea. Aproape.

El își duce mâna la ureche.

– Ai auzit?

– Ce?

– Scârțâitul?

Libby încuviințează cu ochii măriți.

– Asta fac casele vechi când e prea cald sau prea frig. Se plâng. Asta ai auzit data trecută. Protestele casei.

Îi vine să-l întrebe dacă atunci când le e cald casele vechi se apucă să și tușească, dar se abține.

Miller își scoate din buzunar telefonul și începe să filmeze în timp ce merge.

– Uau, șoptește dintr-odată. Asta e. Asta e. Îndreaptă camera de filmat spre ușa primei camere din stânga. Uitați-vă!

Pe exteriorul ușii e un zăvor. Cele două femei îl urmează la a doua ușă. Alt zăvor. Și altul, și altul.

– Toate cele patru uși pot fi încuiate din afară. Aici crede poliția că dormeau copiii. Aici au găsit pete de sânge și urme pe pereți. Uitați-vă, chiar și la toaletă e un zăvor pe dinafară! Intrăm? le întreabă punând mâna pe clanța uneia dintre camere.

Libby aprobă.

Când citise prima oară articolul lui Miller sărise peste paragrafele despre camerele de la mansardă, incapabilă să suporte gândul la ceea ce s-ar fi putut întâmpla acolo. Acum vrea pur și simplu să poată da totul la spate.

E o cameră destul de spațioasă, zugrăvită în alb cu pete de galben la nivelul plintelor, cu o podea din scânduri fără covor, perdele albe zdrențuite la geamuri, niște saltele subțiri în colț, nimic mai mult. Camera următoare e la fel. Și următoarea. Libby își ține respirația când ajung în a patra încăpere, convinsă că în spatele ușii va fi un bărbat. Însă nu e nimeni, doar o altă cameră goală și albă cu perdele albe și podea golașă. Sunt pe cale să iasă când Miller se oprește, se duce în colțul opus și îndreaptă telefonul spre saltea.

-Ce-i?

Jurnalistul îndepărtează ușor salteaua de perete și focalizează asupra unui obiect ascuns acolo.

-Ce este?

El culege obiectul respectiv și-l arată spre camera de filmat a telefonului, apoi îl ridică la nivelul ochilor.

-E o șosetă.

-O șosetă?

-Da. O șosetă bărbătească.

E o șosetă în roșu și albastru, o pată de culoare bizară pe fundalul alb al dormitoarelor de la mansardă.

-E ciudat, murmură Libby.

-E mai mult decât ciudat, spune Miller. E imposibil. Pentru că, uitați-vă.

Întoarce şoseta pe faţă şi le-o arată. Se vede clar logoul Gap.

– Care-i treaba? întreabă Dido. Nu înţeleg.

– Ăsta e logoul Gap *de acum*, le lămureşte el. E folosit numai de doi ani încoace. Privind-o pe Libby în ochi, adaugă: Şoseta asta e recentă.

22

Vineri, Lucy îl sună pe Michael la ora cinci după-amiază de la cabina telefonică din apropiere. El îi răspunde imediat.

– Mă gândeam eu că ești tu, spune, iar Lucy îi intuiește zâmbetul lasciv.

– Cum o duci? îl întreabă cu voioșie.

– Grozav. Și tu?

– La fel.

– Ți-ai luat un telefon? Acum suni de pe un fix, nu?

– Un cunoscut o să-mi facă rost de un telefon, minte ea. Unul mai vechi, recondiționat. Ar trebui să mi-l aducă mâine.

– Bine, spune Michael. Foarte bine. Și, cum îmi dau seama că nu e un apel de politețe, presupun că vrei să știi dacă am făcut progrese cu mica ta *solicitare.*

Lucy chicotește binedispusă.

– Chiar aș vrea să știu.

– Ei bine, o să mă adori, Lucy Lou, pentru că ți-am obținut pachetul complet. Pașapoarte pentru tine, pentru Marco, pentru puștoaică, până și pentru câine. De fapt, am plătit atât de mult, că mi-au dat gratis actele câinelui!

Simte cum fierea îi încheagă conținutul stomacului. Nu vrea să se gândească la suma pe care a cheltuit-o

Michael pentru paşapoarte şi la ce-o să-i ceară în schimb. Forţându-se să râdă, exclamă:

– Ah, ce tipi drăguţi!

– Drăguţi pe naiba. Peste câteva clipe, Michael adaugă: Vrei să treci pe-aici să le iei?

– Sigur! Nu azi, dar poate mâine, sau duminică?

– Vino duminică. Putem să luăm prânzul împreună. Duminica Joy are liber, aşa că o să avem tot domeniul la dispoziţie.

Fierea îi urcă din stomac până la baza gâtului.

– La ce oră? reuşeşte să-l întrebe cu aparentă nonşalanţă.

– Să zicem pe la unu. O să pun nişte fripturi pe grătar. Tu ai putea să faci chestia aia care-mi plăcea teribil, cum se chema? Cu pâine şi roşii?

– Panzanella.

– Asta e. Doamne, ce bine-ţi ieşea!

– Mulţumesc. Sper că nu mi-am pierdut talentul.

– Talentul tău... Să ştii că talentul tău îmi lipseşte enorm.

Lucy izbucneşte în râs. Îi spune c-o să vină duminică la unu, îşi ia la revedere, apoi lasă telefonul, fuge la toaletă şi vomită.

23

Într-o după-amiază din vara anului 1990, când abia împlinisem treisprezece ani, am dat nas în nas cu mama pe palier. Așeza teancuri de așternuturi curate în dulap. Pe vremuri, lenjeria ne era luată săptămânal de o camionetă inscripționată cu litere aurii și adusă peste câteva zile în baloturi imaculate, legate cu panglici, sau atârnând pe umerașe din lemn sub o folie de protecție.

– Ce s-a întâmplat cu serviciul de spălătorie? am întrebat-o.

– Care serviciu de spălătorie?

Își lăsase părul lung. Din câte știam, nu se tunsese niciodată în cei doi ani de când ceilalți oameni se mutaseră la noi. Birdie avea părul lung, la fel și Sally. Mama arborase întotdeauna o tunsoare bob. Acum, pletele îi treceau de umeri și erau despărțite de o cărare pe mijloc. Mă întrebam dacă voia să le imite pe celelalte femei, așa cum eu încercam să-l imit pe Phin.

– Ții minte? Bătrânul care venea în camioneta albă să ne ia rufele. Era atât de mititel, încât te temeai că n-o să le poată căra!

Privirea mamei s-a îndreptat agale spre stânga, de parcă și-ar fi amintit un vis.

– Ah, da. Uitasem de el.

– Cum de nu mai vine?

Drept răspuns și-a frecat vârfurile degetelor. Știam ce însemna gestul acela și era ceva ce bănuiam de mult, însă era prima oară când primeam confirmarea. Eram săraci.

– Dar ce s-a întâmplat cu toți banii tatei?

– Șșșș.

– Dar nu înțeleg!

– Șșșș! a făcut ea din nou.

M-a tras cu blândețe în dormitorul ei și m-a pus să mă așez pe pat, apoi, ținându-mă de mână, m-a privit stăruitor. Observând că nu era machiată, m-am întrebat când încetase s-o mai facă. Atâtea lucruri se schimbaseră atât de lent într-o perioadă atât de lungă, încât uneori era greu să remarci transformările.

– Trebuie să-mi promiți, să-mi juri că n-o să vorbești cu nimeni despre asta, m-a implorat mama. Nici cu sora ta, nici cu ceilalți copii, nici cu adulții. Cu nimeni, da?

Am încuviințat din cap cu hotărâre.

– Și ți-o spun numai pentru că am încredere în tine. Pentru că mă bizui pe judecata ta. Prin urmare, n-o să mă dezamăgești, da?

Am dat din cap încă și mai viguros.

– Banii tăticului s-au terminat acum multă vreme.

Am înghițit în sec.

– Cum adică, toți?

– În mare, da.

– Și atunci din ce trăim?

– Tata și-a tot vândut din acțiuni. Mai sunt încă două conturi de economii. Dacă putem trăi cu treizeci de lire pe săptămână, o să ne descurcăm cel puțin doi ani de-acum încolo.

– Treizeci de lire pe săptămână? Mă holbam la ea uluit. Mama cheltuia treizeci de lire pe săptămână numai pentru flori. Dar e imposibil!

– Nu e. Ne-am sfătuit cu David, şi el ne-a făcut un plan foarte detaliat.

– David? Dar ce ştie David despre bani? Nici măcar n-are o casă!

– Şşşş! Mama şi-a dus degetul la buze şi s-a uitat îngrijorată spre uşa dormitorului. Trebuie să ai încredere în noi, Henry. Noi suntem adulţii, iar tu trebuie să ai încredere că vom proceda corect. Birdie câştigă bani cu lecţiile ei de vioară. David câştigă bani din cursurile lui. Justin face o grămadă de bani.

– Da, dar nu ne dau nouă nimic din banii ăştia, nu?

– Ba da. Toată lumea contribuie. O să ne descurcăm.

În momentul acela am avut revelaţia. Mintea mi s-a limpezit brusc.

– Aţi format o comună? am exclamat îngrozit.

Mama a râs de parcă ar fi fost o sugestie ridicolă.

– Nu! Sigur că nu!

– Dar de ce nu poate tata să vândă casa? Am putea să ne mutăm într-un apartament. Ar fi chiar drăguţ. Şi nu ne-am mai face griji din cauza banilor.

– Dar nu e vorba numai de bani, scumpule, ştii asta, nu-i aşa?

– Atunci despre ce e vorba?

A oftat uşor în timp ce-mi dezmierda mâna cu degetul mare.

– Păi, cred că e vorba despre mine. E vorba despre felul în care mă simt, despre tristeţea care mă macină de atâta vreme, despre faptul că toate astea – a arătat în jur spre dormitorul luxos, cu draperiile grele şi candelabrul strălucitor – nu-mi aduc pic de fericire. Şi apoi a apărut David, care mi-a arătat un alt mod de trai, unul mai puţin egoist. Avem *prea mult*, Henry. Îţi dai seama de asta? Mult, mult prea mult, iar atunci când ai prea mult te trage în jos. Acum că banii s-au dus, e un moment potrivit să facem o schimbare, să ne gândim la ceea ce mâncăm și ceea ce folosim și ce cheltuim și cum ne umplem timpul. Trebuie să dăruim lumii, nu să tot luăm de la ea. Știi, David - vocea ei a sunat ca o linguriță ciocnită de un pahar de vin când i-a rostit numele - își donează aproape toți banii unor asociații caritabile. Iar acum, călăuziți de el, și noi facem asta. E atât de prielnic pentru suflet să ai grijă de oamenii în nevoie! Iar viața pe care o duceam înainte era una de risipă. Nu vezi în ce eroare trăiam? Dar acum, ghidați de David, putem începe să echilibrăm situația.

Mi-am luat un scurt răgaz ca să înțeleg bine ceea ce tocmai auzisem.

– Deci rămân la noi, am spus într-un târziu. Pentru totdeauna?

– Da, mi-a răspuns ea cu un zâmbet fin. Da. Sper.

– Și suntem săraci?

– Nu. Nu suntem săraci, scumpule. Suntem despovărați. Suntem liberi.

24

Libby, Miller și Dido scotocesc prin toată casa în căutarea locului pe unde a intrat misteriosul bărbat cu șoseta. În spatele casei există o ușă cu sticlă mată care dă spre niște trepte de piatră ce coboară în grădină. E zăvorâtă din interior și, se vădește când încearcă s-o deschidă, încuiată cu cheia. Tulpinile de glicină crescute în spațiul dintre ușă și tocul acesteia sunt groase, sugerând că n-a mai fost deschisă de multe săptămâni, poate chiar ani.

Împing ferestrele prăfuite, dar toate sunt încuiate. Se uită în colțurile întunecoase căutând uși secrete, însă nu găsesc nici una.

Iau la rând toate cheile din legătura lui Libby, și până la urmă o dibuie pe cea care descuie ușa cu sticlă mată. Aceasta tot nu se clintește însă.

Miller se uită atent, cu nasul lipit de geam.

– Are un lacăt pe dinafară, le anunță. Ai o cheiță acolo?

Libby găsește o cheie mai mică decât celelalte și i-o întinde.

– Ce părere ai avea dacă aș sparge un ochi de geam?

– Să-l spargi? Cu ce?

Miller arată spre umărul lui.

– Dă-i drumul, îl îndeamnă ea crispată.

Jurnalistul foloseşte draperia uzată de creton ca să amortizeze impactul, iar sticla se sparge în două bucăţi aproape egale. Îşi vâră braţul prin gaură şi descuie lacătul cu cheiţa. În sfârşit, uşa se deschide, rupând ramurile glicinei.

– Aici, spune Miller înaintând pe iarbă. Aici cultivau plantele otrăvitoare.

– Otrava care i-a ucis pe părinţii lui Libby? întreabă Dido.

– Da. *Atropa belladonna*. Sau mătrăgună. Poliţia a găsit ditamai boschetul.

Se îndreaptă spre capătul grădinii, un loc umbrit şi răcoros sub coroana unui salcâm înalt. Acolo se află o bancă de formă curbată, corespunzând umbrei copacului, orientată spre spatele casei. Chiar şi în vara aceea, cea mai caldă pe care a cunoscut-o Londra în ultimii douăzeci de ani, lemnul este jilav, cu pete de mucegai. Libby îşi trece uşor degetele peste braţul băncii. Şi-o imaginează pe Martina Lamb stând aici într-o dimineaţă însorită, cu o ceaşcă de ceai pusă acolo unde stau degetele ei acum, privind păsările care se rotesc pe cer. Îşi imaginează că-şi ţine cealaltă mână pe pântecul bombat de sarcină, zâmbind când simte bebeluşul foindu-se înăuntru.

În clipa următoare şi-o imaginează un an mai târziu, luând otravă în timpul cinei şi apoi culcându-se pe podeaua bucătăriei şi murind fără vreun motiv anume, lăsându-şi bebeluşul singur la etaj.

Îţi retrage mâna ca arsă şi se întoarce să se uite la casă. De aici pot să vadă cele patru ferestre mari ale camerei de zi. Mai sunt patru ferestre mai mici deasupra, câte două în fiecare dormitor din spate, plus o ferestruică în mijloc, pe palier. Deasupra acestora, sub streaşină, sunt opt ferestre înguste, câte două pentru fiecare dormitor de la mansardă, și una mică, circulară, în mijloc, acolo unde se află baia. Apoi, acoperișul plat, trei hornuri și cerul albastru.

- Uitați-vă! strigă dintr-odată Dido ridicându-se pe vârful picioarelor și gesticulând frenetic. Uitați-vă! E o scară? Sau o ieșire de incendiu?

- Unde?

- Acolo! Uitați-vă! Ascunsă după hornul ăla, cel roșu. Uitați-vă!

Libby vede sclipirea de metal. O urmărește până la o ieșitură din cărămidă, apoi deasupra streșinii, apoi la un burlan care merge până la altă proeminență din cărămidă pe latura casei, o scurtă trecere până la zidul grădinii, apoi în jos până la un fel de buncăr de beton, apoi în grădină.

Se răsucește. În spate e un frunziș des, mărginit de un zid vechi din cărămidă. Înaintează pe cărarea deja trasată, picioarele ei găsind peticele tasate dintre buruieni. E plin de pânze de păianjen care i se lipesc de haine și în păr, dar continuă să meargă. Simte drumul acesta, îl are în minte, știe ce caută. Peste câteva clipe o vede: o portiță veche de lemn, vopsită în verde-închis, atârnând în balamale, care dă spre grădina casei vecine.

Miller și Dido stau în spatele ei ridicați pe vârfuri, uitându-se dincolo de portiță. Libby o împinge cât de tare poate și aruncă o privire în grădina vecinului.

E neîngrijită, lăsată de izbeliște. În mijlocul peluzei e un ceas solar șubred, se văd și niște alei prăfuite. Nu există mobilier de grădină, nici jucării. Pe lângă casă se întinde o cărare ce pare să ducă direct în stradă.

- M-am prins, spune Libby atingând lacătul care a fost deschis cu un clește. Uitați-vă. Oricine doarme în casă a intrat pe portița asta, a trecut prin grădină, s-a cocoțat pe chestia aia din beton, apoi pe zidul grădinii, a urcat pe burlan până pe platforma aia, acolo sus, după aia pe ieșitura de cărămidă și pe scară. Trebuie numai să ne dăm seama unde duce scara.

Îl fixează cu privirea pe Miller.

– Nu sunt foarte agil, se grăbește el s-o informeze.

Libby se întoarce spre Dido, care-și umflă obrajii și bombăne:

– Hai să fim serioși!

Intră în casă și urcă la mansardă, unde găsesc imediat mica trapă de lemn din tavanul holului. Miller o ridică pe Libby pe umeri, astfel încât să poată împinge chepengul.

– Ce vezi?

– Un tunel plin de praf. Și altă ușă. Ridică-mă mai mult.

Cu un geamăt, Miller se opintește iar. Libby se agață de o stinghie și se trage în sus. Aici e atât de cald, încât hainele i se lipesc de corp din cauza transpirației. Se târăște prin tunel și împinge următoarea trapă, moment în care lumina soarelui îi izbește ochii. Se află pe un acoperiș plat unde vede niște plante ofilite în ghivece și două scaune de plastic.

Se uită de jur împrejur cu mâinile în șolduri: în față e verdeața scăldată în soare din Embankment Gardens, dincolo de ea, centura întunecată a fluviului. În spatele ei zărește rețeaua de străzi înguste care se întinde de aici până la King's Road; o terasă plină cu băutori de bere, o suprafață pestriță alcătuită din curți și mașini parcate.

– Ce vezi? strigă Dido de jos.

– Văd totul, îi răspunde. Absolut totul.

25

Marco își privește mama cu ochii mijiți.

- De ce nu putem să venim și noi? Nu înțeleg.

Lucy își îndreaptă conturul de ochi uitându-se în oglinjoară și oftează.

- De-aia, OK? Mi-a făcut o favoare imensă și mi-a cerut să mă duc singură, așa că mă duc singură.

- Dar dacă te rănește?

Lucy își reprimă o tresărire.

- N-o să mă rănească, bine? Am avut o căsnicie foarte agitată, dar nu mai suntem căsătoriți. Viețile noastre au mers mai departe. Oamenii se schimbă.

Nu se poate uita la fiul ei în timp ce-l minte. I-ar observa frica din ochi. Ar intui ce are de gând să facă. Și n-ar avea habar de ce, pentru că nu știe nimic despre copilăria ei, despre coșmarul din care a fugit în urmă cu douăzeci și patru de ani.

- Ai nevoie de un cod, îi spune Marco pe un ton autoritar. O să te sun, iar dacă ești înspăimântată, îmi zici doar: „Ce face Fitz?“ Bine?

Ea zâmbește și dă din cap afirmativ.

- Bine.

Îl trage spre ea să-l sărute după ureche, iar băiatul nu se împotrivește.

Peste câteva minute, în bucătărie, Stella și Marco o privesc pregătindu-se de plecare.

– Ești foarte drăguță, mami, îi spune Stella.

Lui Lucy i se pune un nod în gât.

– Mulțumesc, scumpo. Mă întorc pe la patru cu pașapoartele voastre, așa că o să putem începe să planificăm excursia la Londra.

Le zâmbește larg, iar Stella îi îmbrățișează piciorul. După câteva clipe Lucy se desprinde și iese din clădire fără să se uite în urmă.

Rahatul lui Fitz e încă acolo. Are de două ori mai multe muște pe el. Nu știe de ce, dar i se pare o imagine liniștitoare.

Michael îi deschide ușa; are ochelarii de soare pe vârful capului și poartă un șort lejer și un tricou de un alb orbitor.

Îi ia din brațe punga cu provizii, peștele marinat, roșiile și pâinea pe care le-a cumpărat pe drum, și se întinde s-o sărute pe ambii obraji. Răsuflarea lui miroase a bere.

– Arăți superb! Uau! Intră, intră.

Îl urmează în bucătărie. Pe blat sunt două fripturi pe un șervet de hârtie și o sticlă de vin într-o frapieră de argint. Michael ascultă Ed Sheeran la sistemul de sonorizare Sonos și pare să fie foarte binedispus.

– Ce-ai vrea să bei? Gin tonic? Bloody Mary? Vin? Bere?

– O bere, te rog.

Îi dă un Peroni. Ar fi trebuit să mănânce un mic dejun consistent, se gândește ea simțind cum prima sorbitură i se urcă la cap.

– Noroc, spune el ciocnindu-și sticla de a ei.

– Noroc!

Pe blat se află un castron cu chipsurile lui favorite, cele striate. Lucy se grăbește să-și ia o porție generoasă.

Are nevoie să fie destul de trează încât să păstreze controlul asupra situației, dar destul de amețită încât să-și ducă la îndeplinire planul.

- Așadar, cum merge scrisul? îl întreabă în timp ce scoate un tocător dintr-un sertar și un cuțit din altul.

- Of, nu mă întreba, geme el dându-și ochii peste cap. Hai să zicem că n-a fost o săptămână foarte productivă.

- Îmi imaginez că nu-i ceva atât de neobișnuit. E o chestie psihologică.

- Hm, pe de o parte. Pe de altă parte, toți scriitorii buni reușesc să treacă peste asta. E ca și cum ai hotărî să nu ieși la jogging pe motiv că plouă. E doar o scuză. Prin urmare, trebuie să mă străduiesc mai mult.

Îi zâmbește și preț de o secundă pare aproape modest, aproape real; preț de o secundă, Lucy își spune că poate că ziua de azi n-o să se deruleze așa cum s-a gândit ea, că poate o să ia prânzul împreună și-o să stea de vorbă, iar el o să-i dea pașapoartele și-o s-o lase să plece cu o simplă îmbrățișare în prag.

- Nu pot să nu-ți dau dreptate, îi răspunde, simțind cum cuțitul perfect ascuțit alunecă prin roșiile coapte ca prin unt. În definitiv, e o slujbă ca oricare alta. Trebuie să fii punctual și să-ți faci treaba.

- Exact.

Michael își dă pe gât berea și aruncă sticla goală în coșul pentru reciclare. Își scoate alta din frigider, apoi îi întinde una și lui Lucy, însă ea clatină din cap arătându-i sticla pe care o ține în mână, încă aproape plină.

- Hai, bea, o îndeamnă. Am la rece un Sancerre delicios, preferatul tău.

- Îmi pare rău, spune ea ducând sticla la buze. Am stat pe uscat destul de mult timp.

- A, da?

– Nu cu intenție. Doar că n-am avut bani.

– Ei bine, atunci să numim asta Operațiunea „Trage-o pe Lucy de pe uscat“, ce zici? Hai, dă berea pe gât.

Au ajuns în punctul acela, foarte aproape de amiciție, dar deplasat deja în direcția agresiunii. Nu e o invitație veselă, ci un ordin. Zâmbind, Lucy golește sticla pe jumătate.

Michael o privește atent.

– Bravo, îi spune. Bravo. Și acum restul.

Cu surâsul transformat în rânjet, Lucy soarbe restul de bere, aproape înecându-se din cauza cantității prea mari.

– Ah, bravo! exclamă el încântat. Bravo! Îi ia sticla goală din mână și se întoarce să scoată două pahare de vin dintr-un dulap. Ieșim? o întreabă arătând spre ușa care dă în grădină.

– Stai să termin cu astea, îi răspunde ea arătând spre roșiile tăiate doar pe jumătate.

– Le termini mai târziu. Hai să bem ceva mai întâi.

Îl urmează în curtea interioară ducându-și poșeta și castronul cu chipsuri.

Michael umple două pahare mari cu vin și împinge unul peste masă înspre ea. După un nou toast, o țintuiește cu privirea.

– Așa, Lucy Lou, povestește-mi. Ce-ai făcut în ultimii zece ani?

– Ha! De unde vrei să încep?

– Ce-ar fi să începi cu tipul cu care ai făcut fetița?

Stomacul lui Lucy se crispează. A știut din clipa în care Michael a zărit-o pe Stella c-o să și-o imagineze obsesiv făcând sex cu alt bărbat.

– Ei, nu-i mare lucru de spus. A fost un dezastru. Dar am scos-o pe Stella de acolo. Iată, acum știi.

Se apleacă spre ea, fixând-o cu ochii lui de culoarea alunei. Zâmbește, dar zâmbetul nu-i ajunge și în privire.

– Nu, Lucy. Chiar nu știu. Cine era? Unde l-ai cunoscut?

Se gândește la pașapoartele care se află undeva în casă. Nu-și permite să-l înfurie. Nu-i poate spune că tatăl Stellei a fost dragostea vieții ei, cel mai frumos tip pe care l-a văzut vreodată, că era un pianist de mare talent a cărui muzică o emoționa până la lacrimi, că i-a frânt inima, ale cărei fragmente le poartă cu ea în buzunare și acum, la trei ani după ce l-a văzut ultima oară.

– Era un golan, spune într-un târziu, apoi se oprește să ia o înghițitură mare de vin. Doar un băiat drăguț, un infractor, fără pic de creier. Mi-a fost milă de el. Nu mă merita, și cu siguranță n-o merita pe Stella.

A vorbit cu convingere, deoarece, în timp ce-l privește în ochi, Michael habar n-are că descrierea i se aplică lui însuși.

Aparent satisfăcut, revine la atitudinea prietenoasă de mai devreme.

– Și acum unde e idiotul ăsta?

– A fugit. S-a întors în Algeria. I-a frânt inima maică-sii, care dă vina pe mine. Ridicând din umeri, Lucy adaugă: Oricum avea s-o dezamăgească. Avea să dezamăgească pe toată lumea. Pur și simplu așa era el.

Michael se apleacă iarăși spre ea.

– L-ai iubit?

Lucy pufnește disprețuitor.

– Dumnezeule! exclamă, gândindu-se tot la bărbatul din fața ei. Nu!

El dă din cap aprobator.

– A mai fost și altcineva? De-a lungul anilor.

E o altă minciună, dar una mai ușor de spus.

– Nu. Nimeni. Am trăit de pe o zi pe alta, cu doi copii mici. Chiar dacă aş fi întâlnit pe cineva, ştii, n-ar fi mers. Din punct de vedere logistic.

– Da, înţeleg. Să ştii însă, Lucy – o priveşte cu sinceritate –, oricând mi-ai fi cerut, te-aş fi ajutat. Tot ce trebuia să faci era să mi-o ceri.

Ea scutură din cap cu tristeţe.

– Da, ştiam eu, oftează el. Eşti prea mândră.

E atât de departe de adevăr, încât e aproape comic, însă ea confirmă:

– Mă cunoşti atât de bine!

– Dintr-o grămadă de puncte de vedere suntem cea mai proastă combinaţie, spune Michael râzând. Îţi aduci aminte ce făceam? Doamne, eram nebuni! Dar în alte privinţe eram – fir-ar să fie, eram bestiali, nu crezi?

Lucy se forţează să surâdă şi să-şi încline capul, dar nu reuşeşte să rostească „da“.

– Poate că ar fi trebuit să ne străduim mai mult, continuă el umplându-şi iarăşi paharul şi apoi umplându-l şi pe-al ei, deşi abia dacă a luat două înghiţituri.

– Uneori viaţa e aşa cum e, spune ea fără nici o noimă.

– Asta-i adevărat, Lucy, îi răspunde el ca şi când tocmai ar fi auzit ceva profund. După ce mai soarbe din vin reia: Spune-mi totul despre băiatul meu. E deştept? E sportiv?

„E cumsecade?“ întreabă ea în gând. „E bun? Se ocupă de sora lui? Mă ajută să-mi păstrez echilibrul psihic? Miroase frumos? Are voce? Ştie să deseneze, să facă portrete frumoase? Merită mai mult decât o mamă ca mine şi viaţa de rahat pe care i-am oferit-o?“

– E isteţ, spune în cele din urmă. Mediocru la matematică şi ştiinţe, excelent la limbi străine, artă, engleză. Şi nu, nu e sportiv. Deloc.

Îl priveşte stăruitor, căutând o urmă de dezamăgire pe chipul lui. Însă Michael are o expresie pragmatică.

- Nu poţi câştiga peste tot. Şi puştiul e drăguţ. Au început să-l intereseze fetele?

- N-are decât doisprezece ani, îi răspunde Lucy cu o anume bruscheţe.

- E destul de mare. Dumnezeule, sper că nu-l bănuieşti c-ar fi gay, nu?

Îi vine să-i arunce vinul în faţă şi să plece. În loc de asta, îi spune:

- Cine ştie? N-am văzut nici un semn. Dar, aşa cum ziceam, subiectul încă nu-l interesează. Hotărăşte să schimbe subiectul: Oricum, ar trebui să mă întorc la panzanella. Trebuie ca aromele să aibă timp să se impregneze înainte s-o mâncăm.

Se ridică, iar Michael o imită zicând:

- Şi eu ar trebui să mă ocup de grătar.

Lucy dă să pornească spre bucătărie, însă bărbatul o prinde de mâini şi-o întoarce cu faţa spre el. Observă că ochii îi joacă din cap, deja şi-a pierdut concentrarea, deşi e numai unu şi jumătate. Îşi pune mâinile pe şoldurile ei şi o trage spre el. Apoi îi fereşte părul de pe ureche, se lipeşte de ea şi-i murmură:

- N-ar fi trebuit să te las să pleci.

Buzele lui se ating uşor de ale ei, după care o bate uşor pe fund şi-o urmăreşte cu privirea până intră în bucătărie.

26

La scurt timp după ce mama mi-a spus că David ne punea să ne donăm toți banii asociațiilor caritabile și că urma să stea cu noi pentru totdeauna, l-am văzut sărutând-o pe Birdie.

Scena m-a revoltat din mai multe motive. În primul rând, așa cum știți, o găseam pe Birdie respingătoare. Gândul că buzele ei înguste și tari se lipeau de gura mare, generoasă a lui David, mâinile lui se așezau pe șoldurile ei osoase, limba ei dezgustătoare o vâna pe a lui în grota umedă formată de gurile lor... Câh!

În al doilea rând, eram tradiționalist, așa că dovada adulterului mă șoca până în măduva oaselor.

În al treilea rând – ei bine, al treilea aspect îngrozitor nu m-a frapat pe loc. Nici n-ar fi putut, pentru că implicațiile scenei la care asistasem nu erau pe de-a-ntregul evidente. Dar e cert că m-a străbătut ceva învecinat cu oroarea când i-am zărit pe David și Birdie sărutându-se, senzația instinctivă că aveau să scoată unul din celălalt niște lucruri care ar fi fost mai bine să rămână îngropate.

S-a întâmplat într-o sâmbătă dimineață. Sally era plecată să facă poze undeva pe un platou de filmare. Justin se dusese să monteze o tarabă la piață unde urma să-și vândă leacurile naturiste. Mama și tata stăteau în grădină în halatele de casă, citind ziarele și bând ceai din niște căni mari. Dormisem până la opt și jumătate, mai târziu decât de obicei. Întotdeauna m-am trezit devreme; chiar și în adolescență, rareori mă prindea ora nouă în pat. Ieșisem din cameră frecându-mă somnoros la ochi când i-am văzut încolăciți în pragul camerei lui David. Ea purta o cămașă de noapte din muselină. El avea un halat negru din bumbac prins în talie cu un cordon. Piciorul ei era înfipt între genunchii lui. Pântecele le erau lipite. David își ținea o mână pe gâtul ei palid, presărat cu alunițe. Ea își ținea o mână pe fesa lui stângă.

M-am retras imediat în camera mea, cu inima bătându-mi tare, cu stomacul întors pe dos. Mi-am dus ambele mâini la gât, încercând să-mi reprim greața și oroarea. „Futu-i", am șoptit inaudibil, apoi am repetat mai tare. Peste câteva clipe am deschis ușa, însă plecaseră. Nu știam ce să fac. Trebuia să spun cuiva; trebuia să-i spun lui Phin.

Phin și-a suflat șuvițele blonde din ochi. Culmea, devenea tot mai frumos pe măsură ce înainta prin pubertate. Avea numai paisprezece ani, și deja trecuse de un metru optzeci. Nu-i ieșise nici un coș, din câte știam, iar dacă i-ar fi ieșit, aș fi observat, întrucât îmi făcusem aproape un hobby din studierea feței lui.

– Trebuie să vorbim, i-am șuierat în culmea agitației. E foarte, foarte important.

Ne-am dus în capătul grădinii, unde o bancă de formă curbată captura soarele dimineții. Cum copacii erau plini de frunze și de flori, nu puteam fi văzuți din casă. Ne-am întors unul spre celălalt.

– Tocmai am văzut ceva, i-am spus. Ceva îngrozitor.

Phin și-a mijit ochii. Se gândea probabil că aveam să-i spun că văzusem pisica înfruptându-se din untieră sau ceva la fel de infantil și banal. Îmi dădeam seama că n-avea nici o încredere în capacitatea mea de a transmite vești cu adevărat șocante.

– L-am văzut pe tatăl tău. Și pe Birdie...

Expresia de nerăbdare indulgentă i-a dispărut de pe chip, făcând loc îngrijorării.

– Ieșeau din camera lui Birdie și a lui Justin. Și se sărutau.

A tresărit ușor la auzul acestor cuvinte. Reușisem. În fine, după doi ani, Phin mă privea cu interes.

I-am văzut mușchiul maxilarului încordându-se.

– Ți-a venit cumva ideea să mă minți? a mârâit.

– Nici vorbă! Jur, i-am văzut! Chiar acum. Acum douăzeci de minute. Jur.

Ochii i s-au umplut de lacrimi, și am observat că se străduia din greu să le alunge. Unii îmi spun că n-am empatie. S-ar putea să fie adevărat. Nu m-am gândit nici o clipă că Phin ar fi putut să fie mâhnit. Șocat, da. Scandalizat. Dezgustat. Dar nu mâhnit.

– Îmi pare rău, am îngăimat. Doar că...

A clătinat din cap. Părul lui splendid i-a căzut peste față, apoi s-a ferit iarăși dezvăluind o expresie de bravură sumbră, sfâșietoare.

– E în regulă, mi-a răspuns. Mă bucur că mi-ai zis.

S-a lăsat tăcerea. Nu știam ce să fac. Beneficiam de atenția lui integrală, dar îl rănisem. M-am uitat la mâinile lui mari, bronzate, pe care și le frământa în poală; aș fi vrut să le mângâi, să le duc la buze, să-i alung durerea cu sărutări. Am simțit dorința fizică izbucnindu-mi în trup cu o forță incredibilă, un dor de nesuportat.

Mi-am întors rapid privirea de la mâinile lui la pământul dintre picioarele mele goale.

– O să-i spui mamei tale? l-am întrebat în cele din urmă.

Şi-a scuturat capul. Părul i-a căzut din nou, ascunzându-i faţa.

– Aş omorî-o, mi-a spus cu simplitate.

Am încuviinţat, ca şi când aş fi ştiut la ce se referea. În realitate, habar n-aveam. Abia împlinisem treisprezece ani. Ştiam că vederea lui Birdie şi a lui David sărutându-se pătimaş în pijamale mă dezgustase profund. Ştiam că un bărbat nu trebuia să sărute o femeie care nu era soţia lui. Însă nu puteam să extrapolez aceste sentimente dincolo de mine. Nu-mi puteam imagina ce-ar fi simţit o altă persoană. Nu înţelegeam de ce ar fi vrut Sally să moară din cauză că soţul ei o sărutase pe Birdie.

– O să-i spui surorii tale?

– N-o să spun nimănui, ce dracu'? s-a răstit el. Şi nici tu n-o s-o faci. Serios. Să nu spui nimănui. Nu scoţi o vorbă dacă nu-ţi zic eu. OK?

Am încuviinţat iarăşi. Eram fericit să urmez indicaţiile lui Phin.

Intimitatea noastră începea să se evapore, o simţeam. Îmi dădeam seama că Phin era pe cale să se ridice şi să intre în casă şi că n-avea de gând să mă invite să-l însoţesc; avea să mă lase acolo, pe bancă, să mă holbez la spatele casei cu vintrele clocotindu-mi de dorinţă. Şi ştiam că, în pofida celor întâmplate, aveam să revenim la normal, la reţinerea politicoasă pe care o manifestaserăm până atunci unul faţă de celălalt.

– Hai să ieşim azi, i-am spus cu răsuflarea tăiată. Hai să facem ceva.

S-a întors să se uite la mine.

– Ai bani?

– Nu, dar pot să fac rost.

– O să încerc și eu să găsesc. Ne vedem în hol la zece.

S-a ridicat și a pornit spre casă. L-am urmărit cu privirea, i-am urmărit curbura șirei spinării sub tricou, lărgimea umerilor, picioarele mari apăsând pământul, postura tragică a capului superb.

Am găsit niște monede în buzunarele hainei Barbour a tatei. Am luat două lire din portofelul mamei. Mi-am pieptănat bretonul și mi-am pus o jachetă cu fermoar pe care mi-o cumpărase de curând mama dintr-un magazin ieftin de pe Oxford Street, care era de o sută de ori mai frumoasă decât tot ce primisem vreodată de la Harrods sau Peter Jones.

Phin stătea pe tronul lui de la baza scărilor cu o carte în mână. Așa mi-l imaginez și acum, doar că în fanteziile mele își lasă cartea în poală și se uită la mine, ochii i se luminează și-mi zâmbește. În realitate, abia dacă a dat un indiciu că mă zărise.

S-a ridicat încet, apoi a aruncat o privire în jur.

– Liber, mi-a zis făcându-mi semn să-l urmez pe ușă.

– Unde mergem? l-am întrebat, chinuindu-mă să țin pasul cu el.

L-am văzut oprindu-se pe trotuar și ridicând brațul ca să oprească un taxi.

– Nu-mi permit să plătesc pentru taxi, i-am spus odată ce eram înăuntru. Am numai două lire cincizeci.

– Nu-ți face griji, mi-a replicat el.

A scos din buzunar un sul de bancnote de zece lire și m-a privit ridicând din sprânceană.

– Dumnezeule! Unde le-ai găsit?

– În ascunzătoarea tatei.

– Tatăl tău are bani ascunși?

– Da. Crede că nimeni nu știe. Dar eu știu tot.

– N-o să bage de seamă?

– Poate că da. Poate că nu. Oricum, nu poate să dovedească cine i-a luat.

Taxiul ne-a lăsat pe Kensington High Street. M-am uitat la clădirea din fața noastră: o fațadă lungă, o duzină de ferestre arcuite deasupra, cuvintele „KENSINGTON MARKET" în litere cromate. Se auzea muzică dinăuntru, ceva metalic, bubuitor, enervant. L-am urmat pe Phin înăuntru și m-am trezit într-un labirint sinistru de coridoare șerpuite, fiecare găzduind o mulțime de prăvălii în fața cărora stăteau bărbați și femei fără expresie, cu părul vopsit în culorile curcubeului, ochi dați cu rimel, haine de piele rupte, buze albe, pânză sfâșiată, ciorapi de plasă, piercinguri în nas, piercinguri pe față, pantofi cu platformă, zgărzi, creste, chiloți cu găuri, peroxid, pătrățele roz, cizme din PVC până la coapsă, cizmulițe, geci de baseball, favoriți, cocuri înalte, rochii de seară, buze negre, buze roșii, gumă de mestecat, mâncând o chiflă cu șuncă, bând ceai dintr-o ceașcă de porțelan cu degetul mic dat cu ojă neagră ridicat, ținând un dihor de o lesă din piele cu ținte.

Fiecare magazin avea muzica lui, așa că pe măsură ce înaintam era ca și cum am fi schimbat posturile de radio. Phin atingea diverse obiecte în trecere: o geacă de baseball vintage, o cămașă mătăsoasă de bowling cu numele „Billy" brodat pe spate, o colecție de discuri de vinil, o curea de piele cu ținte.

Eu n-am atins nimic. Eram îngrozit. Dinspre următoarea prăvălie pe lângă care am trecut venea un miros puternic de tămâie. O femeie cu părul alb și tenul alb stătea în față pe un scăunel; m-a privit fugar cu niște ochi de un albastru glacial care mi-au oprit inima în loc.

În fața magazinului de alături stătea o femeie cu un bebeluș în poală. Nu-mi puteam imagina că era un loc potrivit pentru un copil atât de mic.

Am rătăcit cam o oră pe coridoarele acestui loc straniu. Ne-am cumpărat chifle cu șuncă și un ceai foarte tare de la o cafenea bizară de la ultimul etaj și ne-am uitat la oameni. Phin și-a luat o eșarfă cu imprimeu în alb și negru, ca acelea pe care le poartă bărbații în Sahara, și câteva single-uri ale unor formații de care nu auzisem niciodată. A încercat să mă convingă să-l las să-mi cumpere un tricou negru cu șerpi și săbii, dar am refuzat, deși o parte din mine ar fi vrut să accepte. A probat o pereche de pantofi albaștri de năbuc cu talpă de crep pe care i-a numit „papuci de pește". Privindu-se în oglindă, și-a aranjat părul de pe frunte într-un zuluf rebel, ceea ce l-a transformat instantaneu într-un idol al anilor '50, o combinație între Montgomery Clift și James Dean.

Eu mi-am cumpărat un bolo[1] având drept podoabă un cap de berbec din argint. A costat două lire, și vânzătorul, care arăta ca un cowboy punk, mi l-a pus într-o pungă de hârtie.

O oră mai târziu am ieșit în normalitatea dimineții de sâmbătă, printre familiile care făceau cumpărături și trecătorii care urcau și coborau din autobuze.

Am mers un kilometru și jumătate până în Hyde Park, unde ne-am așezat pe o bancă.

– Uite, mi-a zis Phin desfăcându-și degetele de la mâna dreaptă.

---

[1] Accesoriu vestimentar masculin purtat în jurul gâtului, alcătuit dintr-un șnur din material textil sau de piele și o piesă ornamentală (n.tr.)

Avea o pungută de plastic mototolită în care se vedeau două pătrate minuscule de hârtie.

– Ce-i asta? l-am întrebat.

– Acid. Cum nu păream să pricep, mi-a explicat: LSD.

Auzisem de LSD. Era un drog, o chestie de-a hipioților care dădea halucinații. M-am holbat la el.

– Ce... Dar cum...? De ce?

– Tipul din magazinul de discuri. Pur și simplu mi-a zis că are așa ceva. Nu i-am cerut eu. Probabil i-am părut mai mare decât sunt.

Mă zgâiam la pătrățelele de hârtie din pungă în timp ce posibilele consecințe îmi roiau prin minte.

– Doar n-o să...?

– Nu. Cel puțin, nu azi. Dar altă dată, poate? Când suntem acasă? Te bagi?

Am aprobat din cap. Mă băgam în orice mi-ar fi oferit prilejul de a fi împreună cu el.

Phin a comandat sendvișuri pentru amândoi la un hotel elegant de lângă parc. Le-am primit pe farfurii cu margini de argint, însoțite de tacâmuri. Mă întrebam cum arătam acolo, așezați lângă fereastră: băiatul-bărbat înalt, frumos, și prietenul lui micuț, cu față de bebeluș, într-o jachetă tricotată ponosită.

– Ce crezi că fac adulții acum? l-am întrebat.

– Mă doare-n cot, mi-a răspuns.

– Poate c-au sunat la poliție.

– Am lăsat un bilet.

– O! am exclamat, surprins de un asemenea gest conformist. Ce-ai scris?

– Am scris că eu și cu Henry ieșim, o să ne întoarcem mai târziu.

„Eu și cu Henry." Mi-a crescut inima.

– Spune-mi, ce s-a întâmplat în Bretania? De ce ați plecat cu toții?

– Nu vrei să știi, mi-a răspuns clătinând din cap.

– Ba vreau să știu. Ce s-a întâmplat?

A oftat adânc.

– Tata a fost de vină. A luat ceva ce nu era al lui. După care a zis: „A, păi credeam că împărțim totul", dar asta era un fel de moștenire de familie. Valora cam o mie de lire. S-a dus în oraș, a vândut chestia aia, apoi a pretins că văzuse pe „cineva" pătrunzând în casă și furând-o. A ascuns banii. Stăpânul casei a aflat până la urmă, și s-a dezlănțuit iadul. Am fost dați afară a doua zi. Ridicând din umeri, Phin a adăugat: Au mai fost și altele, dar treaba asta a pus capac.

Dintr-odată am înțeles de ce nu-l deranja deloc să fure de la tatăl lui.

David pretindea că lecțiile îi aduceau o grămadă de bani, dar cât puteai să câștigi de la o mână de hipioți adunați la biserică de două ori pe săptămână? Oare se apucase să vândă lucruri de-ale noastre? Deja o spălase pe creier pe mama, convingând-o să-i dea pe mână finanțele familiei. Poate că lua bani direct din contul nostru bancar. Sau poate că aceștia erau banii despre care mama credea că ajungeau la săraci prin intermediul asociațiilor de caritate. Îndoielile mele vagi cu privire la David Thomsen au început să se coaguleze într-o suspiciune concretă.

– Îți place de tatăl tău? l-am întrebat, jucându-mă cu salata de pe marginea farfuriei.

– Nu, mi-a răspuns simplu. Îl disprețuiesc.

Am încuviințat, bucuros că eram pe aceeași lungime de undă.

– Și ție? Îți place de tatăl tău? a vrut el să știe.

– Tata e slab, i-am zis, și chiar în acel moment mi-am dat seama cu o claritate orbitoare că era adevărat.

-Toţi bărbaţii sunt slabi. Ăsta e marele necaz. Sunt prea slabi ca să iubească aşa cum trebuie. Sunt prea slabi ca să-şi recunoască greşelile.

Forţa acelei afirmaţii m-a descumpănit. Era cel mai mare adevăr pe care-l auzisem vreodată. Slăbiciunea bărbaţilor stătea la rădăcina fiecărui lucru rău care se întâmplase de la începuturile lumii.

L-am urmărit pe Phin desprinzând două bancnote de zece lire din teanc ca să plătească pentru sendvişurile scumpe.

-Îmi pare rău că nu-mi pot plăti partea, i-am spus.

El a clătinat din cap.

-Tata o să vă ia totul şi după aia o să vă distrugă vieţile. Măcar atât pot să fac şi eu.

27

Libby, Dido și Miller încuie ușa casei și se duc la pubul pe care Libby l-a văzut de pe acoperiș. E plin, dar găsesc o masă înaltă pe terasă și-și trag scaune de la celelalte mese.

– Cine credeți că e? întreabă Dido amestecând cu paiul în paharul de gin tonic.

– Nu e un tip fără adăpost, opinează Miller. Nu sunt destule catrafuse. Dacă ar locui acolo, ar avea mult mai multe lucruri.

– Deci crezi că e cineva care vine numai din când în când? spune Libby.

– Așa bănuiesc.

– Deci sâmbătă *era* cineva la mansardă?

– Se pare că da. Observând că Libby se cutremură de groază, Miller adaugă: Uite ce cred eu. Te-ai născut în iunie 1993?

– În nouăsprezece iunie.

Se înfioară atunci când rostește data. Cum poate ști cineva? Poate că a fost inventată pur și simplu. De serviciile sociale? De mama ei adoptivă? Simte că nu mai poate fi sigură de nimic.

– Aha. Fratele și sora ta ți-ar fi cunoscut data nașterii, din moment ce erau adolescenți când ai venit pe lume. Și dacă au aflat cumva că urma să intri în posesia casei la împlinirea vârstei de douăzeci și cinci de ani, ar fi logic să vrea să se întoarcă. Pur şi simplu ca să te vadă.

Libby icneşte.

-Crezi c-ar putea fi fratele meu?

-Ar putea fi Henry, da.

-Dar dacă ştia că sunt eu şi era acolo, în casă, de ce n-a coborât să vorbim?

-Asta nu mai ştiu.

Libby îşi ia paharul de vin, îl duce la buze, apoi îl pune iarăşi pe masă.

-Nu, spune cu hotărâre. N-are nici o noimă.

-Poate n-a vrut să te sperie? sugerează Dido.

-Ar fi putut să-mi lase un bilet. Ar fi putut să ia legătura cu avocatul şi să-mi transmită prin el că vrea să ne vedem. În loc de asta, se ascunde la mansardă ca un ciudat.

-Păi, poate că e un ciudat, spune Dido.

-Ce-ai aflat despre el? îl întreabă Libby pe Miller. Pe lângă faptul că e fratele meu?

-Nu mare lucru. Ştiu că a mers la şcoala Portman House între trei şi unsprezece ani. Profesorii spun că era un băiat deştept, dar cam încrezut. N-avea prieteni. A plecat în 1988, i s-a oferit un loc la colegiul St. Xavier, dar nu s-a înscris acolo. Asta e cea mai recentă informaţie pe care o am despre Henry.

-Nu pricep, oftează Libby. Bântuie prin preajmă, se strecoară prin tunele şi tufişuri, se ascunde la etaj când ştie că sunt la parter. Eşti *sigur* că e vorba de Henry?

-Nu, bineînţeles că nu. Dar cine ar mai fi putut să ştie că aveai să fii acolo? Cine ar mai fi putut să ştie cum să intre în casă?

-Unul dintre ceilalţi, spune ea. Poate că este unul dintre ceilalţi.

28

Lucy se uită la ceas pe telefon când atenția lui Michael e distrasă de o viespe. O alungă cu șervetul, însă insecta nu se dă bătută.

E aproape trei. Lucy vrea să ajungă acasă înainte de patru. Are nevoie de pașapoarte, dar știe că cerându-le și-ar grăbi aterizarea inevitabilă în patul lui Michael.

Se apucă să curețe farfuriile.

– Hai să le ducem înăuntru, îi spune, așa o să scăpăm de viespea asta enervantă.

El are ochii sticloși și-i zâmbește recunoscător.

– E un plan bun. Cu ocazia asta bem și niște cafea.

Imediat ce intră în bucătărie, Lucy începe să așeze vesela în mașina de spălat. Michael o urmărește în timp ce mașina de cafea macină boabele.

– Te ții bine de tot, Luce. Arăți grozav pentru o mamă a doi copii la patruzeci de ani.

– Treizeci și nouă. Cu un zâmbet crispat, pune două furculițe în coșul pentru tacâmuri. Dar îți mulțumesc.

Atmosfera e încordată. Au amânat prea mult deznodământul. Au băut prea mult, au mâncat prea mult, au lâncezit prea mult în grădină.

– Trebuie să mă întorc la copii, spune ea într-un târziu.

– Ei, Marco e băiat mare. Poate să aibă grijă de surioara lui.

– Da, sigur, însă Stella devine neliniștită atunci când nu sunt în preajmă.

Observă cum maxilarul îi tresare. Lui Michael nu-i place să audă despre slăbiciunile altora. Le detestă.

– Deci, spune el oftând, îmi imaginez că vrei pașapoartele?

– Da. Te rog.

Inima îi bate atât de tare în cutia toracică, încât o poate auzi direct în urechi.

Michael își înalță capul și-i zâmbește.

– Dar nu te grăbi să pleci, bine?

Se duce în birou, iar Lucy îl aude deschizând și închizând sertare. Se întoarce peste câteva clipe cu un săculeț de pâslă pe care i-l flutură în fața ochilor.

– Sunt un om de cuvânt, îi spune apropiindu-se de ea.

Tânăra femeie nu-și dă seama ce are de gând. Se așteaptă ca ea să-i smulgă săculețul din mână? Să-l fugărească? Zâmbește nervos.

– Mulțumesc.

În secunda următoare Michael o lipește cu spatele de blatul din bucătărie, cu săculețul de pâslă în mână, cu gura îndreptându-se spre curbura gâtului ei. Îi simte buzele pe piele. Îl aude gemând.

– Ah, Lucy, Lucy. Doamne, ce frumos miroși! E atât de bine cu tine, îi șoptește împingându-se în ea.

Geme iarăși; gura lui o găsește pe a ei, iar ea îi răspunde la sărut. De asta e aici. A venit aici ca să și-o tragă cu Michael, și acum o să și-o tragă cu Michael. Și-a mai tras-o cu el, așa că poate s-o mai facă, sigur că poate, mai ales dacă-și închipuie că e Ahmed, ba chiar și un străin, atunci da, poate s-o facă, poate s-o facă. Îl lasă să-i bage limba în gură și închide ochii strâns, strâns. Mâinile lui îi ridică șezutul, o cocoață pe blat, apoi Michael îi ia picioarele și i le încolăcește pe după trupul lui, îi strânge gleznele atât de tare încât o face să se strâmbe, dar Lucy nu se oprește, continuă pentru că asta a venit să facă. În spatele lor, mașina de cafea bolborosește și șuieră. Dă peste un pahar care se rostogolește pe blat și se sparge la impactul cu fierbătorul. Încearcă să-și ferească mâna de sticla spartă, dar Michael o împinge înspre ea, mâinile lui îi ridică fusta, căutând elasticul chiloților. Ar vrea să se îndepărteze de cioburi, însă nu vrea să strice momentul, trebuie ca lucrurile să se întâmple, astfel încât să-și poată trage lenjeria la loc, să ia pașapoartele și să se ducă acasă la copiii ei. Se concentrează ca să-l ajute să-i scoată chiloții, dar simte un ciob apăsându-i-se de șale, așa că încearcă pentru o ultimă oară să-și schimbe poziția. Michael se retrage brusc.

– Futu-i mama mă-sii, stai dracului într-un loc! Futu-i!

Se împinge iarăși în ea, moment în care ciobul îi străpunge pielea. Lucy sare în sus și țipă de durere.

– Ce dracu' mai e acum? Să-mi bag picioarele!

Ca într-o filmare cu încetinitorul, îi vede mâna coborând spre fața ei, apoi își simte dinții sărind din loc, creierul lovindu-i-se de țeastă în clipa când o lovește.

Un pârâiaș de sânge cald i se scurge de la baza spatelui.

– M-am rănit, îi spune. Uite. Era un ciob și...

El n-o ascultă. În loc de asta, o împinge iar pe blat, astfel că sticla îi sfâșie pielea în altă parte, și apoi e înăuntrul ei, mâna lui îi apasă gura, nu așa trebuia să fie. Trebuia să fie ceva consensual. Ea urma să-l lase. Acum însă o doare și curge sânge și-i poate simți pielea arsă de pe mână, îi vede turbarea din ochi și nu vrea decât pașapoartele, nenorocitele alea de pașapoarte, nu vrea asta, și degetele ei găsesc un cuțit; e cuțitul cu care a tăiat roşiile, cuţitul care trecea prin ele ca prin unt, iată-l în mâna ei, şi-l înfige în trupul lui Michael, în spaţiul de sub tivul tricoului, locul acela moale şi alb unde pielea e fină ca de bebeluş, şi lama intră atât de uşor, încât aproape că nu-şi dă seama că a făcut-o.

Îi vede ochii încețoşându-se o clipă derutați, apoi limpezindu-se a înţelegere. Michael se desprinde de ea și se clatină în spate. Holbându-se la tăietura din care ţâşneşte sânge, o acoperă cu mâinile, însă şuvoiul e pompat ritmic.

– Să-mi bag picioarele, Luce. Ce-ai făcut? O priveşte cu ochi mari, fără să-i vină să creadă. Ajută-mă. Futu-i.

Lucy îi dă în grabă nişte şervete de bucătărie.

– Ține-le strâns, îi spune cu răsuflarea tăiată, apasă-le pe rană.

El îi urmează sfatul, dar în clipa următoare picioarele i se înmoaie și se prăbușește pe podea. Lucy încearcă să-l ajute să se ridice, însă o respinge. Dintr-odată își dă seama că Michael e pe moarte. Se vede pe sine sunând la urgențe. Își imaginează echipa de intervenție sosind, întrebând-o ce s-a întâmplat. Le-ar spune că a violat-o. Ar exista dovezi. Ciobul încă înfipt în şalele ei ar fi o probă concludentă. Faptul că el are încă pantalonii în vine. Da, ar crede-o. Fără îndoială.

– Chem salvarea, îi spune lui Michael, ai cărui ochi se holbează în neant. Tu respiră. Respiră. Sun acum.

Își scoate telefonul din poşetă cu degete tremurânde, îl aprinde și e pe punctul de a tasta prima cifră când are o revelaţie: poate că au s-o creadă, dar n-au să-i dea drumul. Va trebui să rămână în Franța, să răspundă la o sumedenie de întrebări; va trebui să dezvăluie că se află aici ilegal, că nu există, copiii ei vor fi luați și totul, absolut totul, se va destrăma rapid într-un coşmar oribil.

Degetul ei încă stă pe ecranul telefonului. Se uită la Michael, care tremură. Sângele încă îi curge din rană. Cuprinsă de greață, se răsucește gâfâind spre chiuvetă.

– Vai, Doamne. Vai, Doamne. Vai, Doamne!

Se întoarce, aruncă o privire către telefon, apoi către Michael. Nu știe ce să facă. Și atunci vede: vede cum viața părăsește trupul bărbatului. Știe ce înseamnă asta. Michael e mort.

– Vai, Doamne. Vai, Doamne. Vai, Doamne!

Îngenunchează să-i caute pulsul. Nimic. Se ridică vorbind singură:

– OK. OK. Să vedem. Cine știe că ești aici? Joy, poate că i-a zis lui Joy. Dar i-ar fi zis că urma să vină Lucy Smith. Da. Lucy Smith. Ăsta nu-i numele meu adevărat, iar acum nu mai sunt nici măcar Lucy Smith. Sunt... Mâinile ei tremurânde găsesc săculețul de pâslă și scot pașapoartele. Îl alege pe al ei și citește numele: Sunt Marie Valerie Caron. Bine. Bine. Sunt Marie Caron. Da. Și Lucy Smith nu există. Joy nu știe unde stau. Dar... Școala! exclamă. Michael știa la ce școală merge Marco. Dar i-ar fi spus lui Joy? Nu. Nu i-ar fi spus lui Joy. Sigur că nu. Și chiar dacă ar fi făcut-o, cei de acolo n-o știu decât pe Lucy Smith, nu și pe Marie Caron. În plus, Stella merge la altă școală decât Marco și nimeni în afară de mine și de Samia nu știe unde anume. Așa, și tipii cu pașapoartele? Nu. Sunt atât de adânc pitiți în subteranele lumii interlope, că nimeni nu s-ar gândi nici măcar să-i caute. Copiii. Știau că am venit aici, însă n-ar spune nimănui. Perfect.

Umblă de colo colo în timp ce vorbește. Apoi se uită la cadavrul lui Michael. Ar trebui să-l lase acolo? Astfel încât Joy să-l găsească mâine-dimineață? Sau să-l mute și să șteargă toate urmele? Să-i ascundă corpul? E un tip masiv. Unde l-ar putea ascunde? N-ar reuși să-l facă să dispară pentru totdeauna, dar ar putea câştiga timp ca să ajungă la Londra cu copiii.

În cele din urmă se hotărăşte: o să curețe totul temeinic. O să-i târască trupul până în pivnița de vinuri. O să-l acopere cu ceva. Joy o să vină mâine şi-o să creadă că s-a dus undeva cu treburi. N-o să-şi dea seama decât atunci când o să înceapă să miroasă. În momentul acela, Lucy şi copiii vor fi de mult plecați. Şi toată lumea va presupune că a fost ucis de cineva din mediile dubioase pe care le frecventa.

Deschide dulapul de sub chiuvetă. Scoate soluția de curățat cu clor. Desface un sul nou de şervete de hârtie.

Se apucă de făcut curățenie.

29

Phin și cu mine stăteam pe acoperiș. Phin descoperise calea de acces, eu habar n-aveam. Ca să ajungi acolo trebuia să împingi trapa din tavanul holului de la mansardă, să te cațări printr-un tunel îngust și apoi să deschizi altă trapă care dădea spre un acoperiș plat cu o priveliște extraordinară peste fluviu.

Se părea că nu eram primii care să fi descoperit terasa secretă. Acolo se aflau deja două scaune de plastic, niște ghivece cu plante ofilite și o măsuță.

Nu-mi venea să cred că tata nu știa de locul acela. Se plângea mereu că grădina era orientată spre nord, că nu se putea bucura de soare înainte de apus. Și totuși acolo era o oază privată pe care soarele o scălda toată ziua.

Pătrățelele de hârtie pe care le căpătase Phin la Kensington Market cu o săptămână în urmă erau alcătuite din patru pătrățele încă și mai mici unite. Fiecare bucățică avea ștanțat un chip zâmbitor.

– Și dacă o să avem un trip nasol? l-am întrebat, simțindu-mă ca un idiot că foloseam un asemenea limbaj.

– O să luăm câte jumătate fiecare, m-a liniștit Phin. Pentru început.

Am încuviințat cu entuziasm. Aș fi preferat să nu iau deloc. Chiar nu eram genul ăla. Dar cel care mă îndemna era Phin, și, ca să folosesc un clișeu de-al părinților, dacă mi-ar fi zis să sar pe geam, aș fi sărit.

L-am privit înghițind pătrățelul minuscul, apoi l-am imitat sub ochii lui. Cerul era albastru-acuarelă. Soarele nu era puternic, dar acolo sus ne încălzea pielea. O vreme n-am simțit nimic. Am vorbit despre ceea ce vedeam: oameni stând în grădină, bărci coborând alene pe Tamisa, centrala electrică de pe malul opus. După vreo jumătate de oră m-am relaxat, gândindu-mă că acidul era contrafăcut, că n-avea să se-ntâmple nimic, că scăpasem. Dar apoi am simțit cum sângele începea să mi se înfierbânte sub piele; am ridicat privirea spre cer și am văzut că era plin cu vene albe pulsânde care, cu cât mă uitam mai mult la ele, cu atât deveneau mai luminoase, cu irizații de sidef. Mi-am dat seama că cerul nu era nicidecum albastru, ci alcătuit dintr-un milion de culori care conspirau ca să creeze o nuanță de bleu; cerul uneltea și mințea, era de fapt mult mai inteligent decât noi, poate că toate lucrurile pe care le consideram neînsuflețite erau de fapt mai inteligente decât noi și râdeau de noi. M-am uitat la frunzele din copaci, punându-le la îndoială verdeața. „Chiar sunteți verzi?" m-am întrebat. „Sau de fapt sunteți niște particule minuscule de violet, și roșu, și galben, și auriu care dau o petrecere și râd, râd, râd?" Privindu-l pe Phin, am zis:

– Pielea ta chiar e albă?

S-a uitat în jos.

– Nu. E... A izbucnit în hohote de râs. Am solzi! Uită-te! Am solzi! Și tu! A arătat spre mine în culmea veseliei. Ai pene! Dumnezeule, în ce ne-am transformat? Suntem niște creaturi!

Preț de un minut ne-am fugărit pe acoperiș scoțând sunete animalice. Eu îmi mângâiam penele. Phin a început să-și fluture limba. Amândoi am rămas șocați de lungimea ei.

– Ai cea mai lungă limbă din câte am văzut!

– Asta pentru că sunt o șopârlă.

Și-a rulat-o înapoi, după care a derulat-o iar sub privirea mea fascinată. Când limba și-a făcut apariția din nou, m-am aplecat și am prins-o între dinți.

– Au! a țipat el apucând-o între degete și râzând.

– Scuze, nu-s decât o pasăre tâmpită. Am crezut că era un viermișor.

Într-un final ne-am oprit din râs și ne-am așezat pe șezlongurile de plastic și ne-am uitat, ne-am uitat, ne-am uitat la aurora boreală ce se învârtejea deasupra, mâinile ni se bălăngăneau alături, degetele ni se întâlneau din când în când, și de fiecare dată când simțeam pielea lui Phin atingând-o pe a mea aveam senzația că însăși ființa lui îmi pătrundea sub epidermă și fragmente din esența lui pluteau rotindu-se prin esența mea, făcând o supă de mine și de el, și totul era mult prea chinuitor, trebuia să mă branșez la ființa lui astfel încât să-i pot captura întreaga esență, și degetele mele s-au înfășurat peste degetele lui, și el m-a lăsat, m-a lăsat să-l țin de mână, și l-am simțit revărsându-se în mine ca atunci demult când am mers cu barca pe canal și un tip a deschis ecluza și am văzut cum apa se revărsa dintr-o parte în cealaltă.

– Uite, i-am zis întorcându-mă spre el. Uite. Tu și cu mine. Acum suntem aceeași persoană.

– Da? s-a mirat Phin privindu-mă cu ochii măriți.

– Da, uită-te. Am arătat spre mâinile noastre. Suntem unul și același.

Phin a aprobat din cap. Am rămas acolo mult timp, nu știu cât, să fi fost cinci minute, să fi fost o oră, ținându-ne de mână, privind cerul, pierduți în reveriile noastre induse pe cale chimică.

- N-avem un trip nasol, nu-i așa? am zis în cele din urmă.

- Nu, a murmurat Phin. Avem un trip mișto.

- Cel mai mișto, am întărit.

- Da. Cel mai mișto.

- Ar trebui să locuim aici, am spus. Să ne aducem paturile și să ne ducem viața aici.

- Asta ar trebui să facem. Chiar acum!

Am sărit în picioare și ne-am năpustit prin chepeng în tunelul de deasupra mansardei. Am văzut pereții tunelului palpitând, ca în interiorul unui corp; eram într-un gât, poate, sau într-un esofag. Aproape că am căzut prin trapă în hol, și dintr-odată am avut senzația că eram în locul greșit, ca în *Doctor Who* când eroul deschide ușa de la Tardis și nu știe unde e.

- Unde suntem? l-am întrebat.

- Suntem jos, mi-a zis Phin. În lumea de jos.

- Vreau să mă întorc sus.

- Hai să ne luăm pernele. Repede.

Phin m-a tras de mână în camera lui, unde am înșfăcat pernele de pe pat. Ne pregăteam să urcăm iarăși în tunel când David a apărut în fața noastră.

Ieșise de la duș, era înfășurat într-un prosop de la talie în jos, avea bustul gol. M-am uitat la sfârcurile lui. Erau tari și închise la culoare.

- Ce puneți voi la cale? ne-a întrebat, mutându-și privirea inchizitorială de la unul la altul.

Vocea lui era ca un bubuit de tunet. Era înalt și solid, tare, asemenea unei statui. Sângele mi s-a răcit instantaneu.

- Luăm perne, i-a zis Phin. Sus.

- Sus?

- Sus, a repetat Phin. Aici e jos.

- Jos?

– Jos.

– Ce naiba aveți? s-a răstit David. Uită-te la mine. A prins în palmă bărbia lui Phin și l-a privit fix în ochi. V-ați drogat? Întorcându-se spre mine, și-a dat seama care era răspunsul. Fir-ar să fie, amândoi! Ce dracu' ați luat? Hașiș? Acid? Ce?

În curând am fost duși la parter, părinții mei au fost convocați, la fel și mama lui Phin, și David era tot în prosop, eu mă holbam în continuare la sfârcurile lui tari, simțind cum micul dejun mi se învolbura în burtă. Eram în salonul de zi înconjurați de portrete care se uitau la noi și de animale moarte atârnate de pereți, cu patru adulți care ne puneau întrebări, întrebări, întrebări. „Cum?" „Ce?" „De unde?" „De unde ați avut bani?" „Știau câți ani aveți?" „Ați fi putut muri!" „Sunteți prea tineri." „Ce naiba a fost în capul vostru?"

Chiar acesta a fost momentul în care Birdie a intrat în încăpere.

– Ce se petrece aici?

– Ah, pleacă, i-a zis Phin, n-ai tu nici o treabă.

– Să nu îndrăznești să vorbești așa cu o persoană adultă, a mârâit David.

– Asta nu-i o persoană adultă, a ripostat Phin arătând cu degetul spre Birdie.

– Phin!

– Nu e adultă. Nu e nici măcar o ființă umană. E o scroafă. Uită-te. Uită-te la pielea ei roz, la ochișorii ei. E o scroafă.

S-a auzit un icnet general. Mă zgâiam la Birdie, încercând să mi-o imaginez ca pe o scroafă. Dar arăta mai curând ca o pisică foarte bătrână, pisicile alea osoase cu blana căzută pe alocuri și ochi urduroși.

Apoi m-am uitat la Phin și am văzut că se holba la taică-său, l-am văzut deschizându-și gura larg și râzând, după care l-am auzit spunând:

– Păi înseamnă că tu ești un pupător de scroafe! Se tăvălea pe jos de râs. Ea e o scroafă, și tu ești un pupător de scroafe. Știai asta atunci când ai pupat-o? Știai că e o scroafă?

– Phin! a strigat Sally.

– Henry l-a văzut pe tata pupând-o pe Birdie. Săptămâna trecută. De asta am luat toți banii tatei și am ieșit în oraș fără să cerem voie. Pentru că eram supărat pe el. Dar acum știu de ce a pupat-o. Pentru că – de acum, Phin râdea atât de tare, că abia putea vorbi – voia să pupe o scroafă!

Și eu voiam să râd, pentru că Phin și cu mine eram una și aceeași persoană, însă n-o mai simțeam, conexiunea aceea intensă dispăruse, tot ce simțeam acum era o oroare de gheață.

Sally a fugit din încăpere urmată de Phin și de David, încă în prosop. M-am uitat stingher la Birdie.

– Îmi pare rău, i-am zis din cine știe ce motiv.

Mi-a aruncat o privire confuză înainte de a pleca la rândul ei.

Rămăsesem doar cu părinții mei. Tata s-a ridicat în picioare.

– A cui a fost ideea? Cu drogurile?

Am dat din umeri. Simțeam cum efectul acidului mă părăsea; încet, nesigur, reveneam la realitate.

– Nu știu.

– El a pus totul la cale, așa-i?

– Nu știu, am repetat.

Tata a oftat din rărunchi.

– O să fie consecințe, tinere, mi-a zis cu asprime. O să trebuiască să le discutăm. Deocamdată, ai nevoie de un pahar de apă și de niște mâncare. Ceva consistent. Niște pâine prăjită, Martina?

Mama a încuviințat, și am urmat-o spăsit în bucătărie.

De la etaj se auzeau glasuri ridicate: vocalele cristaline ale lui Sally, bubuitul lui David, scâncetul lui Birdie. Auzeam zgomot de pași, uși deschizându-se și închizându-se. Am schimbat o privire cu mama, care punea feliile de pâine în prăjitor.

– E adevărat? Ce-a zis Phin despre David și Birdie?

I-am confirmat printr-o înclinare a capului.

Ea și-a dres glasul, însă n-a spus nimic.

Peste câteva clipe am auzit ușa casei trântindu-se cu putere. M-am uitat pe furiș în hol și l-am văzut pe Justin, cu mâinile pline de sacoșe de rafie. Se întorcea de la piață, unde vânduse la tarabă. În scurt timp, vocea lui s-a alăturat simfoniei de țipete de la etaj.

Mama mi-a întins tartina, pe care am mâncat-o în tăcere. Îmi aminteam groaza stranie pe care o simțisem atunci când îi văzusem pe Birdie și pe David sărutându-se, cu o săptămână în urmă, de parcă ar fi fost două chei care s-ar fi descuiat reciproc. Și apoi m-am gândit la senzația pe care mi-o stârnise mâna lui Phin într-a mea pe acoperiș; și noi eram două chei care se descuiau reciproc, însă lăsam să iasă ceva extraordinar și bun.

– Ce-o să se întâmple? am întrebat-o pe mama.

– Nu știu. Dar nu e bine. Nu e bine deloc.

30

Michael e în pivniță, iar Lucy deretică de peste o oră. Apucă sacul de gunoi de lângă ușa din față, care e plin cu șervete de hârtie îmbibate cu sânge, o pereche de mănuși de menaj de-ale lui Joy și toate resturile mesei lor: sticle goale de vin, sticle de bere, șervețele, ce-a rămas din panzanella. Și-a pansat tăieturile de pe spate cu plasturi din dormitorul lui Michael, și în poșetă are trei mii de euro luați dintr-un sertar al noptierei.

Aruncă o privire la Maserati când trece pe lângă el pe alee. Pe neașteptate, simte un val de tristețe: Michael n-o să mai conducă niciodată o mașină de curse. Michael n-o să mai rezerve niciodată spontan un bilet de avion spre Martinica, n-o să mai destupe o sticlă de șampanie scumpă, n-o să-și mai scrie cartea idioată, n-o să mai sară îmbrăcat în piscină, n-o să-i mai dea unei femei o sută de trandafiri roșii, n-o să i-o mai tragă nimănui, n-o să mai sărute pe nimeni...

N-o să mai rănească pe nimeni.

Senzația îi trece. Aruncă sacul de gunoi într-o pubelă imensă de la marginea plajei. Adrenalina îi galopează prin vene, menținând-o puternică și concentrată. Cumpără două sacoșe pline cu gustări și sucuri pentru copii. Marco îi trimite un mesaj la ora cinci: „Unde ești?"

„La magazin", îi răspunde. „Ajung imediat."

*

Copiii sunt bine. Nu le vine să creadă când se uită în pungile cu delicatese.

– Mergem în Anglia, le spune, străduindu-se să adopte un ton plin de voioșie. O să ne vedem cu fetița prietenei mele, ca să-i serbăm ziua.

– Bebelușul! exclamă Marco.

– Da. Bebelușul. Și o să stăm în casa în care am locuit pe vremuri, când eram mică. Dar mai întâi o să avem parte de o aventură! Întâi mergem la Paris! Cu trenul! După care o să luăm alt tren, până la Cherbourg. De acolo o să luăm o bărcuță până pe o insulă mică numită Guernsey, unde o să stăm o noapte sau două într-o căsuță minunată. Abia după aceea o să luăm altă barcă până în Anglia și o să mergem cu mașina la Londra.

– Cu toții? întreabă Stella. Chiar și Fitz?

– Chiar și Fitz. Dar trebuie să facem bagajele, bine? Și trebuie să ne odihnim, deoarece o să fim la gară la mâine-dimineață la ora cinci! OK! Haideți să mâncăm ceva, să ne spălăm, să facem bagajele și să ne culcăm.

Îi lasă să-i îndeplinească instrucțiunile și se duce în camera lui Giuseppe, unde câinele sare s-o întâmpine și o linge pe față. Uitându-se la Giuseppe, se întreabă ce să-i spună. E loial, însă e bătrân și uneori poate deveni confuz. Hotărăște să-i îndruge o minciună.

– Mâine plecăm într-o mică vacanță. Ne ducem în Malta, am niște prieteni acolo.

– O, Malta e un loc magic, spune Giuseppe.

– Așa e, confirmă ea, abătută că-l induce în eroare pe unul dintre cei mai cumsecade oameni din câți cunoaște.

– Dar e cald pe vremea asta, adaugă bătrânul. Foarte cald. Își coboară privirea spre câine. Vrei să am grijă de el cât ești plecată?

„Câinele! Nu m-am gândit la nenorocitul de câine", își spune panicată, dar peste câteva clipe își revine în fire.

- Îl iau cu mine. Pe post de sprijin moral. Pentru anxietatea de care sufăr.

- Suferi de anxietate?

- Nu. Dar asta le-am spus celor de la compania aeriană, și au zis că pot să iau câinele.

Giuseppe o să înghită totul pe nemestecate. Habar n-are cum funcționează lumea modernă. El trăiește încă în 1987.

- E grozav, îi spune mângâind capul câinelui. Ai parte de vacanță, băiete! De o vacanță nemaipomenită! Cât o să fiți plecați?

- Două săptămâni, îi răspunde Lucy. Poate trei. Poți să închiriezi camera noastră, dacă vrei.

- Dar o să mă asigur că e liberă când vă întoarceți, zâmbește el.

Lucy îi ia mâna între palme.

- Îți mulțumesc. Îți mulțumesc din suflet.

Îl strânge în brațe cu putere; n-are absolut nici o idee dacă o să-l mai revadă. Iese din încăpere înainte ca el să-i poată vedea lacrimile.

31

– O să stau în casă peste noapte, spune Miller lăsându-și jos halba goală. Dacă ești de acord, bineînțeles.

– Unde o să dormi?

– N-o să dorm.

Expresia de pe chipul lui denotă hotărâre.

– În regulă, zice Libby. E în regulă.

Se întorc. Libby descuie iarăși lacătul, trage panoul de lemn și intră amândoi în casă. Un moment rămân nemișcați, cu ochii în tavan și urechile ciulite, însă domnește o liniște deplină.

– Ei bine, spune Libby privind spre Dido, ar fi vremea să mergem pe la casele noastre.

Prietena ei încuviințează pe tăcute. Pornesc spre ieșire, dar în prag Libby se oprește și se întoarce către Miller.

– O să fii OK? Aici? Singur, singurel?

– Hei, uită-te la mine! Arăt de parcă m-aș teme să rămân singur într-o casă goală și sinistră în care au murit trei sectanți înveșmântați în robe?

– Vrei să stau și eu?

– Nu. Du-te acasă, în pătuțul tău pufos.

Își trece degetele prin barbă în timp ce-o privește cu ochi rugători.

– Vrei să rămân, nu-i așa? îl întreabă ea zâmbind.

– Nu. Nu, nu, nu.

Înveselită, Libby se uită la Dido.

-Te superi? Mâine mă prezint la prima oră, îți jur!

-Rămâi liniștită, iar mâine vino când poți. Nu te grăbi.

Abia a început să se întunece când Libby se îndreaptă spre casă după ce a condus-o pe Dido la stația de metrou. Se lasă absorbită în atmosfera verii fierbinți din Chelsea, cu șirurile de adolescente blonde în șorturi de blugi zdrențuite și pantofi de sport supradimensionați, și camerele mobilate elegant ce se întrezăresc prin ferestrele tip ghilotină. O clipă își imaginează cum ar fi să trăiască aici, să facă parte din această lume rarefiată, să fie o fată din Chelsea în toată puterea cuvântului. Vede cu ochii minții casa de pe Cheyne Walk plină cu antichități, cu candelabre de cristal și opere de artă modernă.

În momentul în care deschide ușa imobilului de la numărul șaisprezece, fantezia i se risipește ca un fum. Casa aceea este pângărită, blestemată.

Miller stă la masa din bucătărie. Când o aude intrând, ridică privirea spre ea și-i spune:

-Uită-te repede la asta. Uită-te.

Își folosește telefonul pe post de lanternă ca să lumineze interiorul sertarului. Libby se apleacă să vadă mai bine.

-Uită-te, repetă Miller.

În capăt de tot, cineva a scrijelit cu un creion negru: „EU SUNT PHIN“.

32

Sally a plecat din casa noastră peste câteva săptămâni. La puține zile după aceea, Birdie s-a mutat în camera lui David. Însă Justin a rămas, păstrând dormitorul pe care-l împărțise cu Birdie.

N-am fost pedepsit pentru incidentul cu tripul, după cum nici Phin n-a pățit nimic. Dar era limpede că pentru Phin pierderea mamei era mai gravă decât orice pedeapsă pe care ar fi putut-o născoci tatăl lui. Se învinovățea pe el în primul rând, iar pe locul al doilea o învinovățea pe Birdie, pentru care nutrea un dispreț profund. N-o numea altfel decât „creatura“. Apoi își învinovățea tatăl. Și la urmă, din nefericire, mă învinovățea pe mine. În definitiv, eu fusesem cel care-i oferise glonțul fatal pe care-l folosise ca să distrugă fără voie căsnicia părinților lui. Dacă nu i-aș fi spus, nimic din toate astea nu s-ar fi întâmplat: ieșirea la cumpărături, acidul, după-amiaza oribilă cu dezvăluiri despre sărutarea scroafelor. Astfel, legătura pe care o înfiripaserăm pe acoperiș nu numai că s-a destrămat, ci a ars într-un nor de fum toxic.

Ar fi fost greu de negat că mi-o făcusem cu mâna mea. Gândindu-mă la motivațiile care m-au împins să-i spun ce văzusem, la dorința mea de a-l impresiona, la lipsa mea de empatie și incapacitatea de a intui ce durere îi provocam, responsabilitatea mea era evidentă.

Și am plătit pentru asta cu vârf și îndesat. Pentru că, distrugând fără intenție căsnicia părinților lui, îmi distrusesem fără intenție întreaga viață.

La scurt timp după plecarea lui Sally am dat peste Justin la masa din grădină; organiza grămezi de ierburi și de flori. Faptul că rămăsese sub același acoperiș cu iubita lui adulterină mi se părea trist și ușor subversiv. Își continua ocupațiile de dinainte, îngrijindu-și și recoltându-și plantele, transformându-le în săculețe de pânză cu prafuri și sticluțe cu tincturi, cu etichete pe care scria „Spițeria din Chelsea". Purta aceleași haine și umbla de colo colo la fel; nu exista nici un semn exterior al vreunei tulburări lăuntrice. La cât de nefericit eram eu după încheierea relației fulgurante cu Phin, eram curios să aflu ce-i trecea prin minte. Odată cu plecarea lui Sally și cuplarea lui Birdie cu David, ca să nu mai pomenesc de faptul că părinții mei deveneau niște umbre tot mai mici ale fostelor lor personalități, părea în mod bizar unul dintre oamenii cei mai normali din casă.

M-am așezat de cealaltă parte a mesei, iar el mi-a aruncat o privire afabilă.

– Salut, băiete. Cum merge treaba?

– Merge... Eram pe punctul să spun că mergea foarte bine, dar mi-am amintit că nu era deloc adevărat. Prin urmare, am zis: Ciudat.

M-a privit mai îndeaproape.

– Ei bine, nu încape nici o îndoială în privința asta.

Am rămas tăcuți câteva clipe. Justin desprindea cu delicatețe bobocii de pe tulpini și-i așeza într-o tavă.

– Cum de-ai rămas aici? am zis în cele din urmă. Acum că tu și Birdie...?

– E o întrebare foarte bună, mi-a răspuns ferindu-și privirea. A mai pus un boboc în tavă, și-a frecat degetele ca să le curețe și și-a lăsat mâinile în poală. Poate pentru că, deși nu mai suntem împreună, ea este în continuare în sufletul meu? Știi, partea aceea din dragoste care nu e legată de sex nu moare automat. Sau cel puțin nu trebuie să moară.

Am încuviințat din cap. În cazul meu era perfect adevărat. Deși era foarte probabil că n-avea să mi se mai ivească prilejul să-l țin de mână pe Phin ori să purtăm altă conversație plină de miez, asta nu diminua sentimentele pe care i le purtam.

– Crezi că v-ați putea împăca?

Justin a oftat.

– Da. Poate. Dar poate că nu.

– Ce părere ai despre David?

– Ah. În limbajul său corporal au apărut niște schimbări subtile. Și-a strâns umerii, și-a împletit degetele. Juriul și-a încheiat deliberările, a spus într-un final. Din unele puncte de vedere mi se pare extraordinar. Din altele... Clătinând din cap, mi-a mărturisit: Mă sperie îngrozitor.

– Da, am spus, mai tare și mai înflăcărat decât aș fi vrut. Da, am repetat mai calm. Și pe mine mă sperie îngrozitor.

– În ce fel, mai precis?

– Este... Mi-am ridicat ochii spre cer, căutând un cuvânt decent. E sinistru.

Justin a izbucnit în râs.

– Ei, da! Ai nimerit-o la fix! Sinistru. Uite, mi-a zis întinzându-mi un mănunchi de floricele galbene ce semănau cu margaretele și un ghem de sfoară. Fă buchete mici și leagă-le la nivelul tulpinilor.

– Ce-s astea?

- Gălbenele. Pentru iritațiile de pe piele. Sunt nemaipomenite.

- Și acolo? l-am întrebat arătând spre tava cu boboci mici și gălbui.

- Ăsta e mușețel. Pentru ceai. Miroase, m-a îndemnat dându-mi o floare. Nu e o minunăție?

Eram de acord. Am înfășurat niște sfoară în jurul tulpinilor de gălbenele și-am făcut o fundă.

- E bine?

- Perfect. Da. În clipa următoare a schimbat subiectul: Ia zi, am aflat despre tine și Phin. Săptămâna trecută. Știi tu, când ați făcut tripul. Fără să-mi observe îmbujorarea, a continuat: Uau, eu nu m-am atins de droguri până aproape de optsprezece ani! Tu câți ai? Doișpe?

- Treișpe, i-am răspuns cu hotărâre. Am treișpe ani.

- Atât de mic! Jos pălăria!

Nu înțelegeam. Era atât de clar că făcusem o prostie! Am zâmbit totuși.

- Știi, mi-a zis pe un ton conspirativ. Pot să cultiv orice aici. Practic orice. Știi la ce mă refer?

- Nu.

- Nu cultiv doar chestii de leac. Pot să cultiv și alte chestii. Orice vrei.

- Aha. După o clipă am zis: Adică droguri?

A izbucnit iarăși într-un râs zgomotos.

- Păi, da. Chestii bune. Bătându-se ușor pe nas, a adăugat: Și chestii rele.

În acel moment s-a deschis ușa din spatele casei. Ne-am întors amândoi ca să vedem cine era.

Erau David și Birdie, înlănțuiți pe după talie. Ne-au aruncat o privire fugară, apoi s-au dus să se așeze în celălalt capăt al grădinii. Atmosfera s-a schimbat, de parcă un nor ar fi trecut prin fața soarelui.

- Ești bine? i-am șoptit lui Justin.

– Da, sunt OK.

Am stat o vreme acolo, fără să le putem ignora prezența, sporovăind despre diversele plante și proprietățile lor. I-am cerut lui Justin informații despre otrăvuri, iar el mi-a povestit despre *Atropa belladonna*, mătrăguna, care, potrivit legendei, a fost folosită de soldații lui Macbeth ca să otrăvească armata engleză, și despre cucută, cu care a fost executat Socrate. Mi-a spus și despre modul în care se folosesc ierburile fermecate, cu vrăji, și afrodiziacele precum *Gingko biloba*.

– Cum ai aflat toate lucrurile astea? l-am întrebat.

Justin a ridicat din umeri.

– Din cărți, în principal. Și de la mama, căreia îi place să grădinărească. Am crescut printre plante. Deci a fost o evoluție naturală, dacă stau să mă gândesc.

Nu mai făcuserăm deloc lecții după plecarea lui Sally. Noi, copiii, umblaserăm liberi prin casă, plictisiți și fără stare. „Citește o carte“, era răspunsul pe care-l primeam de fiecare dată când ne plângeam că n-aveam nimic de făcut. „Fă niște socoteli.“

Prin urmare, eram dornic să învăț ceva nou, iar în rest nu mi se ofereau decât exercițiile bizare ale lui David sau cântatul la vioară al lui Birdie.

– Există plante care îi determină pe oameni să facă, știi tu, lucruri împotriva voinței lor?

– Păi, sunt halucinogenele, bineînțeles, ciupercile magice și altele de genul ăsta.

– Și le poți cultiva? Într-o grădină ca asta?

– Pot cultiva orice, băiete, oriunde.

– Pot să te ajut? Aș putea să te ajut să cultivi diverse chestii?

– Sigur, mi-a zis Justin. Poți să fii micul meu ucenic. O să fie cool.

*

Nu știu ce discuții intime aveau loc în spatele ușii sinistre de la dormitorul lui David și al lui Birdie; nu-mi plăcea să mă gândesc prea mult la ceea ce se petrecea acolo. Am auzit lucruri care până și acum, după aproape treizeci de ani, îmi dau fiori. Dormeam cu perna peste cap în fiecare noapte.

Dimineața coborau împreună, cu un aer satisfăcut și superior. David era obsedat de părul lui Birdie, lung până la talie. I-l atingea permanent. Îl rula pe după degete, își plimba mâinile prin el, îi răsucea șuvițele în timp ce stăteau de vorbă. Odată l-am văzut ridicând o șuviță și ducând-o la nas ca s-o adulmece vrăjit.

– Părul lui Birdie e minunat, a spus într-o zi uitându-se la sora mea și la Clemency, ale căror plete ajungeau abia până la umeri. Nu v-ar plăcea și vouă să aveți un asemenea păr, fetelor?

– În multe religii se consideră că femeile cu părul lung dau dovadă de un nivel înalt de spiritualitate, a adăugat Birdie.

Deși nu erau deloc religioși, David și Birdie vorbeau necontenit despre religie la începutul relației lor. Vorbeau despre sensul vieții și caracterul efemer al tuturor lucrurilor. Vorbeau despre minimalism și feng shui. I-au cerut mamei acordul ca să-și zugrăvească dormitorul în alb, să-și mute patul de epocă în altă cameră și să-și pună salteaua direct pe podea. Detestau sprayurile, fast foodul, produsele farmaceutice, fibrele artificiale, pungile de plastic, mașinile și avioanele. Vorbeau deja despre pericolul încălzirii globale și erau îngrijorați de impactul amprentei lor de carbon. Din perspectiva scenariului apocaliptic vehiculat în prezent, în timpul acestei canicule teribile din 2018, cu oceanul plin de creaturi marine sufocate de obiecte din plastic și urșii polari care se sting pe calotele glaciare în curs de topire, ei erau cu mult înaintea timpului lor. Dar în contextul anului 1990, când lumea abia se dezmeticea în fața noilor posibilități oferite de tehnologia modernă și cultura perisabilității, cei doi reprezentau o anomalie.

Aș fi putut să am un anume respect pentru David și Birdie și angajamentul lor neștirbit pentru soarta planetei dacă David nu s-ar fi așteptat ca toți ceilalți să trăiască în conformitate cu voința lui. Nu era de ajuns că el și Birdie dormeau pe salteaua pusă pe jos. Cu toții trebuia să dormim pe saltele puse pe jos. Nu era de ajuns că el și Birdie evitau mașinile, aspirina și peștele pane congelat. Cu toții trebuia să evităm mașinile, și aspirina, și peștele pane congelat. Îmi era foarte clar că prezicerea pe care o făcusem subliminal cu câteva săptămâni în urmă, când îi văzusem sărutându-se, se îndeplinise. Birdie descuiase ceva cumplit în David, iar acum voia ca el să controleze totul.

33

Se întunecă abia pe la zece. Libby și Miller discută peste masa din grădină în penumbra tot mai densă, fără să-și dea seama că s-a lăsat noaptea decât atunci când nu-și mai văd reciproc albul ochilor. Atunci aprind lumânări a căror flacără tresare și dansează în vânticelul slab. Și-au petrecut ultima oră de lumină căutând prin casă, și despre asta vorbesc acum.

În afară de cuvintele „EU SUNT PHIN“ scrijelite în sertarul mesei au găsit aceeași inscripție la baza căzii de la mansardă, pe tocul unei uși și într-un șifonier încastrat în perete dintr-o cameră de la primul etaj. Au găsit câteva coarde de vioară într-un salonaș de la parter și un stativ pentru partituri înghesuit într-un dulap. Au găsit un teanc de scutece flaușate, ace de siguranță, cremă împotriva iritațiilor și body-uri în șifonierul din camera unde fusese descoperită Libby în leagăn. Au găsit niște cărți gri și mucegăite într-un cufăr din holul din spate, cărți despre proprietățile vindecătoare ale plantelor, cărți despre vrăjitoria medievală, cărți de farmece. Erau învelite într-o pătură veche și acoperite cu perne decorative care probabil că ornaseră pe vremuri niște piese de mobilier de grădină.

Au găsit o verighetă subțire între o scândură din podea și plintă. Avea un marcaj pe care Miller l-a fotografiat, apoi a mărit imaginea. La o căutare pe Google au descoperit că fusese ștanțat în 1975, anul în care se căsătoriseră Henry și Martina. Un lucru minuscul, ferit de ochii hoților și polițiștilor în ascunzătoarea lui întunecoasă timp de douăzeci și cinci de ani sau mai mult.

Libby și-a pus verigheta pe inelarul mâinii stângi. Verigheta mamei sale. Îi vine perfect. O răsucește pe deget în timp ce stau de vorbă.

Se opresc din când în când, pregătiți să audă zgomot de pași prin tufișuri. Miller se duce periodic până în fundul grădinii căutând vreo umbră nelalocul ei, vreun semn că cineva ar fi intrat pe portița din zidul din spate. Iau cu ei pernele pe care le-au găsit în cufăr, sting lumânările și se așază în colțul peluzei cel mai îndepărtat de ușa din spate a casei. Vorbesc în șoaptă, când Miller se holbează dintr-odată la ea și-și duce degetul la buze.

– Ssst! Ochii lui se întorc spre capătul grădinii. E ceva acolo.

Libby se îndreaptă de spate să vadă mai bine, și în clipa următoare zăresc amândoi un bărbat traversând peluza, un tip înalt și slab cu părul scurt, ochelari ce reflectă razele lunii, adidași albi și o geantă pe umăr. Își aruncă geanta pe buncărul de beton, apoi se cocoață și el. Îl aud cățărându-se pe burlan până la proeminența de la primul etaj, după care, mișcându-se foarte încet, îl observă dispărând pe acoperiș.

Inima tinerei femei bate ca un ciocan pneumatic.

– Dumnezeule, șoptește. Dumnezeule! Ce facem?

– N-am nici cea mai mică idee, îi răspunde Miller tot în șoaptă.

– Să ne ducem peste el?

– Nu știu. Tu ce părere ai?

Ea clatină din cap. E pe jumătate îngrozită și pe jumătate disperată să-l vadă pe bărbatul acela de aproape.

Se uită la Miller. El o s-o ocrotească. Sau cel puțin o să dea impresia că e capabil s-o ocrotească. Intrusul e mai mic decât el și poartă ochelari. În cele din urmă se hotărăște.

– Da, hai să intrăm. Să vorbim cu el.

Miller încremenește de uimire, dar peste câteva clipe își revine.

– Bine, așa facem.

Întunericul din casă e disipat doar de lumina cețoasă a lămpilor stradale și de reflexia argintie a lunii în apele fluviului. Libby merge în spatele lui Miller, întru câtva liniștită de masivitatea lui. Se opresc un moment la baza scării, după care urcă încet, cu pași siguri, până la primul etaj. Aici e mai multă lumină, luna se vede prin fereastra mare dinspre stradă. Amândoi se uită în sus, apoi unul la celălalt.

– OK? șoptește Miller.

– OK, îi răspunde Libby.

Chepengul din tavan e deschis, iar ușa băii de la mansardă e închisă. Pot auzi sunetul urinei lovindu-se de vasul de toaletă, jetul final, robinetul în funcțiune, o tuse scurtă. Apoi ușa se deschide și un bărbat iese pe palier. E drăguț, acesta este primul gând al lui Libby. Un tip drăguț, cu părul blond tuns îngrijit, o față tinerească, bărbierită, brațe musculoase, un tricou gri, jeanși negri strâmți, ochelari la modă, adidași de marcă.

Văzându-i, sare în sus și-și duce o mână la piept.

– Ah, pe toți dracii!

Libby tresare și ea, la fel și Miller. Se holbează unii la alții preț de câteva clipe.

– Tu ești...? o întreabă tipul în cele din urmă, chiar atunci când Libby rostește:

– Tu ești...?

Arată unul spre altul, după care se întorc spre Miller, de parcă acesta le-ar putea oferi răspunsul căutat. Apoi bărbatul se răsucește spre Libby:

– Tu ești Serenity?

Libby încuviințează din cap.

– Tu ești Henry?

Bărbatul îi privește fără să înțeleagă. Într-un târziu, expresia de pe chip i se limpezește.

– Nu, nu sunt Henry. Sunt Phin.

PARTEA A DOUA

34

Mama, fiind nemțoaică, știa cum să organizeze un Crăciun perfect. Era specialitatea ei. Casa era împodobită încă de la începutul lui decembrie cu decorațiuni făcute din portocale confiate, pânză cu imprimeu în pătrățele roșii și conuri de brad pictate, iar aroma de turtă dulce, *stollen*[1] și vin fiert plutea prin toate încăperile. Nu accepta beteala sclipitoare și ghirlandele de hârtie, nici cutiile de bomboane Quality Street ori Cadbury's.

Până și tatei îi plăcea Crăciunul. Avea un costum de Moș Crăciun pe care-l îmbrăca în fiecare an când eram mici, și nici acum nu pot să-mi explic cum de amândoi știam că era el și totuși n-aveam nici cea mai vagă idee că era el. Privind în urmă, îmi dau seama că era același gen de autoamăgire care ne-a făcut să cădem în plasa lui David Thomsen. Te uitai și vedeai un om ca oricare altul, dar, în același timp, găseai în el răspunsul la toate problemele.

Tata n-a îmbrăcat costumul în acel an. A spus că eram prea mari pentru așa ceva, și probabil avea dreptate. Dar a zis și că nu se simțea prea bine. Asta n-a împiedicat-o pe mama să organizeze Ajunul conform obiceiului. Ne-am reunit în jurul bradului (mai mic decât în alți ani) și ne-am despachetat cadourile (mai

[1] Prăjitură cu fruncte tradițională germană (n.red.)

puține decât în alți ani) în vreme ce la radio răsunau colinde, iar focul trosnea în șemineu. După jumătate de oră, chiar înainte să ne așezăm la masă, tata a spus că mergea să se odihnească puțin, întrucât avea o durere cumplită de cap.

Peste treizeci de secunde era pe podeaua salonului de zi, pradă unui atac cerebral.

În momentul acela n-am știut că era un atac cerebral. Credeam că are un fel de criză. Sau un infarct miocardic. Doctorul Broughton, medicul lui personal, a venit să-l examineze purtând ținuta de Crăciun, un pulover roșu de lână și un papion cu frunze de ilice. Îmi amintesc expresia de pe fața lui când tata i-a spus că nu mai avea asigurare privată de sănătate, cât de repede a ieșit din casă, cum s-a lepădat de atitudinea lui onctuoasă ca de o cărămidă. L-a trimis direct la spital într-o ambulanță a NHS și a plecat fără să-și ia rămas-bun.

Tata s-a întors acasă a doua zi de Crăciun. Medicii au spus că era în regulă, că o vreme urma să aibă unele dificultăți cognitive, unele probleme motorii, dar creierul lui avea să se repare de la sine, că avea să revină la normal în câteva săptămâni. Poate chiar mai devreme.

La fel ca în cazul primului atac cerebral, nu s-a mai refăcut complet. Problema se agravase. Folosea cuvintele greșit. Sau nu și le putea găsi deloc. Petrecea zile întregi în fotoliul din camera lui mâncând biscuiți cu gesturi foarte lente. Uneori râdea în cele mai nepotrivite momente. Alteori nu se prindea de glumă.

Se mișca încet. Evita scările. Nu mai ieșea din casă.

Cu cât tata devenea mai slab, cu atât mai puternică era influența lui David Thomsen asupra noastră.

În mai 1991, când am împlinit paisprezece ani, aveam deja reguli noi. Nu e vorba doar de regulile firești în orice familie, cum ar fi „nu pune picioarele pe mobilă" sau „ai voie să te uiți la televizor numai după ce-ți faci temele". Nu e vorba de regulile după care ne ghidaserăm toată viața. Nu, acum aveam niște reguli demente, despotice, scrise cu markerul negru pe un poster mare lipit pe peretele bucătărie. Mi le amintesc și astăzi:

Nimeni nu se tunde FĂRĂ PERMISIUNEA lui David și/sau Birdie.
Nimeni nu se uită la televizor.
Nici un vizitator FĂRĂ PERMISIUNEA lui David și/sau Birdie.
Este interzisă frivolitatea.
Este interzisă lăcomia.
Nimeni nu iese din clădire fără PERMISIUNEA EXPRESĂ a lui David și/sau Birdie.
Este interzisă carnea.
Sunt interzise produsele animale.
Sunt interzise pielea/năbucul/lâna/penele.
Sunt interzise recipientele din plastic.
Maximum patru obiecte aruncate la gunoi pe zi de persoană, inclusiv reziduuri alimentare.
Sunt interzise hainele colorate artificial.
Sunt interzise medicamentele.
Sunt interzise chimicalele.
O spălare sau un duș DE PERSOANĂ PE ZI.
O spălare pe cap pe săptămână.
TOȚI REZIDENȚII trebuie să petreacă minimum două ore pe zi cu David în sala de exerciții.
TOȚI COPIII trebuie să petreacă minimum două ore pe zi cu Birdie în sala de muzică.
Mâncarea trebuie să fie gătită exclusiv din ingrediente bio.
Este interzisă încălzirea electrică sau cu gaz.

Este interzis țipatul.
Sunt interzise înjurăturile.
Este interzis alergatul.

Această listă de reguli fusese destul de scurtă la început, fiind completată pe măsură ce controlul lui David asupra gospodăriei noastre se intensifica.

În acest stadiu, Sally mai venea pe acolo o dată sau de două ori pe săptămână, ca să-i ia pe copii la ceai. Dormea pe canapeaua unei prietene din Brixton și se chinuia din răsputeri să găsească un loc destul de spațios încât să încapă cu toții. Phin era în culmea tristeții după ce-și vedea mama. Se încuia în camera lui și refuza să mai vină la masă. De fapt, din cauza lui au fost instituite majoritatea regulilor. Toanele lui i se păreau insuportabile lui David, care nu tolera risipa de mâncare, nici ușile pe care nu putea să le deschidă când avea chef. Îl scotea din minți tot ce nu corespundea direct cu viziunea lui asupra lumii. Și, mai mult decât orice, îl scoteau din minți adolescenții.

Au fost adăugate două noi reguli:

Este interzisă încuierea ușilor.
La TOATE MESELE trebuie să participe TOȚI membrii gospodăriei.

Într-o dimineață, la scurt timp după a cincea oară când Phin se întorsese de la ceaiul cu mama lui și încălcase regula care interzicea încuierea ușilor, l-am găsit pe David la etaj, demontând zăvoarele din camera băiatului. Lucra cu falca încleștată, strângând tare între degete mânerul șurubelniței.

De pe pat, Phin îl privea cu brațele încrucișate la piept.

La ora cinei, când Phin stătea în continuare pe pat cu brațele încrucișate, tăcut și sumbru, David l-a prins de cot, l-a târât la parter și l-a azvârlit într-un scaun. A împins cu putere scaunul până la masă, apoi i-a pus în față un castron mare conținând dovleac cu curry și orez. Brațele lui Phin au rămas încrucișate. David s-a ridicat în picioare, a umplut lingura cu mâncare și i-a dus-o la gură. Phin și-a strâns buzele a refuz. Auzeam lingura lovindu-i-se de dinți. Atmosfera era șocantă. În momentul acela, Phin avea cincisprezece ani și jumătate, dar arăta mult mai mare. Era înalt și puternic. Situația risca să capete o turnură violentă, m-am gândit. Însă Phin a rămas neclintit, cu ochii sfredelind peretele de vizavi, cu fața crispată de furie și hotărâre. În cele din urmă, David a renunțat să-și mai hrănească fiul cu forța și a aruncat lingura cât colo; curry-ul a format o semilună galbenă urâtă pe zugrăveală, iar tacâmul a aterizat cu un scrâșnet metalic pe podea.

– Du-te în camera ta! a zbierat David. Acum!

O venă îi pulsa la tâmplă. Gâtul îi era încordat și stacojiu. Nu mai văzusem niciodată un om atât de furios.

– Cu plăcere, a șuierat Phin.

Mâna lui David și-a făcut apariția; apoi, ca într-o filmare cu încetinitorul, în momentul în care Phin trecea pe lângă el palma i s-a lipit de ceafă. Phin s-a întors; ochii lui i-au întâlnit pe ai tatălui său, și am văzut o ură absolută circulând între ei.

Phin și-a continuat drumul. I-am auzit pașii siguri și fermi pe trepte. Cineva și-a dres glasul. I-am văzut pe Birdie și pe David schimbând o privire. Expresia lui Birdie, înțepată și dezaprobatoare, spunea: „Pierzi controlul. Fă ceva". Expresia lui David, plină de furie, spunea: „Asta am de gând".

*

Când s-a terminat cina m-am dus în camera lui Phin. Stătea pe pat cu genunchii la bărbie.

– Ce-i? m-a întrebat posomorât.

– Ești bine?

– Tu ce crezi?

Am mai făcut un pas în încăpere. Mă așteptam să-mi ceară să plec, dar n-a făcut-o.

– Te-a durut? Unde te-a lovit? am vrut să știu.

Părinții mei, oricât de ciudați ar fi fost, nu mă loviseră niciodată. Nici măcar nu-mi puteam imagina așa ceva.

– Nu prea.

Am mai înaintat puțin.

Apoi, dintr-odată, Phin s-a uitat la mine și starea aceea magică a revenit. Mă vedea. Cu adevărat.

– Nu pot să rămân aici, mi-a zis clătinând din cap. Trebuie să scap cumva.

Inima mi s-a oprit în loc. Fără el n-avea nici un rost să visez la un viitor mai bun.

– Unde te duci?

– Nu știu. La mama.

– Dar...

Eram pe cale să spun că mama lui dormea pe o canapea din Brixton, însă el mi-a luat-o înainte:

– Nu știu, bine? Pur și simplu trebuie să scap din locul ăsta. Nu mai pot sta aici.

– Când?

– Acum.

Se uita la mine printre genele lui imposibil de lungi. Am încercat să-i descifrez expresia, și mi s-a părut că văd o provocare.

– Vrei... ar trebui... să vin cu tine?

– Nu! Ce dracu'? Nu!

M-am retras în carapace. Nu. Bineînțeles că nu.

– Ce să le zic? Atunci când mă întreabă?

– Nimic, a scrâşnit el. Nimic. Nu le spune nimic.

Am încuviinţat cu ochii măriţi de stupefacţie. L-am urmărit aruncându-şi diverse lucruri într-un sac de sport: chiloţi şi şosete, un tricou, o carte, o periuţă de dinţi. S-a întors spre mine şi, văzând că mă uitam la el, mi-a zis:

– Pleacă. Te rog.

Am ieşit din cameră şi am mers încet până la scara de serviciu, unde m-am aşezat pe o treaptă şi am tras uşa după mine fără s-o închid. Prin crăpătură l-am văzut pe Phin dispărând prin chepeng la mansardă. Nu-mi puteam închipui ce făcea sau unde se ducea. Preţ de o clipă m-am gândit că poate avea de gând să trăiască pe acoperiş. Dar, deşi ne aflam în luna mai, încă era răcoare: i-ar fi fost imposibil. Apoi, auzind nişte zgomote de afară, m-am repezit în camera lui Phin şi, cu mâinile făcute căuş la fereastră, m-am uitat în grădina din spate. Iată-l: traversa ca o săgeată curtea plină de verdeaţă până la umbra copacilor, şi dintr-odată a dispărut.

M-am întors spre încăperea goală. I-am luat perna şi mi-am dus-o la faţă, umplându-mi nările cu mirosul lui.

35

E încă beznă când Lucy pleacă din Casa Albastră a doua zi dimineață. Copiii sunt somnoroși și tăcuți. Ținându-și răsuflarea, îi întinde banii pentru bilete unei femei care arată de parcă i-ar cunoaște secretele cele mai ascunse. Își ține iarăși răsuflarea când urcă în tren, și din nou când controlorul intră în vagon și le cere biletele. Ori de câte ori trenul încetinește, Lucy își ține răsuflarea și se uită în jur după un girofar sau chipiul bleumarin al unui jandarm. La Paris se așază cu copiii și câinele în colțul cel mai liniștit al celei mai liniștite cafenele ca să aștepte trenul de Cherbourg. Și apoi teama paralizantă revine, fiecare lucru care i se pare ieșit din comun o face să împietrească. La prânz, când urcă în vagon, și-o imaginează pe Joy în casa lui Michael, începând să se întrebe unde este, iar adrenalina îi gonește atât de iute și cu atâta forță prin trup, încât are senzația c-ar putea muri. Colindă cu mintea prin casa lui Michael, căutând detaliul pe care l-a uitat, fanionul roșu care-i va spune lui Joy să se uite imediat în pivniță. Dar nu, e sigură, absolut sigură, n-a uitat nici un indiciu, nici o urmă. Și-a cumpărat răgazul de care avea nevoie. Cel puțin o zi. Poate trei sau patru zile. Chiar și atunci, oare Joy le-ar da polițiștilor vreo informație despre ea, despre femeia drăguță pe nume

Lucy, mama fiului lui Michael, care să le trezească bănuielile? Nu, le-ar vorbi despre contactele dubioase ale lui Michael cu lumea interlopă, despre tipii cu un aer brutal care veneau uneori la ușă ca să discute „afaceri". I-ar orienta într-o direcție cu totul diferită, și în cele din urmă, când își vor da seama c-au ajuns într-o fundătură, Lucy nu va fi de găsit nicăieri.

Pe seară, când trenul intră în Cherbourg, inima ei și-a regăsit ritmul normal și are destulă poftă de mâncare încât să termine croasantul pe care și l-a cumpărat la Paris.

În stația de taxiuri se urcă într-o vechitură de Renault Scénic, iar Lucy îi cere șoferului să-i ducă la Diélette. Așezat în poala ei, câinele își odihnește bărbia pe geamul deschis la jumătate. E târziu. Ambii copii au adormit.

Diélette este un oraș-port minuscul, plin de verdeață, situat pe coline. Singurii pasageri ai ultimului ferry spre Guernsey sunt vilegiaturiștii britanici, în majoritate familii cu copii mici. Lucy strânge pașapoartele cu putere în mâinile transpirate. Documentele sunt franceze, dar ea e englezoaică. Ambii copii au nume de familie diferite de al ei. Stella are pielea de altă culoare decât ea. Cară niște rucsacuri burdușite și sunt atât de obosiți, încât par bolnavi. Iar pașapoartele lor sunt false. Lucy e convinsă că vor fi opriți, trași deoparte, interogați. A planificat acest itinerariu lung și sinuos până la Londra ca să-și piardă urma, însă chiar și așa, atunci când îi arată actele inspectorului din port inima îi bate atât de tare, încât își imaginează că bărbatul i-o poate auzi. El frunzărește pașapoartele comparând fotografiile cu figurile lor, după care i le dă înapoi și le face semn din ochi că pot trece.

Și apoi sunt pe mare, pe spuma tulbure, gri-albăstruie a Canalului Mânecii, și Franța rămâne în curând în spatele lor.

O ține pe Stella pe genunchi la pupa ferry-ului, astfel încât fetița să poată vedea cum țara în care s-a născut, singurul cămin pe care l-a cunoscut vreodată, se micșorează până la un punct luminos la orizont.

– Pa, pa, Franța, spune Stella fluturând din mână. Pa, pa, Franța.

36

Libby se uită la Phin.

Phin se uită la ea.

- Pe vremuri am locuit aici, îi spune, deși nimeni nu i-a cerut să explice cine e. Adaugă repede, înainte ca Libby să poată formula un răspuns: Ești chiar drăguță.

- Oh, face ea.

Phin se întoarce spre jurnalist și-l întreabă:

- Tu cine ești?

- Salut, spune Miller întinzându-i mâna. Sunt Miller Roe.

Phin îl scrutează întrebător.

- De unde știu numele ăsta? Cum Miller se mulțumește să dea din umeri stingher, continuă: Ești jurnalistul ăla, nu-i așa?

- Da.

- Articolul ăla a fost o porcărie. Te-ai înșelat în toate privințele.

- Da, îmi dau seama acum, murmură Miller.

- Nu-mi vine să cred cât de drăguță ești, spune Phin revenind la Libby. Semeni perfect cu...

- Mama?

- Da. Cu mama ta.

Libby se gândește la pozele mamei sale cu părul vopsit în negru à la Priscilla Presley și ochii puternic conturați. Se simte măgulită.

– Ce faci aici? îl întreabă.

– Te aşteptam pe tine.

– Dar am fost aici în urmă cu câteva zile. Te-am auzit la etaj. De ce n-ai coborât atunci?

– Am coborât, îi spune el ridicând din umeri. Dar când am ajuns la parter plecaseşi deja.

– Ah.

– Vreţi să...? îi îndeamnă arătând spre scară.

Îl urmează până în bucătărie, unde Miller și Libby iau loc vizavi de el. Libby îi studiază chipul. Trebuie să fi trecut de patruzeci de ani, însă arată mult mai tânăr. Are nişte gene uimitor de lungi.

– Aşadar, toate astea sunt ale tale, conchide el desfăcându-și larg brațele.

– Da. Deși, ca să fiu cinstită, ar fi trebuit să aparțină și fratelui și surorii mele, nu?

– Asta e, paguba lor. Ah, și presupun c-ar trebui să-ți urez „La mulți ani!" Cu o mică întârziere.

– Mulțumesc. De când n-ai mai fost pe-aici?

– De zeci de ani.

Se lasă o tăcere lungă și foarte încordată. Phin o sparge spunând:

– Îmi închipui că vrei să-mi pui unele întrebări.

Miller și Libby fac schimb de priviri, apoi tânăra femeie încuviințează din cap.

– Păi, ce-ar fi să mergem în altă parte? propune Phin. Stau chiar pe cealaltă parte a Tamisei. Am vin la rece. Și o terasă. Și două pisici umflate ca niște perne.

Cei doi schimbă iarăşi o privire.

– N-o să vă omor, îi asigură Phin. Și nici pisicile mele n-o s-o facă. Haideți, o să vă povestesc totul de-a fir a păr.

*

Peste douăzeci de minute, Libby și Miller îl urmează pe Phin la ieșirea dintr-un lift modern și apoi pe un coridor cu pardoseală din marmură.

Apartamentul lui este chiar în capăt.

Luminile se aprind automat atunci când îi conduce din vestibul într-un salon cu glasvand și în final, pe o terasă cu vedere spre fluviu.

Totul este deschis la culoare. O blană de oaie imensă acoperă spătarul unei canapele crem foarte lungi. Un aranjament extravagant de crini și trandafiri stă într-o vază care n-ar fi nelalocul ei în showroomul Northbone Kitchens.

Phin apasă pe butonul unei telecomenzi ca să deschidă ușa terasei și-i invită să se așeze pe cele două canapele între care se află o măsuță joasă. În timp ce-l așteaptă să aducă vinul, Libby și Miller se privesc uimiți.

- Locul ăsta trebuie să valoreze vreo două milioane de dolari, spune jurnalistul.

- Cel puțin. Libby se ridică să admire priveliștea. Uite! Se vede casa! Suntem fix în dreptul ei!

Miller i se alătură.

- Ei bine, îmi închipui că nu-i o coincidență.

- Crezi că o supraveghează?

- Bineînțeles. Din ce alt motiv și-ar fi ales un apartament poziționat în felul ăsta?

- Ce părere ai despre el? îi șoptește Libby.

Miller dă din umeri.

- Cred că e un pic...

- Ciudat?

- Da, un pic ciudat. Și un pic...

În momentul acela Phin își face apariția ținând într-o mână o frapieră cu o sticlă de vin și trei pahare, iar cu cealaltă mână strângând la piept o pisică. Pune frapiera pe masă și face prezentările:

– Faceți cunoștință cu Mindy, le spune ridicând lăbuța pisicii în semn de salut. Mindy, ți-i prezint pe Libby și pe Miller.

Fără să-i bage în seamă, pisica încearcă să se smulgă din îmbrățișarea lui.

– Foarte bine, îi zice Phin. Poartă-te ca o javră, vezi dacă-mi pasă. Apoi se întoarce spre ei: E preferata mea. Întotdeauna mă îndrăgostesc de ființe care nu mă pot suporta. De asta-s burlac. Deschide sticla și le umple paharele. Sănătate! În cinstea revederilor!

După ce ciocnesc se lasă o tăcere apăsătoare.

– E o priveliște incredibilă, spune Miller în cele din urmă. De când stai aici?

– Nu de mult. De fapt, construcția blocului s-a încheiat anul trecut.

– E extraordinar, nu-i așa, că se află chiar peste apă de Cheyne Walk.

Phin dă din cap aprobator.

– Voiam să fiu pe-aproape atunci când aveai să te întorci, îi spune lui Libby.

O altă pisică persană vine pe terasă. Aceasta este obeză și are ochi proeminenți.

– Ah, iată-l și pe domnul Buricul-Pământului, exclamă Phin. A prins de veste că am musafiri. Culege de jos felina uriașă și și-o așază în poală. El e Dick. I-am zis așa pentru că era singura modalitate să mă asigur că mă aleg și eu cu ceva[1].

Libby râde și soarbe din pahar. În alte condiții, ar fi fost o seară minunată: doi tipi drăguți, o seară caldă de vară, o terasă superbă cu vedere la Tamisa, un pahar cu vin alb rece. În aceste condiții însă, totul pare distorsionat și vag amenințător. Până și pisicile.

---

[1] În engleză (arg.), *dick* = „penis" (n.tr.)

– Așadar, zice Miller, dacă ai de gând să ne povestești ce s-a întâmplat în casa de pe Cheyne Walk, o să ne ceri discreție, sau pot să-mi fac treaba de jurnalist?

– Cum vrei.

– Pot să te înregistrez? întreabă Miller scoțându-și telefonul din buzunarul de la spate.

– Sigur, îi răspunde Phin în timp ce mângâie motanul pe spinare. De ce nu? Nu mai am nimic de pierdut. Dă-i drumul.

Miller butonează telefonul o vreme. Libby observă că mâna îi tremură ușor, dându-i în vileag entuziasmul. Mai soarbe o gură de vin ca să-și calmeze la rândul ei nervii. Apoi Miller pune telefonul pe masă și spune:

– Deci. Ai zis că articolul meu e greșit de la un cap la altul. Putem porni de aici?

– Bineînțeles.

Motanul gras sare din poala lui Phin, care-și scutură absent pantalonii de păr.

– În timp ce mă documentam pentru articol am dat peste un tip pe nume David Thomsen. Thomsen cu „e".

– Da, era tatăl meu.

Libby vede un soi de ușurare plină de triumf inundând chipul lui Miller. Respirând adânc, el continuă:

– Și mama ta – Sally?

– Da, Sally e mama mea.

– Și Clemency...?

– Sora mea, da.

– Și al treilea cadavru...

– Era al tatei. Perfect. Ce păcat că nu te-ai prins de toate chestiile astea înainte să-ți scrii articolul!

– Într-un fel, m-am prins, dar n-am putut să dau de nici unul dintre voi. V-am căutat luni de zile, însă n-am găsit nici o urmă. Ce s-a întâmplat cu voi?

– Păi, știu ce s-a întâmplat cu mine. Habar n-am ce s-a ales de mama și de Clemency.

– N-ați păstrat legătura?

– Nici vorbă. Nu le-am mai văzut din adolescență. Din câte știu, mama trăiește în Cornwall, și presupun că acolo stă și sora mea. Ridicând din umeri, își ia paharul de vin și adaugă: Penreath. Sunt destul de sigur că stă la Penreath.

– Ah, face Miller. E o informație extrem de importantă, mersi!

– Cu plăcere. Frecându-și mâinile, Phin îl îndeamnă: Întreabă-mă altceva! Întreabă-mă ce s-a întâmplat în noaptea când au murit toți.

– Foarte bine. Ce s-a întâmplat atunci? În noaptea când au murit toți?

Phin îi fixează cu o privire răutăcioasă, apoi se apleacă în față astfel încât gura să-i fie aproape lipită de microfonul jurnalistului.

– În primul rând, n-a fost sinucidere. A fost crimă.

37

Phin a fost plecat o săptămână. Mi-era teribil de greu să îndur absurditatea întregii situații în lipsa lui. Cu el în preajmă, fiecare drum la bucătărie conținea posibilitatea de a-i vedea chipul, fiecare dimineață începea cu perspectiva unor întâlniri fugare. Fără el eram într-o casă întunecată plină de străini.

Iată însă că după o săptămână am auzit ușa de jos trântindu-se și voci urcând din hol: Phin se întorsese. Sally era în spatele lui, adresându-i-se pe un ton ridicat lui David, care stătea cu brațele încrucișate pe burtă.

- *Nu* i-am spus eu să vină. Pentru numele lui Dumnezeu, e ultimul lucru pe care l-aș fi făcut! E deja destul de rău că stau eu pe capul lui Toni. Băiatul meu adolescent mai lipsea!

- De ce n-ai sunat? a vrut să știe David.

- Mi-a zis că ești la curent! De unde era să știu? Și te-am sunat acum, nu?

- Am crezut c-a fost omorât. Am fost teribil de îngrijorați.

- *Îngrijorați*? Tu și cu mai cine, în Paștele mă-sii?

- Noi, a spus David. Noi toți. Și te rog să nu mai folosești un asemenea limbaj în casa noastră.

- Phin mi-a zis că l-ai lovit.

- Ah, nu l-am *lovit*, ce Dumnezeu? A fost o palmă.

- I-ai dat o palmă?

– Fir-ar să fie, Sal, n-ai nici o idee, nici cea mai mică idee cum e să trăiești cu copilul ăsta. E obraznic. Fură. Ia droguri. Se poartă urât cu ceilalți locatari...

Sally și-a ridicat mâna între ei.

– Ajunge. E un adolescent. E băiat bun, dar e adolescent, n-ai ce-i face.

– Asta o fi adevărat în viziunea ta cam jalnică. Dar restul lumii e de altă părere. N-are nici o scuză. Nici prin gând nu mi-ar fi trecut să mă port în halul ăsta când aveam vârsta lui. E diabolic.

Am văzut-o pe Sally prinzându-l pe Phin de umăr. I-am văzut maxilarul încleștându-se. Apoi a zis:

– Mâine vizitez un apartament. În Hammersmith. Două dormitoare. Putem începe să-i luăm pe copii cu rândul.

David o privea neîncrezător.

– Cum o să plătești chiria?

– Lucrez și fac tot timpul economii.

– Ei, o să vedem. Dar, serios, nu cred că Phin e în siguranță la tine. Ești prea moale cu el.

– Nu sunt moale, David, sunt iubitoare. Ai putea să încerci și tu chestia asta la un moment dat.

Sally a stat vreo două ore. Atmosfera era toxică. Birdie n-a coborât din camera ei, dar am auzit-o tușind, oftând și mergând de colo colo ostentativ. Când Sally a plecat în cele din urmă, Birdie s-a năpustit pe scări și s-a aruncat în brațele lui David șoptindu-i melodramatic:

– Ești bine, iubitule?

David a încuviințat stoic.

– Sunt bine. Pe urmă, privindu-l fix pe Phin, și-a îngustat ochii și a rostit cuvintele care au marcat începutul transpunerii coşmarului în realitate: Lucrurile o să se schimbe pe-aici. Ține minte.

Primul lucru care s-a schimbat a fost că Phin era încuiat în camera lui ori de câte ori David sau Birdie nu-l puteau supraveghea. Cumva, adulții s-au aliat pentru a ne convinge că era o măsură firească, explicabilă, chiar benefică. „E pentru propria lui siguranță", aşa suna mantra.

I se permitea să iasă ca să facă duş, să lucreze în grădină, să ajute la bucătărie, să ia lecții de vioară, să mănânce și să participe la cursurile lui David.

Cum deja ne petreceam cea mai mare parte a timpului în camerele noastre, la început n-a fost atât de sinistru pe cât o sugerează descrierea. Privind în urmă, e foarte ciudată uşurința cu care copiii pot accepta cele mai bizare scenarii. Totuşi, văzută acum, în alb și negru, situația este într-adevăr şocantă.

Într-o zi, la scurt timp după ce Phin se întorsese cu mama lui, stăteam pe pat cu picioarele încrucişate şi citeam o carte pe care mi-o împrumutase el cu câteva săptămâni înainte. Am tresărit când l-am văzut în prag, pentru că era seara târziu şi presupuneam că uşa lui fusese deja încuiată pentru noapte.

-Cum...?

-Justin m-a adus sus după cină, mi-a explicat el. Întâmplător cu intenție, a uitat să încuie uşa.

-Dragul de Justin, am zis. Ce-o să faci? N-o să fugi, nu?

-Nu. Acum n-are nici un rost. Mama se mută săptămâna viitoare în apartament, aşa că o să stau cu ea. Toată porcăria asta o să se termine.

Mă simțeam de parcă mi-ar fi tras un pumn în gât. Cu voce spartă, i-am replicat:

– Dar tatăl tău... o să te lase?

– Mă doare-n fund dacă mă lasă ori nu. Fac șaișpe ani în decembrie. Vreau să stau cu mama. N-are ce să-mi facă.

– Și Clemency?

– Vine și ea.

– Crez că și tatăl tău cu Birdie o să se mute de-aici? După plecarea ta și a lui Clemency?

A izbucnit într-un râs aspru.

– Nu, nici gând. S-a înfipt aici, toată casa se învârte în jurul lui.

S-a lăsat tăcerea. În cele din urmă, Phin a reluat:

– Ții minte noaptea aia? Când am urcat pe acoperiș? Când am luat acidul?

Am încuviințat cu entuziasm. Cum aș fi putut să uit?

– Știi că mai e un pătrățel acolo.

– Un...?

– Un pătrățel de acid. Tipul de la Kensington Market mi-a dat două doze. Am luat doar una.

Am lăsat informația să-mi pătrundă în creier.

– Vrei să spui...?

– Păi, toată lumea crede că-s încuiat cu șapte lacăte. Fetele dorm. Nimeni n-o să urce acum. Ai putea să mergi jos și să le spui tuturor că te culci, apoi să vii încoace cu un pahar de apă. Te aștept aici.

Evident, am făcut exact cum mi-a spus.

Am luat o pătură și ne-am pus niște pulovere. Eu am trecut primul prin chepeng, Phin mi-a dat apa, după care a venit și el. Era iulie, dar aerul era umed și răcoros. Phin a găsit săculețul pe care-l lăsase într-un ghiveci. De fapt, nu voiam să iau drogul. Speram că-și pierduse cumva toxicitatea în toate lunile acelea cât stătuse afară, pradă elementelor naturii. Speram că o rafală de vânt avea să-l ducă departe. Sau că Phin avea să-l pună la loc, zicând: „N-avem nevoie de asta. Ne avem unul pe celălalt.“

Am măturat frunzele moarte de pe scaunele de plastic și ne-am așezat.

Phin și-a pus pătrățelul în palmă.

Cerul era extraordinar. Albastru regal, ambră arsă, roz aprins. Se reflecta perfect în apa fluviului. În depărtare strălucea Podul Battersea.

Am văzut că și Phin privea cerul. Era altfel decât ultima oară când fuseserăm acolo. Phin era altfel. Mai gânditor, mai puțin rebel.

– Ce crezi c-o să faci când o să fii mare? m-a întrebat.

– Ceva legat de computere, i-am zis. Sau poate regie de film.

– Sau poate amândouă?

– Da, am spus încântat. Să fac filme cu ajutorul computerului.

– Cool.

– Și tu?

– Vreau să trăiesc în Africa. Să fiu ghid de safari.

Am râs.

– De unde ți-a mai venit și asta?

– Am fost odată la un safari cu ai mei. Aveam șase ani. Am văzut niște hipopotami făcând sex. Asta țin minte cel mai bine. Și-l mai țin minte pe ghid, un englez teribil de cool. Îl chema Jason.

În momentul acela am sesizat în glasul lui o undă de nostalgie care m-a făcut să mă simt mai aproape de el într-un mod pe care nu-l înțelegeam.

– Le-am spus părinților mei că asta voiam să fac în viață. Tata mi-a zis că n-o să mă îmbogățesc niciodată conducând turiști prin savană într-un Land Rover. De parcă banii ar fi tot ce contează... Oftând, a aruncat o privire la pătratul de hârtie din palmă. Deci, îi dăm drumul?

– Doar o bucățică, i-am zis. Puțin, puțin de tot.

Următoarele două ore s-au desfășurat ca un vis frumos. Am privit cerul până când toate culorile s-au unit într-un negru profund. Am rostit aiureli nemaipomenite despre sensul existenței. Am râs până ne-a luat sughițul.

La un moment dat, Phin a spus:

– Trebuie să vii pe la mine când mă mut la Hammersmith. Trebuie să vii și să stai o vreme.

– Da. Da, mi-ar plăcea mult.

Peste câtva timp l-am întrebat:

– Ce-ai face dacă te-aș săruta?

Phin a râs și a râs și a râs până când s-a înecat și a început să tușească. Nu mai putea de bucurie, iar eu îl priveam cu un zâmbet orb, încercând să-i descifrez reacția.

– Zău, am insistat. Ce-ai face?

– Te-aș arunca de pe acoperișul ăsta, mi-a zis, încă zâmbind. Răsfirându-și degetele, a adăugat: Fleașc!

M-am străduit să râd. Amuzant, n-am ce zice!

Apoi mi-a spus:

– Hai s-o întindem de-aici.

– Încotro?

– O să-ți arăt. Vino după mine.

Și m-am dus după el. Cât de prost puteam să fiu! L-am urmat pe palierul mansardei, afară pe geam, apoi în jos pe latura casei într-o cascadorie oribilă care mi-a adus tot conținutul stomacului în gât.

– Ce faci? îl tot întrebam în timp ce unghiile mele săpau în cărămidă, iar pantalonii mi se sfâșiau la contactul cu colțurile de zidărie. Unde mergem?

– E ruta mea secretă! mi-a zis, privindu-mă cu ochi răvășiți. Mergem la Tamisa! Nimeni n-o să știe!

Când am aterizat pe iarbă sângeram în trei locuri, însă nu-mi păsa. L-am urmat când a trecut printr-o poartă de existența căreia habar n-aveam, în capătul grădinii noastre. Dintr-odată, ca în Narnia, eram în grădina altcuiva, iar apoi Phin m-a luat de mână și m-a tras după două colțuri, prin bezna magică din Chelsea Embankment, peste patru benzi de circulație până pe malul fluviului. Acolo mi-a dat drumul la mână. Preț de o clipă am rămas neclintiți, unul lângă celălalt, privind viermii aurii și argintii care se zvârcoleau la suprafața apei. Mă uitam la Phin, care era mai frumos ca oricând în lumina aceea întunecoasă, mișcătoare.

– Nu te mai holba la mine, mi-a zis.

Tot ce-am făcut a fost să-l privesc și mai atent.

– Vorbesc serios. Nu te mai holba!

Nu eram în stare să-l ascult.

Atunci m-a împins, cu ambele mâini, m-a împins tare în apa neagră, și apoi eram dedesubt, cu urechile pline de bule de aer, și hainele mi s-au îngreunat și mi s-au lipit de piele, și am încercat să țip, dar în loc de asta am înghițit apă, și mâinile mele au încercat să găsească malul, și picioarele mele au lovit un neant dens și cleios. Și apoi ochii mi s-au deschis și am văzut chipuri: o constelație de fețe înnegrite rotindu-se în jurul meu, și am încercat să le vorbesc, am încercat să le cer ajutor, dar s-au întors, și apoi urcam, cu o durere cumplită la încheietură, chipul lui Phin deasupra mea, trăgându-mă pe treptele de piatră și pe mal.

– Nebunule, mi-a spus râzând, de parcă eu aș fi ales să cad în Tamisa, de parcă totul fusese o glumă.

L-am împins.

– Jigodie! am țipat, iar vocea mea, care încă nu se schimbase, era ascuțită, de nesuportat. Jigodie nenorocită!

Am trecut ca o furtună pe lângă el, peste patru benzi de circulație, atrăgându-mi claxoane furioase, și am alergat până la ușa casei.

Phin m-a urmărit și m-a ajuns din urmă gâfâind.

– Ce dracu' faci?

Ar fi trebuit să mă opresc în acel moment. Ar fi trebuit să respir adânc, să evaluez situația și să iau altă decizie. Dar eram atât de furios, nu doar din cauză că fusesem împins în apa înghețată și mizerabilă a Tamisei, ci mai ales din cauza anilor în care Phin fusese când cald, când rece cu mine, dându-mi o fărâmă de atenție când avea interesul și ignorându-mă complet în restul timpului. M-am uitat la el, și era uscat și frumos, iar eu eram ud și urât; m-am răsucit și am apăsat ferm butonul soneriei.

Mă privea fix. Părea să delibereze dacă să rămână ori să fugă. În clipa următoare însă, ușa s-a deschis și David a apărut în prag. S-a uitat de la mine la Phin și iar la mine, umerii i s-au ridicat, gura i s-a strâns, arăta ca un animal în cușcă pe punctul de a sări la atac. Scrâșnind din dinți, cu o voce tunătoare, a spus doar atât:

– Intră acum înăuntru!

Phin s-a întors și a luat-o la fugă, dar tatăl lui era mai înalt și mai bine antrenat decât el; l-a prins înainte să ajungă la colțul străzii și l-a trântit la pământ. Priveam înspăimântat, cu dinții clănțănindu-mi în țeasta de copil, cu brațele strânse în jurul trupului.

Chiar atunci, mama s-a ivit la ușă.

– Ce Dumnezeu se întâmplă? m-a întrebat, uitându-se peste creștetul meu. Ce-ați făcut?

– Phin m-a împins în Tamisa, m-am bâlbâit printre dinții care mi se ciocneau cu zgomot.

– Doamne sfinte, a murmurat ea trăgându-mă în casă. Doamne sfinte! Hai, intră, scoate-ți hainele. Ce naiba...

N-am intrat și nu mi-am scos hainele. Am rămas în prag, uitându-mă cum David își trăgea fiul pe trotuar de parcă ar fi fost o pradă abia vânată.

„Asta e deci“, mi-am zis. „Asta e.“

38

Miercuri dimineață, după două nopți într-o pensiune fără pretenții și o traversare agitată a ultimei părți din Canalul Mânecii, Lucy închiriază o mașină la Portsmouth și pornește spre Londra.

Era iarnă când a plecat din Anglia, și în mintea ei acolo e mereu frig, copacii sunt mereu golași, oamenii sunt mereu înfofoliți ca să se apere de vremea neprielnică. Însă Anglia trece printr-o vară lungă și fierbinte; străzile sunt pline de oameni bronzați și fericiți în pantaloni scurți și cu ochelari de soare, trotuarele sunt acoperite de mese, fântânile colcăie de copii, iar în fața magazinelor au fost instalate șezlonguri.

Stella se uită pe geam ținându-l pe Fitz în poală. Ea n-a ieșit niciodată din Franța. N-a fost niciodată mai departe de Coasta de Azur. Scurta ei viață s-a derulat în întregime pe străzile Nisei, între Casa Albastră, apartamentul lui Mémé și grădiniță.

– Cum ți se pare Anglia? o întreabă Lucy privind-o în retrovizor.

– Îmi place. Are culori frumoase.

– Culori frumoase, zici?

– Da. Copacii sunt extra verzi.

Lucy zâmbește. Marco, pe post de copilot, îi indică traseul spre autostradă sugerat de Google Maps.

Trei ore mai târziu, Londra apare sub forma unui şir de vitrine sărăcăcioase.

Îl observă pe Marco întorcându-se să se uite pe geam; se aşteaptă să vadă Palatul Buckingham şi Big Ben, dar n-are parte decât de Dixie Fried Chicken şi nişte magazine de electrocasnice la mâna a doua.

În cele din urmă trec fluviul şi-i întâmpină o zi splendidă: Tamisa străluceşte diamantin în soare, casele de pe Cheyne Walk sunt absolut impresionante în lumina aceea.

- Am ajuns, îl anunţă pe Marco. Aici e.
- Care dintre ele? întreabă el nevenindu-i să creadă.
- Aceea, îi spune arătând spre numărul şaisprezece.

Tonul ei e lejer, dar inima îi bate dureros la vederea casei.

- Cea cu panoul în faţa uşii?
- Da, confirmă Lucy, preocupată să găsească un loc de parcare.
- E mare!
- E mare, într-adevăr.

Totuşi, în mod bizar, acum, privind-o cu ochi de adult, i se pare mai mică. În copilărie credea că e un palat. Acum poate să vadă că e doar o casă. O casă superbă, dar nimic mai mult.

Lămurită că n-are nici o şansă de a găsi un loc în apropiere ca să lase maşina, o ia spre celălalt capăt al King's Road, într-o zonă din World' End unde trebuie să-şi descarce o aplicaţie pe telefon ca să poată parca.

Sunt treizeci de grade, e la fel de cald ca în sudul Franţei.

Când ajung pe Cheyne Walk, sunt toţi lac de sudoare, iar câinele gâfâie.

Panoul de lemn e încuiat cu un lacăt. Se înşiră în faţa lui şi studiază clădirea.

– Ești sigură că aici e? o întreabă Marco. Dar cum e posibil ca cineva să locuiască aici?

– Acum nu locuiește nimeni. Dar o să intrăm și o să-i așteptăm pe ceilalți să sosească.

– Cum o să intrăm?

Lucy trage aer în piept și spune:

– Veniți după mine.

39

Libby se trezește a doua zi scăldată de razele soarelui. Își plimbă mâna pe podea, lângă pat, apoi pe noptieră în căutarea telefonului. Nu e acolo. Evenimentele din noaptea trecută i se învălmășesc în minte într-o ceață deasă. Se ridică rapid și privește în jur. Se află într-o cameră mică, zugrăvită în alb, pe un pat din lemn foarte jos cu o saltea enormă. Tot acolo e și Miller.

Își ridică instinctiv cearșaful până la gât înainte de a-și da seama că e îmbrăcată; poartă bluza și lenjeria de aseară. Își amintește vag că și-a dat jos pantalonii scurți în timp ce Miller era la baie și s-a ascuns sub pătură. Își amintește vag că și-a frecat dinții cu pastă; încă îi mai simte gustul. Își amintește vag o mulțime de lucruri.

E în apartamentul lui Phin.

E în pat cu Miller.

Amândoi sunt îmbrăcați și dorm unul cu capul la picioarele celuilalt.

Aseară, Phin le-a tot umplut paharele de vin. Și a insistat, până dincolo de limita firescului, ca ei să rămână peste noapte.

– Nu pleca, îi spusese. Te rog. De-abia te-am găsit. Nu vreau să te pierd iar.

– N-o să mă pierzi. Suntem practic vecini, uite!

Arătase peste fluviu la șirul de case elegante între care se afla numărul șaisprezece.

– Vă rog, se pisicise el bătând din genele atât de lungi, încât îi atingeau sprâncenele perfect pensate. O să fie mai bine decât să dormiți pe saltelele alea ponosite. Haideți! O să vă fac un mic dejun delicios! Am avocado. Asta vă place vouă, milenialilor, nu?

– Eu prefer ouăle, spusese Miller.

– Ești milenial? ripostase Phin privindu-l răutăcios cu ochii mijiți.

– La mustață. Dar am ratat momentul de glorie al avocadoului.

Libby se uită la ceasul de pe noptieră și-și dă seama că, dacă pleacă în opt minute, poate să ajungă la serviciu la nouă. Oră târzie pentru ea, dar acceptabilă din perspectiva telefoanelor și a clienților care ar putea să-și facă apariția.

Își pune pantalonii scurți și coboară din patul jos.

Miller se foiește.

Îi aruncă o privire.

Observă un fragment de tatuaj pe brațul lui, acolo unde s-a ridicat mâneca tricoului. Nu suportă tatuajele, ceea ce nu-i mărește deloc șansele de a-și găsi un partener de viață în vremurile astea. Dar Miller e drăguț, nu poate să nu remarce. Blând și sexy.

Își mută privirea de la silueta lui adormită și se duce în vârful picioarelor în baia pe care-și amintește vag că a folosit-o azi-noapte. Imaginea din oglindă arată destul de bine. Brushingul din dimineața precedentă a rezistat tuturor aventurilor din ultimele două zile. Își freacă iarăși dinții cu pastă și se clătește cu apă de la robinet. Își prinde părul într-o coadă de cal și se dă cu deodorantul găsit în dulăpiorul din baie.

Când se întoarce în dormitor, Miller e treaz.

– Bună dimineața, îi spune zâmbitor.

Își întinde brațele deasupra capului, astfel că Libby îi poate vedea tatuajul în întregime. E o chestie celtică. Ar fi putut fi mai rău.

– Trebuie să plec, îi spune luându-și geanta.

– Unde?

– La muncă.

– Dumnezeule, chiar faci asta? Nu crezi că șefa ta ți-ar da liber până la prânz?

Libby ezită. Bineînțeles că șefa i-ar da liber, însă ea nu funcționează așa. O irită până și numai să se gândească la asta.

– Nu, îi răspunde într-un final. Vreau să mă duc. Am o zi plină, am întâlniri fixate cu niște clienți.

– Nu vrei să dezamăgești pe nimeni?

– Nu vreau să dezamăgesc pe nimeni.

Miller aruncă de pe el cearșaful, dezvăluind că poartă niște boxeri roșu cu albastru și are picioare solide de rugbist.

– Păi atunci, dă-mi treizeci de secunde și vin cu tine.

– Știi cumva pe unde mi-e telefonul?

– N-am nici o idee, îi spune el dându-se jos din pat și trăgându-și pantalonii.

Părul îi e ciufulit. Și barba îi e ciufulită. Libby își înăbușă un zâmbet.

– Ai de gând să te uiți în oglindă?

– Ar trebui? o întreabă, nepărând să înțeleagă.

Tânăra femeie își amintește cât e ceasul și decide să nu mai piardă vremea.

– Nu. Arăți bine. Hai să ne găsim telefoanele și s-o întindem de-aici.

Pune mâna pe clanță și-o apasă. Ușa nu se deschide. Apasă iar. Din nou, nimic. Mai apasă de patru ori.

Apoi se întoarce spre Miller și-i spune:

– E încuiată.

40

David l-a ținut încuiat pe Phin timp de o săptămână după noaptea în care m-a împins în fluviu. O săptămână întreagă. Într-un fel mă bucuram, pentru că nu m-aș fi putut uita în ochii lui Phin. Mă împinsese în Tamisa, dar ceea ce făcusem eu fusese mult, mult mai rău.

Suferearn. Suferearn de remușcări, de regrete, de furie, de neputință și de dor. Mâncarea i se aducea în cameră și i se permitea să meargă la toaletă de două ori pe zi, când David aștepta în fața ușii cu brațele încrucișate pe burtă ca un paznic răuvoitor.

În acele zile, atmosfera din casă era greoaie și imposibil de descifrat. Totul pornea de la David. Radia o energie întunecată teribilă și toți evitau să-l supere, inclusiv eu.

Într-o după-amiază, pe când sortam plante cu Justin, am aruncat o privire spre fereastra lui Phin din spatele casei.

– Ți se pare în regulă că David îl ține pe Phin încuiat?

Justin a dat din umeri.

– Ar fi putut să te omoare, amice. Ai fi putut să te îneci.

– Da, știu. Dar nu m-a omorât. Nu m-am înecat. Pur și simplu... nu e în regulă.

– Ei bine, probabil că eu n-aş fi făcut aşa, dar n-am copii, nu ştiu cum e. Îmi închipui că David îşi „face datoria", atâta tot.

A schițat semnul ghilimelelor în aer când a rostit cuvintele respective.

– Își face datoria? m-am mirat. Ce vrei să spui?

– Păi, ştii tu, i se pare că trebuie să aibă un control deplin asupra celor mai mici detalii.

– Îl urăsc, am zis, simțind că emoția era pe cale să mă copleşească.

– În cazul ăsta suntem doi.

– De ce nu pleci?

S-a uitat întâi la mine, apoi la uşa din spate.

– Am de gând, mi-a șoptit. Dar să nu zici nimănui, da?

Am încuviințat din cap.

– E o mică fermă. În Țara Galilor. O femeie pe care am cunoscut-o la piață mi-a vorbit despre ea. Caută pe cineva care să amenajeze o grădină de ierburi aromatice. O să fie ca aici, masă și casă gratis, dar fără un stăpân care să-şi vânture puța ca pe o sabie tot timpul, mi-a zis privind cu subînțeles către casă.

Am zâmbit. „Stăpân care-şi vântură puța ca pe o sabie". Îmi plăcea.

– Când pleci?

– În curând. Foarte curând. Dintr-odată, ca şi cum tocmai i-ar fi venit ideea, m-a întrebat: N-ai vrea să vii cu mine?

Am clipit şocat.

– În Țara Galilor?

– Da. În Țara Galilor. Ai putea fi în continuare micul meu ucenic.

– Dar n-am decât paisprezece ani.

Fără să facă vreun comentariu, a dat din cap și și-a văzut mai departe de plantele lui.

Abia mai târziu am înțeles ce voise să-mi spună. Nu mă invita în Țara Galilor ca să fiu micul lui ucenic; nu mă invita pentru că avea nevoie de mine. Mă invita deoarece credea c-aş fi fost mai în siguranță acolo decât în propria casă.

Justin a dispărut peste două zile. N-a spus nimănui ce intenții avea și a plecat atât de devreme, încât nici măcar David nu se trezise. Cum, după tot ce se întâmplase cu Phin, învățasem să nu vorbesc mai mult decât era cazul, n-am menționat nimănui despre mica fermă din Țara Galilor. Aveam impresia că Justin nu voia să se știe unde se ducea. În ziua aceea am intrat în camera lui. Venise cu foarte puține lucruri, și plecase cu încă și mai puține. M-am apropiat de pervaz, unde erau înșirate cărțile lui. *Manualul Modern de Vrăjitorie și Farmece. Wicca*[1] *pentru începători. Manualul wicca de vrăji pentru plante medicinale.*

Eram sigur că mi le lăsase anume.

M-am uitat pe hol și, asigurându-mă că nu era nimeni prin preajmă, am ascuns cărțile sub pulover.

Eram pe cale să plec când atenția mi-a fost atrasă de ceva ce se afla pe noptieră. Ceva mic, cu blană. Întâi am crezut că era un șoarece mort, dar la o inspecție mai atentă mi-am dat seama că era o lăbuță de iepure prinsă de un lanț. Aveam o idee vagă că trebuia să poarte noroc, la fel ca trifoiul cu patru foi.

Am vârât-o iute în buzunar și am fugit în camera mea, unde am ascuns totul sub saltea.

---

[1] Wicca sau wiccanismul este o mișcare religioasă bazată pe „străvechea religie păgână", cu elemente de șamanism, druidism și mitologie greco-romană, nordică, slavă și celtică. (n.tr.)

*

Întotdeauna am sperat c-o să primesc vești de la Justin.

După ce cadavrele au fost descoperite, în timp ce polițiștii își efectuau ancheta și încercau să-i găsească pe „copiii dispăruți în condiții tragice" ai familiei Lamb, am tot așteptat ca Justin să apară la știrile de la ora șase ca să vorbească despre perioada cât a stat la noi, despre faptul că David Thomsen obișnuia să-și încuie fiul adolescent și să le spună tuturor ce să poarte, ce aveau și ce n-aveau voie să facă.

De atunci l-am căutat pe Google de multe ori, dar n-am găsit nici o urmă, nicăieri. Îmi închipui că fie a murit, fie a emigrat într-un loc obscur și izolat, fie a hotărât să păstreze tăcerea și să nu se implice, deși știa ce se întâmplase. Oricare ar fi adevărul, în secret eram ușurat. Pe de altă parte, îmi era dor de el. La început nu-mi plăcuse, dar se dovedise a fi cea mai mică dintre problemele mele.

Timpul a trecut repede. Vara a făcut loc toamnei, apoi iernii. Mă ocupam de grădina lui Justin, încurajat de David, pentru care această activitate se potrivea cu ideologia lui. Copiii trebuiau să muncească sârguincios făcând lucruri folositoare. Nu trebuiau să deprindă aptitudini care să-i ducă spre căile malefice ale capitalismului. Habar n-avea de cărțile de sub patul meu sau de aptitudinea foarte specială pe care o dezvoltam. În fiecare seară îi aduceam persoanei care era la rând la bucătărie mănunchiuri de busuioc și mentă, gest pentru care eram felicitat. Birdie chiar mi-a pregătit o baie caldă la un moment dat, când m-a văzut stând în ploaie ca să acopăr niște răsaduri delicate.

– Faci treabă bună, mi-a spus întinzându-mi un prosop pe când urcam scările. David e foarte mulțumit de tine.

„David e foarte mulțumit de tine." Aș fi vrut s-o mușc, ca un câine.

După cum era de așteptat, Sally nu obținuse apartamentul din Hammersmith și dormea tot pe canapeaua din Brixton; acum spunea că avea de gând să se mute în Cornwall.

A apărut într-o seară, cu Phin și Clemency după ea, cu trei ore întârziere după ce-i dusese la petrecerea unei prietene unde în mod clar băuse din greu. Mai văzusem adulți beți de multe ori, pe vremea când părinții mei erau încă sociabili și dădeau petreceri în fiecare weekend. Dar nu sunt sigur că am văzut vreodată pe cineva atât de beat cum era Sally în seara aceea.

– Nu-mi vine să cred, l-am auzit pe David spunând pe un ton mânios. Nu-mi vine să cred că-ți închipui că cineva i-ar lăsa pe copiii ăștia să stea cu tine. Uită-te în ce hal ești!

– Tu vorbești? i-a replicat Sally. Uită-te în ce hal ești tu! Cine te crezi? Ești jalnic. Jalnic. Tu și urâta aia. Și cine știe cu cine ți-o mai tragi? Cine știe?

L-am văzut pe David încercând s-o mâne spre ușă. Îmi dădeam seama că voia din tot sufletul s-o lovească și se străduia din răsputeri să se abțină.

Atunci însă s-a ivit mama.

– Îți fac o cafea, a spus atingând-o pe Sally pe umăr și aruncându-i lui David o privire de avertizare. Haide, totul o să fie bine.

Ca și când n-aș fi fost la curent cu drama în plină desfășurare, am intrat în bucătărie peste câteva clipe.

– Vreau doar să-mi iau niște apă, am zis, deși nimănui nu-i păsa.

M-am prefăcut că plec, dar m-am ascuns după ușa cămării. Sally plângea pe tăcute, apăsându-și o batistă pe față. Am auzit-o spunând:

– Te rog, ai grijă de ei. Te rog, ai grijă de ei în locul meu. Nu știu dacă voi fi vreodată în stare să... Restul cuvintelor ei au fost înghițite de sirena unui vas care trecea pe fluviu. Sunt atât de îngrijorată! Phin mi-a povestit cum a fost încuiat în cameră. Înțeleg că a făcut un lucru rău, desigur. La o adică, Dumnezeule, știu că Henry ar fi putut să moară. Dar e atât de... dur? Nu-i așa? Să încui un copil în felul ăsta? E un tip atât de dur...

– Știi cum e David, i-a zis mama. Ăsta e modul lui de a ține totul laolaltă. El ne-a salvat, Sally. Chiar a făcut-o. Înainte de venirea lui mi se părea că viața n-are nici un rost. Dar acum mă trezesc în fiecare dimineață fericită de existența pe care o duc. Mulțumită de mine însămi. Nu iau nimic de la planetă. Nu jefuiesc pământul. Nu contribui la încălzirea globală. Copiii mei nu vor ajunge să stea la niște birouri acoperite cu sticlă și să ia bani de la săraci. Îmi pare rău că David n-a intrat în viețile noastre mult mai devreme.

41

Libby bate cu pumnii în ușă. Miller i se alătură, însă e o ușă solidă, ignifugă. Jurnalistul se duce la fereastră ca să vadă dacă pot scăpa pe acolo, dar e închisă ermetic, și solul se află la zece etaje mai jos.

Își caută iar telefoanele peste tot, însă nu reușesc să dea de ele.

După o jumătate de oră încetează să mai bată și se așază înfrânți pe podea, cu spinările lipite de piciorul patului.

– Acum ce facem? vrea să știe Libby.

– Hai să mai stăm jumătate de oră, după aia o să încerc s-o dobor.

– De ce nu încerci s-o dobori acum?

– Nu-s atât de puternic pe cât par. M-am accidentat la spate demult, așa că trebuie să am grijă.

– Zece minute, acceptă ea.

– Bine, zece minute.

– Oare ce planuri are cu noi?

– N-am nici cea mai mică idee.

– Crezi c-o să ne omoare?

– Ah, mă îndoiesc.

– Și atunci de ce ne-a încuiat aici?

– Din întâmplare, poate?

Libby îl privește nevenindu-i să creadă.

– Doar nu crezi așa ceva, nu?

Ceasul arată că e ora 7.37. Tot mai calculează cât o să întârzie la serviciu când răsună o bătaie în ușă care-i face să tresară și să se îndrepte de spate. Apoi se aude o voce. E Phin, care vorbește cu una dintre pisicile lui. Se reped amândoi la ușă și încep iarăși s-o izbească violent cu pumnii.

Peste câteva clipe se deschide, iar Phin își vâră capul înăuntru.

– Vai, Doamne, exclamă ducându-și mâna la gură. Vai, Doamne! Îmi pare atât de rău! Sufăr de somnambulism, e absolut îngrozitor. Mi s-a întâmplat să intru peste musafirii mei – ba chiar am încercat să urc în patul unuia o dată. Așa că v-am încuiat înainte să mă duc la culcare. Iar azi-dimineață, când m-am trezit – la o oră imposibilă –, m-am hotărât să ies să alerg. Am uitat complet de voi. Ah, ce rău îmi pare! Haideți acum, veniți să luăm micul dejun.

– N-am timp, am întârziat la muncă, îi spune Libby.

– Ei, sună-i și spune-le ce-ai pățit! Sunt sigur c-au să înțeleagă. Haide, am suc de portocale și tot restul. Și azi e o vreme minunată. Putem să mâncăm pe terasă. Vă rog!

Se pisicește iarăși, la fel cum a făcut în ajun. Libby se simte prinsă în capcană.

– De ce nu ne-ai spus aseară? De ce nu ne-ai spus c-o să ne încui? Sau de ce nu ne-ai zis să încuiem noi pe dinăuntru?

– Era foarte târziu, și eram foarte beat și foarte prost.

– Ne-ai speriat cumplit, să știi. Eram îngrozită.

Libby simte cum tensiunea ultimelor momente începe să se disipeze.

– Vă rog să mă iertați, suspină el. Sunt un idiot. Nu m-am gândit. Dormeați, și n-am vrut să vă trezesc. Pur și simplu am încuiat, fără să-mi dau seama. Haideți să mâncați ceva.

Libby și Miller fac schimb de priviri. Înțelegând că el ar vrea să rămână, tânăra femeie dă din cap aprobator.

– Bine, dar numai o gustare rapidă. Și, Phin?

– Da, răspunde el bătând iarăși din gene.

– Unde-s telefoanele noastre?

– Cum, nu sunt în camera voastră?

– Nu. Nici al meu, nici al lui Miller.

– Păi, trebuie să le fi lăsat afară seara trecută. Hai să le căutăm.

Îl urmează pe coridor până în camera de zi.

– Oh, face el vesel. Aici erau. Le-ați pus la încărcat în bucătărie. Trebuie să fi fost foarte, foarte beți aseară ca să fim atât de organizați. Mergeți pe terasă și luați loc, vă aduc imediat micul dejun.

Se așază unul lângă altul pe canapea. Soarele strălucește pe cealaltă parte a fluviului, reflectându-se în ferestrele caselor de pe Cheyne Walk. Libby îl simte pe Miller trăgându-se mai aproape de ea.

– Nu cred nici o iotă, îi șoptește la ureche. Povestea cu „eram beat, așa că v-am încuiat în cameră fără să vă zic" e o goangă, la fel cum e și faza cu mobilele puse la încărcat. Oi fi fost eu beat aseară, dar țin minte c-aveam telefonul în mână când am mers la culcare. Miroase de la o poștă.

– Știu, murmură ea. E ceva ce nu se leagă.

Își aprinde telefonul și-o sună pe Dido, însă apelul ajunge la căsuța vocală, așa că-i lasă un mesaj:

– E o poveste lungă, dar sunt încă în Chelsea. Ai putea s-o rogi pe Claire să-i primească pe soții Morgan la zece? Are toate detaliile. Și cele mai noi oferte de preț sunt în sistem. Trebuie doar printate. O să vin înainte de următoarea întâlnire, promit. Îmi pare rău, o să-ți explic totul când ne vedem. Și dacă nu ajung până la zece jumate, sună-mă. Dacă nu răspund - se uită repede în spate, unde-l vede pe Phin la blatul din bucătărie, tăind pâine -, sunt în Battersea, într-un bloc aflat fix vizavi de casă. OK? Nu știu ce număr are clădirea, dar sunt cam la etajul zece. Ne vedem curând. Îmi cer scuze. Pa!

Pune capăt apelului și se uită la Miller, care îi zâmbește cu tandrețe.

- O să am grijă să nu pățești nimic. O să mă asigur că ajungi la muncă pentru următoarea întâlnire. Vie și nevătămată. Bine?

Inundată de un val de afecțiune, îi zâmbește la rândul ei și dă din cap a confirmare.

Phin își face apariția cu o tavă pe care o așază între ei. Omletă, avocado zdrobit presărat cu semințe, un teanc de felii de pâine cu secară prăjite, o bucată de unt și o carafă cu suc de portocale de la gheață.

- Ei, ce părere aveți? le spune întinzându-le câte o farfurie.

- E grozav, exclamă Miller frecându-și mâinile, după care începe să-și umple farfuria cu felii de pâine.

- Cafea? Ceai?

Libby cere cafea peste care toarnă puțin lapte. Ia o felie de pâine, însă constată că n-are poftă de mâncare.

Se uită la Phin. Ar vrea să-l întrebe ceva despre povestea pe care le-a spus-o aseară, dar nu-i e foarte clar ce; subiectul se mișcă încontinuu la marginea minții ei. Ceva legat de o femeie pe nume Birdie care cânta la vioară. Ceva legat de o pisică. Ceva legat de o listă de reguli și un sacrificiu păgân și ceva foarte, foarte grav legat de Henry. Însă totul este atât de vag, încât e ca și cum Phin nu le-ar fi spus nimic. În cele din urmă ia cuvântul:

- Ai vreo poză cu voi toți când erați copii?

– Nu, îi răspunde el cerându-și parcă scuze. Nici măcar una. Nu uita, nu era nimic în casă când am plecat. Tata a vândut tot, până la ultimul mărunțiș. Și ce n-a vândut a dus la magazinele de caritate. Dar... Face o pauză, apoi reia: Țineți minte cântecul ăla din anii optzeci... Nu, sigur că nu, sunteți mult prea tineri. Dar era un cântec interpretat de o trupă pe nume Original Version. A stat săptămâni întregi pe primul loc în topuri în vara de dinainte de mutarea noastră în casă. Birdie, femeia despre care v-am vorbit aseară, a fost membră a trupei o vreme. Atât Birdie, cât și Justin. Iar videoclipul a fost filmat pe Cheyne Walk. Vreți să-l vedeți?

Libby rămâne fără aer. În afară de poza părinților ei în ținute de seară din articolul publicat de Miller în *The Guardian*, până acum n-a mai avut nici o posibilitate de a vedea locul care i-a marcat într-atât viața.

Se duc în camera de zi, unde Phin își conectează telefonul la televizorul uriaș cu ecran de plasmă. Lansează o căutare pe YouTube, apoi apasă pe „play".

Libby recunoaște imediat piesa. Niciodată n-a știut cum se cheamă ori cine cântă, însă o știe foarte bine.

La începutul clipului, trupa cântă pe malul fluviului. Toți membrii ei sunt îmbrăcați la fel, în pantaloni de tweed, bretele, șepci și bocanci. Sunt mulți, vreo zece, dintre care două femei; una cântă la vioară, cealaltă, la un fel de tobă.

– Acolo, spune Phin oprind derularea înregistrării și arătând spre televizor. Aceea cu părul lung e Birdie.

Libby se uită atent la femeia de pe ecran. O făptură sfrijită, cu bărbia abia conturată și o expresie serioasă. Își ține vioara strâns la nivelul gâtului și privește imperios spre cameră.

– Asta e Birdie?

Nu poate s-o asocieze pe femeia aceea fragilă, deloc impresionantă cu bestia sadică din povestea pe care le-a spus-o Phin aseară.

Phin încuviințează din cap.

– Da. O jigodie de o răutate incredibilă.

Pornește iarăși clipul. Trupa e acum în interior, într-o casă splendidă cu tablouri în ulei și mobilă barocă, tronuri cu catifea roșie, săbii strălucitoare, lambriuri lustruite, draperii somptuoase, capete de elan, vulpi împăiate și candelabre de cristal. Camera de filmat îi urmărește pe cântăreți prin casă în timp ce pozează pe o scară bogat ornamentată, se năpustesc pe coridoarele lambrisate, se duelează cu săbiile, probează un coif de cavaler și călăresc tunul din grădină, în cele din urmă ajungând în fața unui șemineu imens în care ard o mulțime de lemne.

– Doamne, ce frumos era! murmură Libby.

– Nu-i așa? Și javra aia a distrus totul împreună cu taică-meu.

Privirea lui Libby se întoarce la ecran. Zece tineri, o casă plină de viață, și bani, și energie, și căldură.

– Nu înțeleg cum s-a ajuns acolo unde s-a ajuns.

42

Soarele după-amiezii e încă fierbinte când Lucy, copiii și câinele se îndreaptă spre blocul din spatele casei de la numărul șaisprezece de pe Cheyne Walk. Traversează rapid spațiul verde până la ușa șubredă din spate, apoi, într-o tăcere deplină, trec prin zona cu copaci până pe peluza îngălbenită de vremea caniculară.

Tânăra femeie observă cu surprindere că ușa din spate a casei e descuiată. Un ochi de geam e spart, iar spărtura pare recentă. Un fior îi străbate șira spinării. Își vâră mâna atentă să nu se taie și răsucește mânerul pe dinăuntru. Răsuflă ușurată când ușa se deschide: nu va trebui să se cațăre pe zidul lateral până pe acoperiș.

– Mă sperie, șoptește Stella urmând-o în casă.

– E destul de înspăimântător, confirmă Lucy.

– Ba e grozav, spune Marco trecându-și mâna peste un calorifer imens și uitându-se în jur.

În timp ce-i conduce pe copii prin casă, Lucy are impresia că nici un ghemotoc de praf, nici o pânză de păianjen n-au fost clintite de când a fost ea aici ultima oară. E ca și când ar fi intrat în stază, așteptând-o pe ea să se întoarcă. Mirosul de praf și igrasie e și el familiar. Modul în care lumina străbate ca o lamă camerele întunecate, sunetul pașilor ei pe podea, umbrele de pe pereți. Totul e exact la fel, se gândește plimbându-și degetele peste diverse suprafețe.

Într-o săptămână a revenit în cele două locuri cruciale din viața ei, Antibes și Chelsea, cele două locuri unde a fost rănită, unde a fost călcată în picioare, de unde a fost obligată să evadeze. Povara acestor experiențe îi apasă inima.

După turul casei se așază în grădină la umbra răcoroasă a tufișurilor lăsate de izbeliște.

Lucy își privește fiul, care explorează grădina cu un băț în mână. Poartă un tricou negru, și pentru o clipă ea își imaginează că e Henry, ocupându-se de ierburile lui. Dă să sară în picioare ca să-i vadă mai bine fața, dar în momentul acela își aduce aminte: Henry e acum un bărbat în toată puterea cuvântului. Nu mai e un puști.

Încearcă să-și închipuie cum arată, dar nu reușește. Îl poate vedea numai așa cum l-a văzut în acea ultimă noapte când au fost cu toții împreună, cu obrajii luminați de flacăra instabilă a lumânării, cufundat într-o tăcere de rău augur.

– Ce-i asta? strigă Marco.

Lucy își duce mâna la frunte și mijește ochii într-acolo, apoi se ridică și se îndreaptă spre el.

– Ah, e vechea grădină de plante medicinale. Unul dintre cei care locuiau aici cultiva diverse ierburi.

Marco se oprește și, ținând bățul ca pe un toiag între picioare, se uită la casă.

– Ce s-a întâmplat aici?

– Ce vrei să spui?

– Îmi dau seama că a fost ceva oribil. De când am venit ești neliniștită și mâinile îți tremură. Mereu mi-ai spus că mătușa ta te-a adus în Franța pentru că erai orfană, dar încep să mă gândesc că trebuie să se fi petrecut ceva cumplit pentru ca ea să facă așa ceva. Și cred că s-a întâmplat în casa asta.

– O să vorbim despre asta mai târziu. E o poveste foarte lungă.

– Unde sunt părinții tăi?

Lucy are senzația că s-a rupt un stăvilar, că puștiul o s-o asalteze cu toate întrebările pe care până acum nici măcar nu s-a gândit să i le pună.

– Unde-s înmormântați? insistă el.

– N-am nici o idee, îi răspunde ea cu un zâmbet crispat.

Când era mai tânără obișnuia să consemneze totul pe hârtie. Își cumpărase un carnet liniat și un pix, și de câte ori avea un răgaz se așeza undeva, oriunde, și scria și scria, și scria tot ceea ce-i venea în minte. Phin legat de o țeavă în camera lui, adulții morți, camioneta așteptând în umbră cu motorul pornit și drumul lung prin noapte, tăcerea ca de după explozia unui obuz, apoi așteptarea, așteptarea ca lucrul acela să se întâmple, dar nu s-a întâmplat, și acum, după douăzeci și patru de ani, tot îl mai așteaptă, și e atât de aproape, încât îi poate simți gustul pe limbă.

Aceasta era povestea pe care o scria iar și iar. O scria și apoi rupea foile din carnet, le mototolea într-un ghemotoc și le arunca la coș, în mare, într-o curte interioară jilavă. Le dădea foc sau le uda, sau le rupea în bucățele. Dar avea nevoie să scrie, astfel încât să construiască o poveste în locul adevărului despre viața ei.

În tot acest timp, adevărul îi făcea nervii să vibreze, îi strângea stomacul, îi bubuia în inimă, o bântuia în vise, o îngrețoșa la trezire și-o împiedica să adoarmă seara.

Ştiuse mereu că singurul lucru care ar fi adus-o înapoi la Londra, în locul acela unde se întâmplaseră atâtea lucruri cumplite, era bebeluşul.

Dar unde e? A fost aici, asta e clar. A găsit dovezi ale unei prezenţe recente. Sunt băuturi în frigider, pahare murdare în chiuvetă, plus spărtura din uşa din spate.

Acum, tot ce are de făcut este să aştepte ca bebeluşul să se întoarcă.

43

Următorul lucru care s-a întâmplat a fost că mama a rămas însărcinată.

Ei bine, nu se punea problema ca bebelușul să fie al tatei. Tata abia dacă se putea ridica din fotoliu. Iar anunțul, atunci când s-a făcut, nu m-a surprins câtuși de puțin, deoarece îmi devenise deja oribil de limpede că mama era obsedată de David.

O văzusem în prima seară retrăgându-se din fața lui, și știusem că o făcea pentru că era atrasă de el. Și văzusem că atracția inițială se transformase în pasiune pe măsură ce tata slăbea, iar influența lui David devenea mai puternică. Vedeam că mama căzuse sub vraja lui David, că era gata să sacrifice totul pentru el și aprobarea lui, inclusiv propria familie.

Mai târziu am observat și alte lucruri.

Am auzit uși deschizându-se și închizându-se la ore târzii din noapte. Am văzut o roșeață pe gâtul mamei, am simțit momente încărcate de tensiune, am auzit șoapte pătimașe, am adulmecat mirosul lui în părul ei. Am văzut-o pe Birdie privind-o pe mama cu atenție, am văzut ochii lui David zăbovind pe niște părți din trupul mamei care n-ar fi trebuit să-l intereseze. Orice se întâmpla între mama și David era animalic și viu și se răspândea în toate colțurile casei.

Anunțul s-a făcut la fel ca toate anunțurile, la cină. David a fost cel care ne-a dat vestea, desigur, și în momentul acela stătea între Birdie și mama ținându-le pe amândouă de mână. Era atât de mândru, atât de mulțumit de sine, încât aproape că puteai să-i vezi sângele pulsându-i sub epidermă. Ce tip! Două puicuțe dintr-o lovitură, iar acum și-un ou la clocit. Ce tip!

Sora mea a început să plângă, iar Clemency a fugit de la masă. Peste câteva clipe am auzit-o vomitând la toaletă.

Mă holbam îngrozit la mama. Deși vestea nu mă surprindea întru totul, eram uimit că fusese de acord să fie anunțată atât de public, cu un asemenea entuziasm. Ar fi trebuit să se gândească, fără îndoială, că o discuție între patru ochi ar fi fost o modalitate mai bună de a-și înștiința copiii. Nu era deloc jenată? Nu-i era rușine?

Se pare că nu. A luat-o de mână pe sora mea și i-a spus:

– Draga mea, întotdeauna ai vrut un frățior sau o surioară!

– Da. Dar nu așa! Nu așa!

Sora mea a avut întotdeauna o aplecare spre dramatism, dar de data asta nu pot spune că o condamnam.

– Și tata? am murmurat deznădăjduit.

– Tata știe, mi-a spus mama luându-mă și pe mine de mână. Tata înțelege. Tata vrea să fiu fericită.

David stătea între Birdie și mama și ne privea atent. Îmi dădeam seama că, lăsând-o să ne aline, pur și simplu îi făcea un hatâr mamei. Nu-i păsa nici cât negru sub unghie de părerea noastră despre el și despre fapta lui respingătoare de-a o penetra și lăsa gravidă pe mama noastră. Nu-i păsa de nimic altceva în afară de el însuși.

M-am uitat la Birdie. În mod bizar, avea un aer triumfător, de parcă acesta ar fi fost rezultatul unui plan măreț născocit de ea.

– Nu pot să fac copii, a zis, ca și când mi-ar fi citit gândurile.

– Deci ce-i mama? m-am trezit vorbind pe un ton cam ridicat. Un incubator uman?

David a oftat. Și-a atins buzele cu partea laterală a degetului, un gest pe care-l făcea adesea și care mă enervează și acum la alții.

– Familia asta are nevoie de un nucleu, a spus el. De o inimă. De o rațiune. Casa asta are nevoie de un bebeluș. Extraordinara voastră mamă face asta pentru noi toți. Este o zeiță.

Birdie l-a aprobat dând din cap cu înțelepciune.

În acel moment, Clemency s-a întors de la baie; era pământie la față și părea să se simtă rău. S-a trântit pe scaun posomorâtă.

– Scumpo, i-a zis David. Încearcă să privești lucrurile din alt unghi. Asta va reuni familiile noastre. Voi patru veți avea un frățior sau o surioară în comun. Două familii unite, a încheiat el întinzându-se s-o ia de mână.

Sora mea a izbucnit iarăși în plâns; Clemency și-a tras mâna, cu pumnul strâns.

– Pentru numele lui Dumnezeu, ar fi cazul să vă maturizați! s-a răstit Birdie exasperată.

L-am văzut pe David aruncându-i o privire severă, pe care ea i-a întors-o sfidătoare, azvârlindu-și în spate coama impresionantă.

– O să vă ia câteva zile să vă obișnuiți cu ideea. Înțeleg, ne-a spus David. Dar trebuie să aveți încredere în mine. Am ajuns la un punct de cotitură în viața noastră. Bebelușul acesta o să fie viitorul comunității noastre. Bebelușul acesta va fi totul.

Mama s-a mărit într-un hal pe care nu-l credeam posibil. Ea, care fusese întotdeauna atât de zveltă, cu şoldurile fine şi talia lungă şi îngustă, era dintr-odată cea mai rotundă persoană din casă. Era hrănită tot timpul şi nu avea voie să facă nimic.

Se părea că „bebeluşul" avea nevoie de o mie de calorii suplimentare pe zi; în timp ce noi ciuguleam fără chef din orezul indian cu ciuperci şi supa de morcovi, mama se îndopa cu spaghetti şi mousse de ciocolată. Am menţionat deja cât de slabi eram acum cu toţii? Nu că vreunul dintre noi ar fi fost supraponderal la început, în afară de tatăl meu. Însă eram de-a dreptul emaciaţi atunci când mama fusese pusă la îngrăşat ca o capră destinată sacrificării. La aproape cincisprezece ani încă purtam hainele care-mi veneau cu patru ani în urmă. Clemency şi sora mea arătau de parcă ar fi suferit de anorexie, iar Birdie era cât o nuieluşă. Să vă vând un pont: mâncarea vegană trece glonţ prin tine, nimic nu se depune. Dar atunci când hrana aceea ţi-e dată în porţii meschine şi ţi se spune permanent să nu dai dovadă de lăcomie cerând supliment, când un bucătar urăşte untul, aşa că nu e niciodată destulă grăsime (şi copiii trebuie să mănânce grăsime), altul urăşte sarea, deci felurile n-au nici un gust, iar un altul refuză să mănânce grâu pentru că-i umflă stomacul ca pe un balon, deci nu e niciodată destul amidon şi nu te saturi niciodată, ei bine, rezultatul este un grup de oameni foarte slabi, subnutriţi.

La scurt timp după descoperirea cadavrelor, când jurnaliştii roiau în jurul casei cu microfoane şi camere de luat vederi, o vecină a apărut la ştiri minunându-se de cât de slabi arătam cu toţii.

– M-am întrebat, a zis vecina (pe care n-o mai văzusem în viaţa mea), dacă erau trataţi aşa cum se cuvine. M-am îngrijorat puţin. Erau cu toţii atât de slabi! Dar nu e bine să-ţi vâri nasul unde nu-ţi fierbe oala, nu?

Nu, misterioasă vecină, sigur că nu e bine.

În timp ce noi ne ofileam, mama căpăta proporții tot mai mari. Birdie i-a făcut niște tunici dintr-o stofă neagră de bumbac pe care o cumpărase în baloturi cu câteva luni în urmă, la reduceri, ca să facă sacoșe pe care să le vândă la Camden Market. Vânduse nici mai mult, nici mai puțin decât două bucăți înainte de a fi alungată de alți vânzători care aveau autorizație să țină un stand, și renunțase instantaneu la proiect. Dar acum cosea cu fervoare, disperată să fie parte integrantă din ceea ce i se întâmpla mamei. În curând, și David, și Birdie au început să se îmbrace în tunici negre. Și-au donat toate celelalte haine unor asociații caritabile. Arătau absolut ridicol.

Ar fi trebuit să ghicesc că n-avea să treacă mult timp până să ni se ceară să ne îmbrăcăm și noi așa.

Într-o zi, Birdie a intrat în camera mea cu niște saci de gunoi.

– Ne donăm toate hainele, mi-a zis. Sunt oameni care au nevoie de ele mult mai mult decât noi. Am venit să te ajut să le împachetezi.

În retrospectivă, e incredibil cât de ușor am capitulat. Nu mi-am însușit niciodată etosul lui David, însă mă temeam de el. Îl văzusem trântindu-l pe Phin pe jos în fața casei în acea noapte cumplită din urmă cu un an. Îl văzusem lovindu-l. Știam că era capabil de alte lucruri, mai grave. Și mă temeam la fel de tare de Birdie. Ea era cea care dezlănțuise monstrul dinlăuntrul lui. Prin urmare, deși adesea mă plângeam sau bombăneam, nu refuzam niciodată să îndeplinesc instrucțiunile. Așa se face că, într-o după-amiază de marți de la sfârșitul lui aprilie, m-am trezit golindu-mi sertarele și comodele în niște saci de gunoi; adio blugii mei preferați, adio hanoracul acela drăguț de la H&M

pe care mi-l dăduse Phin când îi spusesem că-mi plăcea. Adio tricouri, pulovere și pantaloni scurți.

– Dar ce-o să port pe-afară? am întrebat-o. Nu pot să ies în pielea goală.

– Uite, mi-a zis întinzându-mi o tunică neagră și niște colanți negri. De acum înainte o să ne îmbrăcăm cu toții așa. E perfect rezonabil.

– Nu pot să ies așa! am exclamat îngrozit.

– Păstrăm hainele mai groase. Nu c-ai ieși vreodată, oricum.

Era adevărat. Devenisem un pustnic. Cu toate „regulile gospodăriei", interdicția de a merge la școală și faptul că n-aveam unde să mă duc, rareori ieșeam din casă.

Am luat tunica și colanții și i-am strâns la piept. Birdie m-a privit cu subînțeles.

– Haide, dă-mi și restul.

M-am uitat în jos. Se referea la hainele cu care eram îmbrăcat.

– Pot să am un pic de intimitate? i-am zis oftând.

M-a privit cu suspiciune, dar s-a întors să plece. S-a oprit în prag ca să-mi mai spună:

– Grăbește-te, sunt ocupată!

M-am dezbrăcat cât am putut de repede și mi-am împăturit hainele într-un teanc.

– Pot să-mi păstrez lenjeria? am strigat prin ușă.

– Da, sigur că poți, mi-a răspuns ea nerăbdătoare.

Mi-am tras pe mine tunica și colanții și m-am uitat în oglindă. Arătam ca un călugăr foarte mic și foarte slab. Mi-am înăbușit dorința de a râde în hohote. În clipa următoare m-am repezit să scotocesc prin sertare până când am găsit ceea ce căutam. Era bolo-ul pe care-l cumpărasem la Kensington Market cu doi ani în urmă. Nu-l purtasem niciodată, dar nu suportam gândul că n-aveam s-o fac nici în viitor. L-am strecurat sub saltea, lângă cărțile de vrăjitorie ale lui Justin și lăbuța lui de iepure, după care am deschis ușa și i-am întins hainele împăturite lui Birdie.

– Bravo. O clipă a părut că voia să mă mângâie pe cap, dar în loc de asta a zâmbit și a repetat: Bravo!

Am rămas pe loc; cum părea să aibă un moment de slăbiciune, mă întrebam dacă n-aș fi putut să-i adresez întrebarea care mă rodea de ceva timp. Am tras aer în piept, apoi i-am dat drumul:

– Nu ești geloasă? Nu ești geloasă în privința bebelușului?

Preț de o fracțiune de secundă, în fața mea s-a aflat o femeie distrusă. Am avut impresia că puteam să văd până în interiorul ei, până în gălbenușul moale din centru. În cele din urmă a tresărit și și-a recăpătat stăpânirea de sine.

– Sigur că nu. David vrea un bebeluș. Îi sunt recunoscătoare mamei tale pentru că i-l oferă.

– Dar pentru asta n-a fost nevoie să facă... sex?

Eram sigur că nu mai pronunțasem niciodată cuvântul „sex"; am simțit cum roșeam până în vârful urechilor.

– Ba da, mi-a răspuns ea cu afectare. Bineînțeles.

– Dar e iubitul tău!

– Partenerul, m-a corectat ea. E partenerul meu, n-am nici un drept de proprietate asupra lui. Tot ce contează e să fie fericit.

– Da, am zis gânditor. Dar unde-i fericirea ta în toată povestea asta?

N-a făcut nici un comentariu.

Sora mea împlinise treisprezece ani la câteva zile după anunțul legat de sarcina mamei. Aș spune, deși nu e neapărat domeniul meu de competență, că înflorea, transformându-se într-o fată foarte drăguță. Era înaltă, ca mama, iar acum, la un an de la instituirea regulii de interzicere a tunsorii, pletele negre îi ajungeau până la talie; spre deosebire de părul lui Clemency și al lui Birdie, care era rar și înspicat, al ei era des și lucios. Era slabă, ca noi toți, dar avea o siluetă bine conturată. Îmi pot imagina (nu c-aș fi petrecut prea mult timp făcând asta, vă asigur) că, dacă ar mai fi pus vreo cinci-șase kilograme, ar fi arătat trăsnet. Pe deasupra, avea trăsături interesante, cu un farmec diabolic care începea să transpară de sub fața copilăroasă cu care eram obișnuit. Era aproape frumoasă.

Menționez toate aceste detalii nu pentru că aș crede că trebuie să-mi cunoașteți opinia despre înfățișarea surorii mele, ci pentru că s-ar putea să vă imaginați o fetiță. Nu mai era o fetiță.

Era, atunci când s-a petrecut următorul incident, foarte aproape de a deveni femeie.

44

Libby soseşte la serviciu gâfâind; a întârziat două minute la întrevederea cu Cerian Tahany. Cerian este un DJ local şi o celebritate de mâna a doua care cheltuie cincizeci de mii de lire pe o bucătărie nouă, şi de fiecare dată când intră în showroom stârneşte rumoare. În mod normal, Libby s-ar fi pregătit cu toată sârguința, ar fi avut toate actele gata, cafetiera în funcțiune, şi-ar fi verificat ținuta în oglindă, ar fi mâncat o bomboană mentolată şi şi-ar fi netezit fusta. Astăzi, Cerian e deja aşezată şi-şi scrutează intens telefonul când Libby îşi face apariția.

– Îmi pare atât de rău! Mii de scuze!

– Nici o problemă, îi spune Cerian închizându-şi telefonul şi punându-l în geantă. Să ne punem pe treabă, OK?

O oră încheiată, Libby n-are timp să se gândească la evenimentele din ultima zi. Nu se poate gândi decât la blaturi din marmură de Carrara, sertare pentru tacâmuri, hote şi comparația între corpurile de iluminat din cupru şi cele emailate. Îi place la nebunie să vorbească despre bucătării. Se pricepe la bucătării. Discuția se încheie brusc, iar Cerian îşi pune ochelarii de citit la loc în poşetă şi o îmbrățişează pe Libby în semn de rămas-bun; când pleacă, electricitatea din showroom se disipează şi toți sunt cumva dezumflați.

Dido o cheamă în biroul ei.

– Ia zi, îi spune desfăcând o doză de Diet Coke. Ce dracu' s-a întâmplat?

Libby clipește des, încercând să-și adune ideile.

– Nu sunt sigură. Totul a fost complet aiurea.

Îi povestește cum au dat peste Phin la mansardă și cum au traversat Tamisa pe Podul Albert până la apartamentul lui uluitor din Battersea, cu vedere directă spre casa ei. Îi spune ce-și poate aminti din expunerea pe care le-a făcut-o Phin pe terasă. În fine, îi relatează scena de dimineață, când s-a trezit cu capul la picioarele lui Miller într-un pat dublu uriaș.

– Ei bine, puteam să-ți zic și eu că aici o să se ajungă.

Libby o privește nedumerită.

– Poftim?

– Tu și cu Miller. Aveți o legătură.

– N-avem nici o legătură.

– Ba da, crede-mă. Mă pricep de minune la chestiile astea. Am prezis trei nunți practic înainte ca perechile să se fi întâlnit. Serios.

Libby îi alungă supozițiile cu o fluturare a mâinii.

– Băuserăm și ne-am vârât în pat cu hainele pe noi. Azi-dimineață ne-am trezit tot cu hainele pe noi. A, și are un tatuaj! Eu nu suport tatuajele.

– Credeam că în zilele noastre nu mai e nimeni care să nu suporte tatuajele.

– Ei bine, eu mă număr printre aceste persoane alese. Îi vibrează telefonul, așa că se uită la el. Vorbeam de lup, exclamă, văzând numele care se afișează pe ecran. Salut, Miller!

– Ascultă, începe el nerăbdător. Ceva ciudat. Am încercat să deschid fișierul de aseară, înregistrarea poveștii lui Phin. A dispărut.

– A dispărut?

– Da. A fost ştearsă.

– Unde eşti?

– La o cafenea din Victoria. Voiam să mă apuc s-o transcriu, dar nu mai e acolo.

– Dar... dar eşti sigur c-o aveai? Poate că n-ai apăsat pe butonul de înregistrare...

– Bineînţeles c-am apăsat pe buton! Ţin minte c-am verificat azi-noapte, am ascultat-o. Era acolo. Chiar schimbasem numele fişierului.

– Deci crezi că...?

– Trebuie să fi fost Phin. Credeai că avuseseşi telefonul cu tine când ai venit la culcare, ţii minte? Ei bine, şi eu. Şi telefonul meu are sistem de recunoaştere a amprentei. Ce vreau să spun e că a venit în camera noastră în timp ce dormeam şi mi-a deschis telefonul *folosindu-mi degetul mare*, fără să mă trezească. Şi l-a luat şi pe-al tău. După care ne-a încuiat. Şi nu e doar atât. L-am căutat pe Google. Phin Thomsen. Nici urmă de el în tot internetul. Am căutat apartamentul în care stă. E închiriat prin Airbnb. Potrivit site-ului, e ocupat încă de la mijlocul lui iunie. Practic, de...

– De la ziua mea.

– De la ziua ta. Miller oftează trecându-şi mâna prin barbă, apoi reia: N-am nici o idee cine e tipul ăsta. Dar e îngrozitor de dubios.

– Povestea pe care ne-a spus-o. Ţi-o poţi aminti? Destul cât să putem scoate adevărul la lumină?

Miller cade pe gânduri câteva clipe.

– E confuză, spune într-un final. Mi-o amintesc în cea mai mare parte, dar spre sfârşit intră în ceaţă.

– La fel şi pentru mine. Confuzie totală. Şi am dormit...

– Ca dusă de pe lume, completează el.

– Şi toată ziua m-am simţit...

– Foarte, foarte ciudat.

– Foarte ciudat, aprobă ea.

– Şi încep să mă gândesc...

– Da, şi eu. Cred că ne-a drogat. Dar de ce?

– Asta nu ştiu. Dar ar trebui să-ţi verifici telefonul. Ai un cod de acces?

– Da.

– Care?

Libby suspină. Umerii i se lasă a înfrângere.

– E ziua mea de naştere.

– Aha, face Miller. Oricum, verifică-ţi telefonul, caută orice detaliu nelalocul lui. Ar fi putut să-ţi lase ceva, cum ar fi un program de spionaj.

– Poftim?

– Naiba ştie. Tipul e ciudat rău. Tot ce s-a petrecut azi-noapte a fost ciudat rău. A intrat prin efracţie în casa ta. Ne-a drogat...

– *E posibil* să ne fi drogat.

– E posibil să ne fi drogat. Ce ştim cu certitudine e că s-a strecurat în camera noastră în timp ce dormeam, mi-a folosit amprenta ca să-mi deschidă telefonul, l-a luat pe al tău din poşetă şi ne-a încuiat înăuntru. Individul ăsta e capabil de orice.

– Ai dreptate, murmură ea. O să-l verific. În definitiv, poate că ascultă chiar acum ce vorbim.

– Nu-i exclus. Şi, amice, dacă tragi cu urechea, află că suntem pe urmele tale, javră scârboasă! Miller respiră adânc, încercând să se calmeze, apoi îi spune lui Libby: Trebuie să ne revedem curând. Am făcut cercetări despre Birdie Dunlop-Evers. Are o poveste interesantă. Şi am aflat mai multe despre celălalt tip care a locuit aici, Justin, iubitul lui Birdie. Când eşti liberă?

Pulsul lui Libby se înteţeşte la gândul că povestea se apropie de deznodământ.

– În seara asta, îi spune pe nerăsuflate. Adică, de ce nu... Se uită la Dido, care o privește cu atenție. De ce nu acum?

Întrebarea i-a fost adresată lui Dido, care aprobă din cap energic și-i ordonă pe mutește: „Du-te, du-te!" Fără să mai stea pe gânduri, propune:

– Am putea să ne vedem acum.

– La cafeneaua noastră?

Libby știe exact la ce local se referă.

– Da, la cafeneaua noastră. Pot fi acolo într-o oră.

Dido continuă s-o privească după ce închide.

– Știi, ar fi un moment potrivit să-ți iei concediu.

– Dar... face Libby strâmbându-se.

– Dar nimic. Mă ocup eu de soții Morgan și de Cerian Tahany. O să le zic că ești bolnavă. Toată povestea asta e mult mai importantă decât bucătăriile.

Libby deschide gura ca să ia apărarea bucătăriilor. Bucătăriile *sunt* importante. Bucătăriile îi fac pe oameni fericiți. Oamenii au nevoie de bucătării. Bucătăriile și oamenii care le cumpără au fost viața ei în ultimii cinci ani. Dar știe că Dido are dreptate. Prin urmare, se mărginește să spună:

– Mersi, Dido.

Apoi își face ordine pe birou, răspunde la două mesaje noi, își setează contul de e-mail să răspundă automat și pornește spre gară.

45

În mai 1992, casa noastră se transformase în ceva monstruos. Lumea exterioară, plină cu carnivori, gaze de eşapament şi microbi care nu puteau fi combătuţi doar prin exerciţii epuizante şi ierburi, avea să ucidă fără nici o îndoială preţioasa odraslă a lui David. Prin urmare, nimeni n-avea voie să iasă afară. Legumele ne erau livrate săptămânal, iar în cămară se aflau destule leguminoase, seminţe şi boabe ca să ne hrănim cel puţin cinci ani.

Într-o zi, cu puţin timp înainte ca eu să împlinesc cincisprezece ani, David ne-a ordonat tuturor să ne predăm încălţările.

Încălţările noastre.

După cât se părea, chiar şi încălţările care nu erau făcute din animale moarte erau foarte, foarte nocive, deoarece simbolizau trotuarele murdare şi drumurile triste până la nişte birouri malefice unde oamenii făceau încă şi mai mulţi bani pe care să-i reverse asupra celor deja bogaţi, lăsându-i pe săraci în ghearele privaţiunilor fabricate de guvern. Săracii din India nu purtau pantofi; prin urmare, nici noi nu trebuia să purtăm. Toţi pantofii noştri au fost adunaţi într-o cutie de carton care a fost lăsată în faţa celui mai apropiat magazin de caritate.

Din ziua în care David ne-a luat încălțările până în noaptea evadării noastre, doi ani mai târziu, nimeni n-a mai pus piciorul în afara casei.

46

Miller mănâncă atunci când Libby intră în cafeneaua de pe West End Lane.

– Ce-i asta? îl întreabă în timp ce-și agață geanta de spătar și se așază.

– Wrap cu pui și chorizo, îi explică el ștergându-și puțin sos de la colțul gurii. E delicios. Absolut delicios.

– E ora patru. Ce masă e asta?

El cugetă o vreme înainte să răspundă.

– Un prânz tardiv? Sau o cină timpurie? Prină? Cinz? Tu ai mâncat?

Libby clatină din cap. N-a mâncat de azi-dimineață, când Phin le-a oferit micul dejun pe terasă, și nici n-a simțit nevoia.

– Nu mi-e foame.

Cu o ridicare a umerilor, jurnalistul mai ia o îmbucătură de wrap.

Libby comandă niște ceai și-l așteaptă să termine de mâncat.

Apetitul lui are ceva atrăgător, se gândește uimită. Mănâncă pe deplin concentrat, de parcă n-ar vrea să facă nimic altceva.

În cele din urmă, Miller își deschide laptopul, tastează ceva, apoi îl întoarce cu fața spre ea.

– Te invit să faci cunoștință cu Birdie Dunlop-Evers. Sau Bridget Elspeth Veronica Dunlop-Evers, ca să-i dau numele complet. Născută în Gloucestershire în aprilie 1964. S-a mutat la Londra în 1982 și a studiat vioara la Royal College of Music. O vreme a cântat pe stradă ca să facă bani, apoi a intrat într-o trupă pe nume Green Sunday împreună cu iubitul ei de atunci, Roger Milton. Întâmplător, Roger Milton a devenit ulterior solistul celor de la The Crows.

O privește așteptând o reacție, însă pe chipul ei nu transpare nimic.

- Sunt cunoscuți?

Miller își dă ochii peste cap.

- Nu contează. Oricum, tipa cântă la vioară pe ici, pe colo timp de câțiva ani până când e primită într-o trupă intitulată The Original Version. Se combină cu un anume Justin Redding, pe care-l aduce în formație pe post de baterist. Potrivit interviurilor din epocă, era foarte autoritară. Nimeni n-o plăcea. Au cunoscut succesul cu piesa aia în vara lui 1988, după care au mai scos un single cu ea și Justin, dar când n-a reușit să urce în topuri Birdie a dat vina pe toți ceilalți, a făcut o criză de nervi și a plecat, luându-l pe Justin cu ea. Și așa se încheie povestea vieții lui Birdie Dunlop-Evers. Pe internet nu mai apare nimic altceva. Doar...

Face un gest prin care imită căderea de pe o stâncă.

- Și părinții ei?

- Nimic. Erau opt copii, dintr-o familie catolică de vază. Părinții ei trăiesc încă, din cât se pare - cel puțin n-am găsit nimic care să sugereze c-ar fi murit -, și sunt *zeci* de mici snobi Dunlop-Evers care cântă la instrumente muzicale și dețin firme de livrare a produselor vegane la domiciliu. Totuși, nu se știe din ce motiv, familia ei n-a băgat de seamă sau pur și simplu nu i-a păsat că a patra lor fiică a dispărut de pe fața pământului în 1994.

- Şi iubitul ei? Justin?

- Nimic. Sunt vreo două menţiuni despre el din timpul scurtei colaborări la cele două single-uri scoase de Original Version, dar nimic altceva.

Libby cade pe gânduri. Cum e posibil ca nişte oameni să cadă de pe marginea existenţei în felul acesta? Cum e posibil ca nimeni să nu observe?

Miller întoarce laptopul spre el şi tastează iarăşi ceva.

- După aceea m-am ocupat de Phin. Am luat legătura cu proprietarul de pe Airbnb, căruia i-am zis că investighez o crimă şi am nevoie de numele ultimei persoane care a închiriat apartamentul. A fost foarte amabil, în mod clar ideea unei anchete îl entuziasma. Justin Redding.

Libby cască ochii cât cepele.

- Poftim?

- Phin, sau oricine o fi fost tipul, a folosit numele fostului iubit al lui Birdie ca să se cazeze prin Airbnb.

- Aha. Uau!

- Nu-i aşa? Miller mai tastează ceva, apoi spune: Şi ultima, dar nicidecum cea din urmă, ţi-o prezint pe Sally Radlett.

Întoarce iarăşi ecranul spre ea. E o femeie trecută de vârsta mijlocie, cu părul argintiu tuns castron, ochelari cu rame din corn, ochi albaştri apoşi, un zâmbet vag, o bluză bleu descheiată la primii doi nasturi, tenul palid, trăsături care sugerează că pe vremuri a fost frumoasă. Sub fotografie se poate citi: „Instructor şi terapeut pentru viaţă. Penreath, Cornwall".

- Oraşul corect. Vârsta corectă. Domeniu de activitate plauzibil - „terapeut pentru viaţă", auzi şi tu! Genul de chestie de doi bani la care era firesc să ajungă Sally Thomsen, nu? O priveşte triumfător. Ce părere ai? Ea e, nu-i aşa?

Libby dă din umeri.

– Păi, da, ar putea să fie.

– Și aici e adresa ei.

Miller arată spre ecran uitându-se la ea întrebător.

– Crezi c-ar trebui să mergem?

– Da.

– Când?

Miller ridică o sprânceană și, zâmbind, apasă pe un număr din telefon. Își drege glasul, apoi spune:

– Bună ziua, sunteți Sally Radlett?

Libby aude o voce confirmând. La fel de brusc cum a inițiat apelul, Miller îi pune capăt, după care își înalță ochii spre ea.

– Acum?

– Dar... E pe cale să caute un motiv pentru care nu poate pleca acum, dar își aduce aminte că n-are nici unul. Am nevoie să fac un duș, reușește să spună.

Cu același zâmbet pe chip, Miller trage spre el laptopul și începe să tasteze.

– Pensiune? Sau Premier Inn?

– Premier Inn.

– Perfect. Din câteva clicuri a rezervat două camere la hotelul Premier Inn din Truro. Poți să faci duș când ajungem. Își închide laptopul, îl scoate din priză și-l vâră în husă. Gata?

Perspectiva de a petrece restul zilei cu el îi trezește lui Libby un entuziasm surprinzător.

– Gata!

47

Am hotărât că bebelușul pe cale să vină pe lume era sursa tuturor necazurilor noastre. Vedeam cum mama se îngrășa, pe când noi eram tot mai slabi. Și-l vedeam pe David înfoindu-și coada și umblând țanțoș de colo colo. De câte ori mama mai lua un kilogram, de câte ori fătul dădea din picioare în burta ei, David mai punea un strat de mândrie absolut dezgustătoare.

Încercam să mă agăț de ceea ce-mi spusese Phin în ziua când fuseserăm la Kensington Market, că David fusese alungat din ultima casă în care se infiltrase și voise să preia controlul. Încercam să-mi imaginez ce umilință fusese pentru el când gazdele lui îl prinseseră la furat. Încercam să nu uit că bărbatul care apăruse lefter și fără adăpost la ușa noastră cu patru ani în urmă era același cu bărbatul care se plimba acum prin casa mea ca un curcan umflat în pene.

Nu suportam gândul că bebelușul acela avea să se nască. Știam că David avea să-l utilizeze pentru a-și consolida poziția de zeu al micului nostru univers deformat. Dacă bebelușul n-ar fi existat, mama ar fi putut să se oprească din mâncatul permanent și am fi putut să aducem iarăși microbi în casă. Mai important, n-ar mai fi fost absolut nici un motiv ca să mai avem ceva de-a face cu David Thomsen. N-ar mai fi fost nimic care să ne lege.

Știam ce trebuia să fac, și asta nu mă pune într-o lumină prea bună. Dar eram un copil. Eram disperat. Încercam să ne salvez pe noi toți.

Substanțele au fost surprinzător de lesne de administrat. M-am asigurat că mama va primi o cantitate cât mai mare cu putință. I-am făcut ceaiuri de plante și sucuri de legume. Am pus în tot ce-i dădeam elementele enumerate în capitolul intitulat „Întreruperea pe cale naturală a sarcinilor nedorite" din cartea lui Justin. Tone de pătrunjel, scorțișoară, pelin, semințe de susan, mușețel și ulei de luminițe.

Când îi dădeam un pahar de suc, mă mângâia pe mână și-mi spunea:

– Ești un băiat atât de bun, Henry! Sunt binecuvântată că te am să-mi porți de grijă!

Eu mă îmbujoram fără să răspund, deoarece în unele privințe chiar îi purtam de grijă. Făceam totul ca să distrug lanțurile care o țineau legată de David. În alte privințe însă, nu-i purtam deloc de grijă.

Într-o zi, când era însărcinată cam în cinci luni și bebelușul era cât se poate de real, începuse să dea din picioare și să se foiască prin burta ei, mama a venit la parter. Am auzit-o vorbind în bucătărie cu Birdie.

– Copilul nu s-a mișcat azi deloc, i-a spus.

Tensiunea a crescut pe parcursul zilei; aveam o greutate de plumb în stomac, deoarece știam ce urma.

Bineînțeles, n-au chemat nici un doctor, nici prin gând nu le-a trecut s-o ducă la urgențe. David Thomsen era, se pare, și un ginecolog ultraspecializat, pe lângă toate celelalte calități ale lui. S-a ocupat el de tot, trimițându-i pe ceilalți să aducă prosoape, apă și tincturi homeopatice inutile.

A durat cinci zile până când bebelușul mort a ieșit din trupul mamei.

Mama a urlat ore în șir. Stătea în camera ei cu David, Birdie și bebelușul, tânguindu-se de se auzea în toată casa. Noi, cei patru copii, ne-am adunat tăcuți la mansardă, incapabili să înțelegem ce se întâmplase de fapt.

În cele din urmă, în seara acelei zile, mama a adus bebelușul la parter înfășat într-un șal negru. David i-a săpat un mormânt în capătul grădinii, și trupul mititel a fost îngropat pe întuneric, cu lumânări aprinse de jur împrejur.

În noaptea aceea m-am hotărât să stau de vorbă cu tata. M-am așezat în fața lui și i-am zis:

- Știai că bebelușul a murit?

Mă privea fix. Știam că nu-mi putea răspunde, pentru că nu putea vorbi. Totuși, mă gândeam c-aș fi putut găsi în ochii lui ceva care să-mi sugereze ce credea el despre cele întâmplate. Însă n-am văzut acolo decât teamă și tristețe.

- Era un băiețel, i-am spus. L-au botezat Elijah. Îl îngroapă chiar acum, în curtea din spate. Cum continua să mă privească, am insistat: Până la urmă, poate e mai bine așa, nu crezi?

Căutam o absolvire a păcatelor. Am decis să-i interpretez tăcerea drept aprobare.

- Vreau să zic, probabil c-ar fi murit oricum, nu-i așa? Fără asistență medicală. Sau, chiar mai rău, mama ar fi putut să moară. Deci, știi tu, poate c-a fost mai bine așa. M-am uitat la imaginea mea reflectată în geamul din spatele lui. Arătam tânăr și nechibzuit. Era foarte mic, am adăugat.

Vocea mi s-a înecat la acest ultim cuvânt. Bebelușul fusese atât de mic, ca o păpușă ciudată. Mă duruse sufletul la vederea lui. Frățiorul meu.

– Oricum, asta s-a întâmplat. Presupun că în zilele următoare toată lumea o să încerce să revină la normal.

Tocmai asta era problema. Nu era nimic normal. Viața tatei nu era normală. Existența noastră nu era normală. Bebelușul dispăruse, dar eu tot n-aveam încălțări. Bebelușul dispăruse, dar tata tot stătea în fotoliu toată ziua, uitându-se la perete. Bebelușul dispăruse, dar n-aveam nici școală, nici vacanțe, nici prieteni, nici contacte cu lumea exterioară.

Bebelușul dispăruse, dar David Thomsen era tot acolo.

48

Este ora nouă. Lucy și copiii s-au instalat pentru noapte în dormitorul părinților ei. Pereții încăperii dansează în lumina lumânărilor. Stella doarme deja, cu câinele ghemuit în spatele genunchilor.

Lucy deschide o cutie de gin tonic. Marco deschide o cutie de Fanta. Ciocnesc și-și urează noroc la Londra.

– Deci, îi spune el în șoaptă. Ai de gând să-mi povestești despre bebeluș?

– Of! suspină ea acoperindu-și fața cu mâinile. Nu știu. Totul e atât de...

– Spune-mi. Te rog.

– Mâine, îi promite Lucy înăbușindu-și un căscat. O să-ți povestesc mâine.

Peste câteva minute Marco adoarme în fine, astfel că Lucy e singura trează în casa asta blestemată unde a jurat că n-o să se mai întoarcă în viața ei. Mută cu mare grijă capul băiatului din poala ei pe pernă și se ridică să privească de la fereastră apusul reflectat în ferestrele blocurilor noi de pe partea cealaltă a fluviului. Pe vremuri nu erau acolo. Poate că dacă ar fi fost, cineva ar fi putut să-i vadă, cineva ar fi putut să știe, cineva ar fi putut să-i salveze și să-i scutească de viața mizerabilă pe care a trebuit s-o ducă.

*

Adoarme după trei dimineața. Mintea ei, care ore întregi a funcționat la turație maximă, refuzând cu încăpățânare să ia o pauză, a cedat brusc. Dintr-odată, Lucy e în lumea viselor.

Se trezește la fel de brusc. Se ridică în șezut, imitată de Marco. Telefonul îi spune că au dormit până târziu.

La etaj se aud pași.

Lucy acoperă mâna băiatului cu palma ei și-și duce vârful degetului la buze.

S-a făcut iar liniște, așa că începe să se destindă. Dar apoi zgomotul de pași și scârțâitul podelelor se aud iarăși.

– Mami...

Îl strânge de mână ca să-l liniștească, pe urmă coboară încet din pat și merge în vârful picioarelor până la ușă. Câinele, trezit și el, își înalță capul, se descolăcește de lângă trupul Stellei și vine după ea. Ghearele lui țăcănesc pe scândurile de lemn, așa că-l ia în brațe, sâsâindu-i să tacă atunci când îl simte că vrea să mârâie.

Marco e în spatele ei; îi poate auzi respirația întretăiată.

– Stai acolo, îi șoptește.

Mârâitul din gâtul lui Fitz se amplifică. La următorul scârțâit de deasupra, câinele răspunde cu un lătrat.

Zgomotul încetează.

Imediat după aceea se aude sunetul de pași, siguri și apăsați, coborând pe scara de lemn care duce la dormitoarele de la mansardă. Lucy nu mai respiră. Câinele reîncepe să latre, zbătându-se să scape din brațele ei. Se grăbește să închidă ușa, proptindu-se în ea cu toată greutatea trupului.

Stella s-a trezit; se uită la ușă cu ochi mari.

– Ce se întâmplă, mami?

– Nimic, scumpo, îi şopteşte ea. Nimic. Doar Fitz, care face prostii.

Uşa care dă spre palierul de la primul etaj scârţâie, apoi se închide cu un pocnet sonor.

Adrenalina îi străbate corpul cu o viteză incredibilă.

– E bebeluşul? întreabă Marco în şoaptă, cu ochii măriţi de spaimă.

– Nu ştiu. Nu ştiu cine e.

Paşii se deplasează pe palier, apoi se aude o răsuflare de cealaltă parte a uşii. Câinele tace cu urechile pe spate, dezvelindu-şi dinţii. Lucy întredeschide uşa, moment în care Fitz îi sare din braţe şi se năpusteşte prin crăpătură. Pe coridor e un bărbat, iar câinele latră şi se agită în jurul gleznelor lui. Când însă bărbatul îl priveşte zâmbind şi-i dă mâna să i-o miroasă, Fitz, potolit ca prin farmec, i-o amuşină, după care îl lasă să-l mângâie pe cap.

– Bună, Lucy, îi spune bărbatul. Ce câine drăguţ ai!

PARTEA A TREIA

49

Lungită pe cearşaf, Libby priveşte traversa violet-închis de la picioarele patului. Întotdeauna se simte foarte bine în camerele de hotel Premier Inn: le asociază cu petrecerile burlăcițelor, city-breakuri şi nunți în oraşe îndepărtate. Patul dintr-un Premier Inn este familiar şi liniştitor. Ar putea să stea aici toată ziua, dar are întâlnire cu Miller în hol la ora nouă. Aruncă o privire la ceasul de pe telefon. Opt şi patruzeci şi opt de minute.

Se dă jos din pat şi face un duş rapid.

Drumul de la Londra a fost lung, şi a aflat o mulțime de lucruri despre Miller în cele cinci ore pe care le-au petrecut împreună.

La douăzeci şi doi de ani a avut un accident de maşină după care a stat un an într-un cărucior cu rotile, făcând exerciții de reabilitare. În tinerețe a fost foarte suplu şi sportiv, dar n-a reuşit să-şi recapete fizicul atletic. Are două surori mai mari şi un tată gay şi a crescut la Leamington Spa. A studiat politica la universitate, unde şi-a cunoscut fosta soție, pe nume Matilda, Mati pe scurt. I-a arătat lui Libby o poză cu ea pe telefon. Era drăguță foc, cu părul roşu-închis, buze pline şi o tunsoare inegală, de hipsteriță, care ar fi arătat oribil la 99% dintre femei.

– De ce v-ați despărțit? În clipa următoare s-a grăbit să adauge: Dacă nu te superi că te întreb.

– Ah, din vina mea, i-a răspuns el ducându-și o mână la inimă. A fost cu totul și cu totul vina mea. Mi-am pus celelalte preocupări pe primul plan. Hobby-urile, prietenii, dar mai ales slujba. Și în primul rând – a zâmbit strâmb – articolul din *The Guardian*. Dar mi-am învățat lecția. N-o să mai acord niciodată prioritate muncii în detrimentul vieții personale. Și tu? Există vreun domn Libby pe undeva?

– Nu, i-a răspuns ea. Nu. E un proiect în derulare.

– Dar ești încă tânără!

– Da, a recunoscut Libby, dând uitării sentimentul apăsător că nu-i mai rămânea timp să-și atingă toate țelurile arbitrare. Așa e.

Își pune hainele pe care le-a purtat și ieri, iar la nouă și două minute e în hol, unde Miller o așteaptă deja. Nu s-a schimbat, nici n-a făcut duș, după cât se pare. Arată neîngrijit, exact ca un tip care n-a ajuns în patul lui de patruzeci și opt de ore. Totuși, aspectul lui șifonat și ciufulit are ceva atrăgător; Libby trebuie să reziste tentației de a-i aranja părul, de a-i îndrepta gulerul tricoului.

Desigur, Miller s-a înfruptat din excelentul mic dejun oferit după obicei de Premier Inn, iar acum își termină cafeaua. Văzând-o, îi zâmbește, își lasă jos ceașca și se îndreaptă împreună spre ieșire.

Cabinetul lui Sally e pe strada principală din Penreath, la etajul unei clădiri scunde de piatră care găzduiește la parter un centru de relaxare numit The Beach. Când Miller sună, îi răspunde o voce foarte tânără.

– Da?

– Bună ziua. O căutăm pe Sally Radlett.

– Îmi pare rău, dar are un client în momentul acesta. Vă pot ajuta?

Fata e blondă și palidă și are aceleași trăsături bine conturate ca Sally. Preț de o clipă Libby se gândește că trebuie să fie fiica ei, dar nu e posibil. Sally are cel puțin șaizeci de ani.

- Hm, nu, chiar trebuie să stăm de vorbă cu Sally, spune Miller.

- Aveți programare?

- Nu, din păcate. E o urgență.

Fata își îngustează ochii neîncrezătoare, apoi își îndreaptă privirea spre canapeaua Chesterfield din piele.

- Vreți să luați loc cât așteptați? Nu mai durează mult.

- Vă mulțumim frumos, îi răspunde Miller.

E o încăpere micuță; sunt destul de aproape de fată, care stă la biroul ei, ca să-i audă respirația.

Soneria telefonului sparge tăcerea stânjenitoare. Profitând de moment, Libby se întoarce spre Miller și-i șoptește:

- Și dacă nu e ea?

Dintr-odată, privindu-l, își dă seama că nu vede viața în același fel ca ea. E pregătit să constate că s-a înșelat; nu are mereu nevoie să știe ce-o să se întâmple în clipa următoare. Gândul de a trăi așa cum trăiește Miller i se pare ciudat de atrăgător.

Chiar atunci își face apariția o femeie înaltă într-o rochie gri cu mâneci scurte și sandale aurii. În timp ce-și ia rămas-bun de la un bărbat de vârstă mijlocie îi observă pe cei doi, așa că se întoarce spre fata de la birou.

- Lola?

- Domnii au solicitat o întrevedere de urgență, îi explică fata.

Revine spre ei cu un zâmbet nesigur.

- Bună ziua.

E limpede că nu-i place ca niște străini să dea buzna și să ceară întrevederi de urgență, dar Miller, nelăsându-se descumpănit, se ridică în picioare și spune:

– Sally, numele meu este Miller Roe. Aceasta este prietena mea, Libby Jones. Ați putea să ne acordați zece minute?

Ea se uită iarăși la fata pe nume Lola, care-i confirmă că următoarea programare e abia la unsprezece și jumătate. Îi invită în cabinet și închide ușa după ei.

Sala de consultații oferă intimitatea specifică stilului scandinav: o canapea de culoare deschisă cu o pătură croșetată aruncată cu aparentă neglijență deasupra, pereți zugrăviți în gri-deschis, birou și scaune albe. Pe pereți sunt expuse zeci de fotografii alb-negru.

– Așadar, ce pot să fac pentru dumneavoastră? îi întreabă.

Miller se uită la Libby, îndemnând-o să ia cuvântul. Ea se conformează:

– Am moștenit recent o casă. O casă mare. În Chelsea.

– În Chelsea? repetă Sally fără să pară interesată.

– Da. Pe Cheyne Walk.

– Aha, face Sally dând din cap o singură dată.

– La numărul șaisprezece.

– Da, da, spune ea cu nerăbdare în glas. Nu înțe... începe, dar se oprește brusc și-și îngustează ochii. Ah! Tu ești bebelușul!

Libby încuviințează din cap.

– Dumneavoastră sunteți Sally Thomsen?

Sally tace câteva clipe.

– Păi, tehnic, nu. Mi-am reluat numele de fată în urmă cu câțiva ani, când am deschis cabinetul ăsta. Nu voiam ca cineva să... Ei bine, am trecut printr-o perioadă dificilă și presupun că voiam s-o iau de la capăt. Dar da, am fost Sally Thomsen. Tonul îi devine înțepat când continuă: Nu vreau să fiu implicată în nimic, înțelegeți? Fiica mea m-a pus să jur că n-o să vorbesc niciodată despre casa din Chelsea. Niciodată. Ani de zile a suferit de un sindrom posttraumatic după tot ce s-a întâmplat acolo, chiar și acum se fac simțite consecințele. Nu sunt în poziția de a mă exprima. Și, deși mă bucur să te văd aici vie și nevătămată, mă tem c-o să vă rog pe amândoi să plecați.

– Am putea să discutăm cu fiica dumneavoastră? Ce credeți?

Sally îi aruncă o privire de oțel lui Miller, care a pus întrebarea.

– În nici un caz, îi răspunde. În nici un caz.

50

Mama nu și-a mai revenit cu adevărat după pierderea sarcinii.

S-a retras treptat din viața comunității. De asemenea, s-a retras din relația cu David. A început să petreacă mai mult timp cu tata, stăteau amândoi alături și priveau în gol.

Bineînțeles, mă simțeam întru totul răspunzător de nefericirea mamei. Am încercat să remediez situația hrănind-o cu preparate din cărțile lui Justin care pretindeau că vindecă melancolia. Însă era imposibil s-o conving să mănânce, așa că nimic din ce făceam n-a avut nici un efect.

David părea s-o fi părăsit. Eram surprins. M-aș fi așteptat să se implice în refacerea ei, dar se purta distant, de-a dreptul rece.

Într-o zi, la scurt timp după ce mama a pierdut bebelușul, l-am întrebat:

– De ce nu mai vorbești cu mama?

– Mama ta se vindecă, mi-a spus oftând. Are nevoie să-și urmeze propria cale în direcția asta.

„Propria cale". Am simțit un val de furie crescând în mine.

– Nu cred că se vindecă, i-am replicat. Cred că starea ei se agravează. Și tata? N-ar trebui să primească îngrijiri? Un tratament? Tot ce face e să stea în fotoliul ăla de dimineață până seara. Poate că în lumea de afară cineva ar putea să-l ajute. Poate un fel de terapie. Poate chiar cu șocuri electrice, sau ceva de genul ăsta. Poate că medicina a făcut progrese în legătură cu tratarea victimelor accidentelor cerebrale, dar noi nu știm de ele, pentru că suntem închiși aici!

Începusem să țip. Imediat ce cuvintele mi-au ieșit din gură am știut ce mă aștepta. Într-adevăr, în clipa următoare i-am simțit pielea rece și dură a mâinii lovindu-mi obrazul.

Am simțit gustul metalic al sângelui. Atingându-mi buzele amorțite cu vârful degetului, m-am uitat la el plin de groază.

Mă privea cu capul vârât între umerii imenși, cu o venă pulsându-i violent la tâmplă. Era incredibilă iuțeala cu care acel bărbat liniștit, cu preocupări spirituale, se putea transforma într-un monstru turbat.

– N-ai nici un drept să vorbești despre lucrurile astea, a mugit. Nu știi nimic despre nimic. Ești un mucos!

– Dar e tatăl meu. Și tu îl tratezi ca pe o râmă de când ai venit aici!

Mâna lui a revenit, de data asta pe celălalt obraz. Știusem mereu că asta avea să se întâmple. Știusem din primul moment că David Thomsen avea să mă lovească dacă-l înfruntam. Și iată că ajunsesem în punctul acela.

– Ai distrus tot, i-am zis luat de valul emoției, conștient că nu mai aveam nimic de pierdut. Îți închipui că ești puternic și important, dar nu ești! Ești doar un tiran! Ai venit în casa noastră și ne-ai terorizat pe toți ca să devenim ceea ce voiai tu să fim. Și după aia ai lăsat-o gravidă pe mama, și acum e tristă și ție nu-ți pasă, nu-ți pasă deloc. Pentru că nu-ți pasă decât de tine!

De data asta m-a lovit destul de tare încât să mă trimită la podea.

– Ridică-te! a zbierat. Ridică-te și du-te în camera ta. O săptămână la izolare!

– Ai de gând să mă încui? Pentru că am vorbit cu tine? Pentru că ți-am spus ce simt?

– Nu, a mârâit el. Te încui pentru că nu pot să mă uit la tine. Pentru că mă scârbești. Ei bine, ori mergi pe picioarele tale, ori te târăsc. Ce alegi?

M-am ridicat de pe jos și am fugit. Nu spre scară, ci spre ușa din față. Am răsucit mânerul, am tras și eram gata, gata să zbor, gata să opresc un străin și să-i spun: „Vă rog, ajutați-ne, suntem închiși în casă cu un megaloman. Ajutați-ne, vă implor!“ Însă ușa era încuiată. Cum de nu știusem asta? Am tras din toate puterile, apoi m-am întors spre el.

– Ne-ai încuiat în casă!

– Nu. Ușa e încuiată. Nu-i deloc același lucru. Mergem acum?

Am urcat pe scara de serviciu până la mansardă, urmat îndeaproape de David.

Am auzit cum îmi încuia pe dinafară ușa camerei.

Am plâns și am răcnit ca un bebeluș imens.

– Taci din gură! Taci! mi-a strigat Phin de partea cealaltă a peretelui.

Am țipat după mama, dar n-a venit.

Nimeni n-a venit.

În noaptea aceea n-am putut să dorm; fața mă durea de la loviturile lui David, iar stomacul îmi chiorăia. Am stat treaz, privind norii care treceau prin fața lunii, urmărind siluetele întunecate ale păsărilor de pe ramuri, ascultând scârțâiturile și gemetele casei. Cred că în săptămâna următoare am luat-o razna. Zgâriam pereții cu unghiile până îmi dădea sângele. Îmi izbeam capul de podea. Scoteam răgete animalice. Vedeam lucruri care nu erau acolo. David se gândise probabil c-o să ies din detenție potolit și gata să pornesc de la zero, însă nu era nicidecum așa.

Peste o săptămână, când ușa a fost descuiată în sfârșit și mi s-a permis iarăși să umblu prin casă, nu mă simțeam deloc potolit. Mă simțeam măcinat de o furie cumplită. Aveam să-l termin pe David o dată pentru totdeauna.

Când mi-am recăpătat în fine libertatea, am descoperit că plutea ceva nou în atmosferă, un secret uriaș purtat de colo colo de ghemotoacele de praf și de razele soarelui, prins în firele de pânză de păianjen din colțul tavanelor înalte.

În acea primă dimineață, la micul dejun, l-am întrebat pe Phin:

– Ce se întâmplă? De ce se poartă toată lumea așa de ciudat?

– Nu așa se poartă permanent toată lumea de-aici? mi-a replicat dând din umeri.

– Nu. Mai ciudat decât de obicei. De parcă s-ar întâmpla ceva.

Phin era deja bolnav, îmi dădeam seama. Pielea lui, odată netedă și impecabilă, era cenușie și pătată. Părul gras îi atârna moale într-o parte. Și avea un miros neplăcut, acrișor.

Am hotărât să-i atrag atenția lui Birdie.

– Phin pare bolnav, i-am zis.

– Phin se simte perfect, mi-a răspuns afectată. Doar că are nevoie să facă mai multă gimnastică.

Îl auzeam pe tatăl lui prin ușa sălii de exerciții, implorându-l să facă eforturi mai mari.

– Mai mult! Hai că poți! Împinge în spate. Cu toată forța. Ah, ce naiba! Nici măcar nu încerci!

Și apoi îl vedeam pe Phin ieșind din sala de exerciții epuizat, pământiu la față. Urca treptele spre mansardă încet, chinuit, de parcă fiecare pas l-ar fi durut.

– Ar trebui să vii în grădină cu mine, i-am zis. Aerul proaspăt o să-ți priască.

– Nu vreau să merg nicăieri cu tine.

– Dar nu trebuie să mergi cu mine. Du-te singur în grădină.

– Nu vezi? a izbucnit el. Nimic din casa asta n-o să mă înzdrăvenească. Singurul lucru care mă poate vindeca e plecarea de aici. Trebuie să plec. Trebuie, mi-a spus fixându-mă cu privirea.

Casa era pe moarte, cel puțin așa aveam impresia. Întâi se ofilise tata, apoi mama, acum și Phin. Justin ne părăsise. Bebelușul era mort și îngropat. Nu-mi dădeam seama ce rost mai avea.

Peste câtva timp, într-o după-amiază, am auzit râsete de la parter. M-am uitat din capul scărilor și i-am văzut pe David și pe Birdie ieșind din sala de exerciții. Amândoi radiau de sănătate. David și-a petrecut un braț pe după umerii ei, a tras-o spre el și a sărutat-o apăsat pe buze cu un plescăit dezgustător. În clipa aceea am înțeles: ei erau de vină. Ei erau cei care, asemenea unor vampiri, goleau casa de energie, de dragoste, de viață și de bunătate, o goleau ca să absoarbă ei totul, ospătându-se din nefericirea noastră.

M-am uitat în jur la pereții goi unde atârnaseră odată tablourile în ulei, la colțurile goale unde stătuseră cândva piesele de mobilier prețioase. M-am gândit la candelabrele care străluciseră odinioară în lumina soarelui. La argintul, alama și aurul care sclipiseră peste tot. M-am gândit la garderoba mamei cu haine și poșete de lux, la inelele care-i împodobeau degetele, la cerceii cu diamante și pandantivele cu safire. Toate dispăruseră. Toate fuseseră date chipurile „de pomană", pentru „ajutorarea săracilor". Am estimat valoarea acestor bunuri pierdute. Mii de lire, probabil. Multe mii de lire. Și apoi m-am uitat iarăși la David, la brațul lui care o ținea strâns pe Birdie; amândoi erau atât de liberi și de neîmpovărați de tot ce se petrecea în casă! Și m-am gândit: „Nu ești un Mesia ori un guru ori vreun zeu, David Thomsen. Nu ești vreun filantrop ori vreun binefăcător. Nu ești un tip preocupat de spiritualitate. Ești un infractor. Ai venit în casa mea și ai jefuit-o. Și nu ești nici un tip sufletist. Dacă ai fi fost sufletist, acum ai sta cu mama, care-ți jelește copilul pierdut. Ai găsi o cale de a-mi ajuta tatăl să scape din iadul ăsta. Ți-ai duce fiul la medic. Apăsat de nefericirea tuturor celorlalți, n-ai râde în hohote cu Birdie. Așadar, dacă nu ești sufletist, înseamnă că n-ai avut de ce să le dai săracilor banii noștri. I-ai păstrat pentru tine. Și asta trebuie să fie comoara din ascunzătoare despre care mi-a zis Phin în urmă cu câțiva ani. În cazul ăsta, unde e? Și ce ai de gând să faci cu ea?"

51

La două săptămâni după ce m-a eliberat din detenție, David ne-a anunțat la cină că sora mea era gravidă. Abia împlinise paisprezece ani.

Am văzut-o pe Clemency îndepărtându-se ca arsă de sora mea. Am văzut chipul mamei, golit de orice expresie, și mi-am dat seama că știa deja. Am văzut-o pe Birdie, care îmi zâmbea. Imaginea șirului aceluia de dinți mărunți m-a făcut să explodez. Am sărit peste masă și m-am năpustit asupra lui David, încercând să-l lovesc. De fapt, am încercat să-l omor. Asta era intenția mea.

Eram însă mic, pe când el era mare; bineînțeles, Birdie a intervenit să ne despartă și am fost cumva tras înapoi până pe partea cealaltă a mesei. M-am uitat la sora mea, la surâsul bizar care-i juca pe buze. Nu-mi venea să cred că nu sesizasem nimic, nu observasem că prostuța de soră-mea se lăsase păcălită, că-l vedea pe David așa cum îl vedeau mama și Birdie. Că era *mândră* că David o alesese, mândră să-i poarte copilul în pântece.

În acel moment am avut o revelație.

David nu voia doar banii noștri. David voia casa.

Asta fusese tot ce voise din clipa în care pusese piciorul înăuntru. Și un copil cu sora mea i-ar fi întărit dreptul asupra ei.

*

A doua zi m-am dus în dormitorul părinților mei și am deschis cutiile de carton în care fuseseră puse toate posesiunile lor fără valoare atunci când fusese donată mobila. Am simțit că tata mă privea.

– Unde-i testamentul, tăticule? Testamentul în care scrie ce se întâmplă cu casa când mori?

Am putut vedea cum se formau cuvintele la baza gâtului său. A deschis gura doi milimetri, așa că m-am apropiat de el.

– Știi, tăticule? Știi unde sunt toate actele?

Privirea lui s-a mutat de la fața mea la ușa dormitorului.

– Sunt acolo, afară? Actele?

A clipit.

Făcea asta uneori când i se dădea să mănânce. Dacă mama îl întreba: „Îți place, scumpule?“, el clipea, iar mama spunea: „Minunat“, și-i mai dădea o îmbucătură.

– În care cameră? am vrut să știu. În care cameră sunt?

Ochii lui s-au mutat puțin spre stânga. Spre camera lui David și a lui Birdie.

– În camera lui David?

A clipit.

M-am dezumflat instantaneu.

Nu puteam să mă duc în camera lui David și a lui Birdie. În primul rând, o țineau încuiată. Și chiar dacă n-ar fi existat acest obstacol, nici nu mă puteam gândi la ce-aș fi pățit dacă eram prins.

Am făcut iarăși apel la cartea de vrăji a lui Justin, care se dovedise extrem de utilă.

„O vrajă pentru stupoare temporară“.

Părea să fie exact ce-mi trebuia. Promitea câteva clipe de amețeală și somnolență, o „pierdere a contactului cu realitatea de scurtă durată, aproape insesizabilă".

Principalul ingredient era mătrăguna, *Atropa belladonna*, planta otrăvitoare despre care-mi vorbise Justin cu câteva luni în urmă. O cultivam în secret, după ce găsisem niște semințe în cufărul lui Justin. Era necesar ca semințele să stea la frigider în apă timp de două săptămâni. Le spusesem adulților că făceam experimente cu o plantă nouă pentru starea de *ennui*[1] a lui Phin.

La momentul potrivit plantasem semințele în două ghivece mari. Durase trei săptămâni până să iasă răsadurile, iar ultima oară când mă uitasem erau înflorite. Conform literaturii de specialitate, *Atropa belladonna* este foarte dificil de cultivat, și am fost în culmea fericirii când am văzut primele flori violet-închis. Acum m-am strecurat în grădină, am cules câteva rămurele pe care le-am vârât sub elasticul colanților și m-am întors iute în camera mea, unde am preparat tinctura cu frunze de mușețel și apă cu zahăr. Trebuia să pun și două fire din blana de pe spatele unei pisici roșcate și răsuflarea unei femei bătrâne, dar eram un spițer, nu un vrăjitor.

Ceaiurile mele au fost foarte apreciate. Le-am spus lui David și lui Birdie că testam o nouă combinație: mușețel și frunze de zmeur. Privindu-mă cu afecțiune, mi-au spus că părea ceva delicios.

Mi-am cerut iertare de la Birdie, zicându-i că era poate cam dulce; i-am spus că pusesem puțină miere ca să echilibrez gustul amărui al frunzelor de zmeur. În carte se preciza că persoana vizată trebuia să bea cel

---

[1] Oboseală psihică, plictiseală (în limba franceză în original) (n.tr.)

puțin jumătate de cană. Prin urmare, m-am așezat și i-am privit cu o expresie rugătoare, de parcă le-aș fi căutat cu disperare aprobarea, astfel încât să continue să soarbă chiar dacă nu le plăcea gustul.

Le-a plăcut însă, așa că amândoi și-au băut ceștile până la fund.

– Ei bine, a zis Birdie după o vreme, când puneam în dulapuri vasele spălate. Ceaiul a fost super-relaxant, Henry. Simt c-aș putea... de fapt... I-am văzut ochii dându-i-se peste cap. Cred că trebuie să mă duc la culcare, a murmurat în cele din urmă.

Și lui David îi venea greu să-și țină ochii deschiși.

– Da, o să trag și eu un pui de somn.

– Haideți, le-am spus, o să vă ajut pe amândoi. Doamne, îmi pare atât de rău! S-ar putea să fi pus prea mult mușețel în ceai. Vino, Birdie, i-am zis întinzându-i brațul.

Și-a sprijinit obrazul de umărul meu, șoptind:

– Îmi place tare mult ceaiul tău, Henry. E cel mai bun pe care l-am băut vreodată.

– Un ceai foarte, foarte bun, a întărit David.

Scotocea după cheia de la camera lor prin pliurile tunicii. În momentul acela am observat că pe dedesubt purta o borsetă prinsă pe corp cu o centură. Probabil că acolo ținea cheile de la toate încăperile din casă. Cum nu reușea să vâre cheia în broască, i-am dat o mână de ajutor, apoi i-am urcat pe amândoi în pat, unde au adormit buștean.

Mă aflam în sfârșit în dormitorul pe care-l împărțeau David și Birdie. Nu mai fusesem acolo de ani de zile, din vremea când David și Sally încă erau împreună.

M-am uitat în jur nevenindu-mi să cred. Erau maldăre de cutii de carton din care ieșeau la vedere haine, cărți, tot felul de lucruri despre care ni se spusese că era imoral să le posezi. Am zărit două perechi de pantofi în colțul încăperii, una de damă, cealaltă bărbătească. Am văzut alcool, o sticlă de vin pe jumătate goală cu dopul pus la loc, un pahar cu un reziduu maro lipicios pe fund, fără îndoială un whisky scump din colecția tatei. Am văzut o cutie de biscuiți, ambalajul unui baton Mars. Am văzut un chilot de mătase, o sticlă de șampon Elvive.

Nu le-am dat însă atenție, căci nu știam cât avea să dureze „stupoarea temporară". Trebuia să găsesc actele tatei și să plec de acolo.

În timp ce umblam prin cutii am dat peste penarul meu, pe care nu-l mai văzusem din ultima zi de școală primară. L-am ținut câteva momente în mână, privindu-l ca pe o relicvă a unei civilizații apuse. Mă gândeam la băiatul în pantaloni bufanți maro care a chiulit în ultima zi de școală, imaginându-și mândru că minunata lume nouă se deschidea în fața lui. L-am deschis, l-am dus la nas, am inhalat mirosul de creion ascuțit și de inocență; apoi l-am vârât în brâul colanților, de unde aveam să-l scot mai târziu în camera mea.

Am găsit o rochie de seară de-a mamei. Am găsit armele de vânătoare ale tatei. Am găsit costumul de balet și tutuul surorii mele, pe care nu înțelegeam de ce le păstrase David.

În cele din urmă, în a treia cutie, am găsit actele tatei: niște clasoare gri cu inele din metal înăuntru. Am scos unul pe care scria „Gospodărie" și i-am frunzărit rapid conținutul până am dat de testamentul redactat de Henry Roger Lamb și Martina Zeynep Lamb. L-am strecurat și pe el în brâul colanților, intenționând să-l citesc în liniște, în camera mea. Chiar atunci, respirația lui Birdie s-a întețit și i-am văzut piciorul zvâcnind. Am tras iute altă cutie spre mine. Înăuntru am văzut niște paşapoarte pe care le-am trecut iute în revistă: erau al meu, al surorii mele, ale părinților mei. Clocoteam de furie: paşapoartele noastre! Individul acela ne luase paşapoartele! Părea o faptă chiar mai gravă decât crima de a ne încuia în propria noastră casă. Să furi paşaportul unui om, să-l privezi de mijlocul prin care poate să circule liber, să aibă aventuri, să exploreze, să învețe, să profite de lumea întreagă! Inima îmi bubuia de indignare. Am remarcat că paşaportul meu expirase, iar al surorii mele mai era valabil şase luni. Nu ne mai foloseau la nimic.

L-am auzit pe David mormăind în barbă.

Stupoarea temporară fusese puțin prea temporară după gustul meu, şi nu eram sigur că altă dată aveam să-i pot convinge să mai bea din „noul ceai" special. Aceasta era probabil singura mea şansă de a scoate la lumină secretele îngropate în acea cameră. Am găsit o cutie de paracetamol. O cutie de dropsuri pentru tuse. O cutie de prezervative. Şi, bine ascuns dedesubt, un teanc de bancnote. Mi-am trecut degetele peste margini, şi felul în care s-au vălurit hârtiile mi-a dat de înțeles că era o sumă importantă. O mie, am estimat. Poate mai mult? Am tras câteva bancnote de zece lire din vârful teancului şi le-am vârât printre actele pe care le vârâsem în elasticul colanților.

Birdie a scos un geamăt.

David a scos un geamăt.

M-am ridicat, cu testamentul tatei, penarul şi cinci bancnote de zece lire lipite de burtă.

Am ieşit din cameră în vârful picioarelor, închizând cu grijă uşa în spatele meu.

52

Mintea lui Lucy se învârte nebunește. Trăsăturile bărbatului acum sunt clare, acum sunt defocalizate. Acum arată ca o persoană, acum, ca alta. Îl întreabă cine e.

– Știi cine sunt, îi spune.

Vocea lui e deopotrivă familiară și străină.

Stella a traversat încăperea, iar acum stă agățată de piciorul mamei sale.

Lucy îl vede pe Marco stând în spatele ei, înalt și puternic.

Câinele acceptă bucuros afecțiunea bărbatului, rostogolindu-se pe spate și invitându-l să-l gâdile pe burtă.

– Ce cățel cuminte! Frumosule! Bărbatul se uită la Lucy și-și ridică ochelarii pe nas cu vârful degetului. Tare mi-ar fi plăcut să am un câine, dar nu mi se pare drept să-l las acasă toată ziua când sunt la serviciu. Așa că mă mulțumesc cu niște pisici. Oftând, se îndreaptă de spate și o măsoară cu privirea, apoi îi spune: Apropo, îmi place cum arăți. Nu m-aș fi gândit niciodată c-o să devii, știi tu, boemă.

– Ești...? începe ea mijindu-și ochii.

– N-o să-ți zic, îi răspunde el pe un ton jucăuș. Trebuie să ghicești.

Lucy suspină. E atât de obosită! A călătorit atât de mult! A dus o viață foarte grea, nimic nu i-a fost ușor vreodată. Nici măcar pentru o clipă. A luat hotărâri teribil de proaste și a ajuns în situații periculoase cu oameni răi. Este, așa cum s-a simțit adesea, o stafie, conturul unei persoane care a existat poate cândva, dar pe care viața a șters-o ca o radieră.

Și acum iat-o: mamă, ucigașă, imigrantă clandestină care a intrat prin efracție într-o casă care nu-i aparține. Tot ce vrea e să vadă bebelușul și să închidă cercul existenței sale. Dar în fața ei se află bărbatul acela, și se gândește că ar putea să fie fratele ei, dar cum e posibil să fie fratele ei și totodată să nu fie fratele ei? Și de ce i-e frică de el?

Îi aruncă o privire și vede umbra genelor lungi pe pomeți. „Phin“, se gândește. „E Phin.“ Dar apoi se uită la mâinile lui: mici și delicate, cu încheieturi fine.

– Ești Henry, nu-i așa?

53

După anunț m-am dus la mama și i-am zis:

– Ți-ai lăsat fata să facă sex cu un bărbat de-o vârstă cu tine. Câtă perversitate!

– N-a avut nici o legătură cu mine, mi-a răspuns ea. Tot ce știu e că un bebeluș vine pe lume și că ar trebui să fim foarte bucuroși cu toții.

Niciodată nu mă mai simțisem atât de singur. Nu mai aveam nici mamă, nici tată. Nu ne vizita nimeni. Soneria nu se auzea niciodată. Telefonul fusese deconectat cu multe luni în urmă. După ce mama a pierdut sarcina, timp de o săptămână cineva a venit și-a bătut la ușă energic câte o jumătate de oră în fiecare zi. Eram ținuți în camerele noastre pe durata acestor încercări de a lua legătura. Ulterior, mama mi-a zis că fusese fratele ei, Karl. Îmi plăcea unchiul Karl, era genul de unchi tânăr și gălăgios care-i arunca pe copii în piscină și spunea glume deșucheate la auzul cărora restul adulților țâțâiau mustrător. Ultima oară îl văzuserăm la Hamburg, la nunta lui, când aveam vreo zece ani. Purta un costum din trei piese cu imprimeu floral. Ideea că el fusese la ușa noastră și noi nu-i dăduserăm drumul mi-a mai sfărâmat o bucățică de inimă.

– Dar de ce? am întrebat-o pe mama. De ce nu l-am lăsat să intre?

– Pentru că n-ar înțelege modul în care am ales să trăim. E prea frivol, duce o viață fără nici o semnificație.

N-am răspuns, pentru că n-aș fi avut ce răspuns să dau. Unchiul Karl n-ar fi înțeles. Nimeni n-ar fi înțeles. Măcar de atât își dădea seama și mama.

Primeam legume într-o cutie de carton o dată pe săptămână, precum și câte un plic cu bani strecurat pe sub ușă. Din când în când, curierul suna la ușă, mama deschidea fanta pentru scrisori și tipul spunea: „Azi n-avem păstârnac, doamnă, v-am pus în loc niște napi, sper că e în regulă". Iar mama îi răspundea zâmbind: „E perfect, vă mulțumesc". După descoperirea cadavrelor, tipul ăsta s-a dus la poliție și le-a zis că își închipuise că acolo era o mănăstire și că mama era călugăriță. Așa și numea punctul de livrare, „la mănăstire". A spus că n-avea nici o idee că în casă locuiau și copii. Nu știa că era și un bărbat.

Singurătatea mă apăsa tot mai mult. Am încercat să reînnod prietenia (sau ceea ce semănase cu o prietenie) cu Phin, dar încă era foarte supărat pe mine pentru că-l trădasem în noaptea când mă împinsese în fluviu. Da, știu că eu ar fi trebuit să fiu supărat pe el pentru că-mi făcuse asta, însă luaserăm droguri și fusesem enervant, îmi dădeam seama că fusesem enervant, și într-un fel meritasem să fiu împins în apă; mai târziu, furia mea avusese mai mult de-a face cu mândria rănită decât cu senzația că mă pusese într-un pericol de moarte. Din nefericire, e o trăsătură pe care am păstrat-o și la maturitate. Întotdeauna mă îndrăgostesc de oameni care mă urăsc.

Într-o după-amiază, la scurt timp după ce am primit vestea că sora mea era gravidă, am dat peste Clemency în bucătărie.

– Știai? am întrebat-o.

A roșit puțin; ani de zile abia dacă schimbaserăm două vorbe, iar acum discutam despre faptul că cea mai bună prietenă a ei se culcase cu taică-său.

– Nu, habar n-am avut, mi-a zis.

– Dar erați atât de apropiate! Cum să nu știi?

A ridicat din umeri.

– Credeam că făceau gimnastică.

– Și ce părere ai?

– E dezgustător.

Am încuviințat din cap vehement, ca pentru a-i spune: „Suntem pe aceeași lungime de undă, perfect".

– Tatăl tău a mai făcut așa ceva până acum?

– Adică...?

– A mai lăsat vreo femeie gravidă?

– Ah, a murmurat ea. Nu. Numai pe mama.

I-am spus să vină în camera mea. A părut speriată în primul moment, ceea ce m-a rănit, dar după aceea mi-am zis că era bine. Era bine să fie speriată dacă aveam de gând să-l dobor pe David și să orchestrez evadarea tuturor din acea casă.

Odată ajunși, am tras salteaua și am scos obiectele pe care le găsisem în dormitorul lui David și al lui Birdie. Le-am răspândit pe podea și am invitat-o pe Clemency să le privească, spunându-i de unde proveneau.

– Dar cum ai intrat acolo? a vrut să știe.

– Nu pot să-ți spun.

I-am remarcat expresia derutată în timp ce studia obiectele.

– Penarul tău?

– Da. Penarul meu. Și mai erau o grămadă de chestii.

I-am povestit despre lenjeria de mătase, despre whisky și despre teancurile de bani. Îmi dădeam seama că veştile îi rupeau inima, i-am spus. Era ca atunci când îi dezvăluisem lui Phin că-l văzusem pe tatăl lui sărutându-se cu Birdie. Uitând că vorbeam cu o copilă despre tatăl ei, uitând că împărtăşea cu el nu doar materialul genetic, ci şi o mulţime de amintiri şi sentimente, sfâşiam totul cu vorbele mele.

- Ne-a minţit în tot timpul ăsta! a gemut ea frecându-se la ochi cu podul palmei. Credeam că facem totul pentru oamenii sărmani. Nu înţeleg. Nu înţeleg!

Am privit-o stăruitor în ochi.

- E simplu. Tatăl tău a luat toate bunurile de preţ ale părinţilor mei, iar acum vrea să le ia casa. Din punct de vedere legal, casa asta este păstrată de un fond fiduciar pentru sora mea şi pentru mine până când împlinim douăzeci şi cinci de ani. Dar uită-te aici, i-am spus arătându-i testamentul pe care-l luasem din cutie.

Un codicil scris de mâna lui David afirma, folosind jargonul legal, că în cazul decesului părinţilor mei casa le revenea direct lui David Sebastian Thomsen şi descendenţilor săi. La redactarea codicilului fuseseră martore şi contrasemnaseră mama şi Birdie. N-ar fi avut nici o şansă la tribunal, dar intenţiile erau clare.

- Şi a făcut bebeluşul ăsta ca să-şi asigure dreptul de proprietate asupra casei, am încheiat.

O lungă perioadă, Clemency n-a fost în stare să deschidă gura. În cele din urmă, revenindu-şi din şoc, a îngăimat:

- Ce putem să facem?

- Încă nu ştiu, i-am zis frecându-mi bărbia de parcă aş fi avut o barbă de înţelept, ceea ce, evident, nu se întâmpla; barba a început să-mi crească abia după douăzeci de ani, şi nici atunci nu era prea impresionantă. Dar o să facem ceva, asta e limpede, am asigurat-o.

Mă privea cu ochii măriţi.

– OK.

– Dar trebuie să-mi promiți că asta rămâne între noi, am continuat pe un ton ferm arătând spre obiectele pe care le sustrăsesem din camera lui David și a lui Birdie. Să nu-i spui fratelui tău. Să nu-i spui surorii mele. Să nu spui nimănui, bine?

A dat din cap aprobator.

– Promit. A rămas tăcută un timp destul de lung, după care a ridicat iarăși privirea spre mine și mi-a zis: A mai făcut asta.

– Ce?

Ochii ei au coborât în poală.

– A încercat să-și convingă bunica să-i lase casa prin testament. Când era senilă. Unchiul meu a aflat și ne-a dat afară. De asta a trebuit să ne mutăm în Franța. Uitându-se la mine, m-a întrebat: Crezi c-ar trebui să anunțăm poliția? Să le spunem ce face?

– Nu, i-am răspuns fără să stau pe gânduri. Nu. Pentru că n-a încălcat în nici un fel legea, nu? Avem nevoie de un plan. Trebuie să scăpăm de-aici. O să mă ajuți?

A încuviințat din cap.

– O să faci tot ce e nevoie?

A încuviințat din nou.

Era o răscruce de drumuri. Privind în urmă, erau atât de multe alte căi de a ieși din acea situație traumatizantă, dar, cum toți oamenii pe care-i iubeam îmi întorseseră spatele, am ales varianta cea mai rea cu putință.

54

Libby și Miller ies după zece minute din cabinetul lui Sally.

– Ești bine? o întreabă el când ajung în căldura înăbușitoare de afară.

Ea reușește să zâmbească, dar apoi își dă seama că o năpădește plânsul și n-are cum să se controleze.

– Of, Doamne, murmură Miller. Haide, haide. O conduce spre o curte liniștită, unde se află o bancă la umbra unui copac. Îmi pare rău, n-am batiste, îi spune pipăindu-și buzunarele.

– E OK, am eu.

Jurnalistul zâmbește când o vede scoțând un pachet compact de șervețele din poșetă.

– Ești exact genul de persoană din geanta căreia n-ar lipsi așa ceva.

– Ce vrei să spui? îl repede ea.

– Păi, vreau... doar... Trăsăturile i se îmblânzesc. Nimic. Vreau să spun doar că ești foarte organizată. Atât.

Libby încuviințează din cap. Asta știe și ea.

– Trebuie să fiu.

– Și de ce, mă rog?

Tânăra femeie ridică din umeri. Nu-i stă în fire să vorbească despre chestiuni personale, dar, ținând seama prin câte au trecut în ultimele două zile, simte că limitele care-i definesc preferințele în materie de conversație au fost desființate.

– Mama, îi spune într-un târziu. Mama mea adoptivă. Era puțin – în fine, *este* puțin haotică. E absolut adorabilă, însă tata era cel care o ținea pe drumul drept. El a murit când aveam opt ani, și după aceea... întârziam de fiecare dată. Niciodată n-aveam ce-mi trebuia la școală. Nu-i arătam anunțurile pentru excursii și alte evenimente, pentru că n-avea nici un rost. A rezervat o vacanță când eram în toiul examenelor de absolvire a liceului. A emigrat în Spania când aveam optsprezece ani. Prin urmare, eu trebuia să fiu adultul din casă, înțelegi?

– Păstrătoarea batistelor?

– Da, spune Libby râzând. Păstrătoarea batistelor. Țin minte că o dată am căzut la locul de joacă și m-am tăiat la cot, iar mama se agita în toate părțile, căutând prin geantă ceva cu care să-mi curețe rana. Până la urmă, altă mamă ne-a venit în ajutor; avea o geantă de aceeași mărime ca a mamei, și a scos din ea niște șervețele antiseptice și o cutie de plasturi. M-am gândit: „Uau, vreau să fiu persoana cu poșeta magică“.

Miller îi zâmbește cu tandrețe.

– Te descurci foarte bine. Știi asta, nu-i așa?

– Încerc, spune ea stânjenită. Fac tot ce pot.

Câteva clipe rămân tăcuți. Genunchii li se ating fugar, apoi se despart ca împinși de un resort.

Într-un târziu, Libby ia cuvântul:

– A fost o pierdere de vreme, nu-i așa?

Miller îi aruncă o privire șireată.

– Ei bine, n-a fost chiar o pierdere de vreme. Fata, Lola, e nepoata lui Sally.

– De unde știi? îl întreabă ea uluită.

-Pentru că am văzut pe birou o poză cu Sally și o tânără care ține în brațe un sugar. Și pe perete era altă poză cu Sally și o fetiță blondă. După aceea am observat pe perete un desen de copil pe care scria: „Te iubesc, bunico". Le-am pus cap la cap, și concluzia e evidentă.

Se apleacă spre Libby să-i arate ceva pe ecranul telefonului.

-Ce-i asta? se miră ea.

-E o scrisoare adresată Lolei. Îi ieșea din geantă, pe care o ținea sub masa de lucru. Am executat manevra clasică de îngenunchere pentru a-mi lega șireturile. Țac-pac!

Libby îl privește cu o admirație nemăsurată.

-Dar ce te-a făcut să presupui...?

-Nu uita că sunt jurnalist de investigații. Asta fac în fiecare zi. Iar dacă teoria mea e corectă, Lola trebuie să fie fiica lui Clemency. Ceea ce înseamnă că și Clemency locuiește în zonă. Deci adresa asta - arată spre ecran - este și adresa lui Clemency. Cred că tocmai l-am găsit pe cel de-al doilea adolescent dispărut.

O femeie își face apariția la ușa casei elegante de la adresa de pe plic. Un golden retriever bine dresat stă lângă ea dând alene din coadă. Femeia e ușor supraponderală, are o talie îngroșată, picioare lungi și un piept opulent. Are părul negru tuns bob și poartă cercei mari de aur de forma unor verigi, blugi și o bluză de in roz-pal fără mâneci.

-Da?

-Ah, face Miller. Bună ziua. Clemency?

Femeia confirmă printr-o înclinare a capului.

-Mă numesc Miller Roe. Aceasta este Libby Jones. Tocmai am discutat cu mama dumneavoastră. În oraș. A menționat că locuiți în apropiere și...

Clemency o măsoară pe Libby din cap până-n picioare.

– Arătați... am senzația că vă cunosc de undeva.

Libby își pleacă fruntea, lăsându-l pe Miller să facă onorurile.

– Ea e Serenity, rostește jurnalistul.

Mâinile lui Clemency se agață de tocul ușii și capul i se dă ușor pe spate. O clipă, Libby se gândește c-o să leșine, dar apoi femeia întinde brațele spre ea.

– Bineînțeles! Bineînțeles! Ai împlinit douăzeci și cinci de ani! Ar fi trebuit să mă gândesc! Ar fi trebuit să-mi dea prin minte c-o să vii. O, Dumnezeule! Intrați, vă rog!

Casa e superbă: podele din lemn masiv și tablouri abstracte, vaze pline de flori, lumina filtrată prin ferestrele cu vitralii.

Câinele se așază la picioarele lui Libby în timp ce Clemency le aduce pahare cu apă, iar Libby îl mângâie pe cap. Patrupedul gâfâie din cauza zăpușelii și răsuflarea îi miroase urât, însă n-o deranjează.

Clemency vine să se așeze vizavi de ei.

– Extraordinar, murmură fără să-și poată lua ochii de la vizitatoarea sa. Ești atât de drăguță! Atât de *reală*! Erai doar un bebeluș când am plecat. N-aveam nici o poză cu tine. Nu știam unde ai fost dusă, cine te-a adoptat, ce fel de viață ai dus. Și nu mi te puteam imagina. Pur și simplu nu puteam. Tot ce vedeam era un sugar care arăta ca o păpușă. Dintr-odată, ochii i se umplu de lacrimi și vocea începe să-i tremure. Îmi pare atât de rău! Ești...? Ai fost...? Totul a fost în regulă?

Libby încuviințează din cap. Se gândește la maică-sa, cu bărbatul pe care-l numește „jucăria“ ei (deși e cu numai șase ani mai tânăr decât ea), lungită pe terasa minusculă a apartamentului cu un singur pat din

Dénia (nu e loc pentru Libby când vine în vizită), într-un caftan roz-aprins, explicându-i pe Skype că a fost prea ocupată ca să rezerve bilete de avion astfel încât să poată veni de ziua ei și că, atunci când în sfârșit a căutat online, toate zborurile ieftine fuseseră luate. Se gândește la ziua când l-au înmormântat pe tatăl ei; o ținea de mână privind cerul, întrebându-se dacă el ajunsese acolo cu bine, îngrijorată că nu mai putea ajunge la școală, din moment ce mama ei nu știa să conducă.

– A fost bine, spune într-un final. Am fost adoptată de niște oameni minunați. Am fost foarte norocoasă.

Clemency se luminează la față.

– Și unde locuiești acum?

– La St. Albans.

– O, e frumos acolo! Și... ești căsătorită? Ai copii?

– Nu. Trăiesc singură. N-am copii, n-am animale de companie. Mă ocup cu vânzarea de bucătării de lux. Sunt foarte... În sfârșit, n-am mare lucru de zis despre mine. Sau n-am avut până când...

– Da, spune Clemency. Da. Îmi imaginez că a fost un șoc destul de puternic.

– Asta ca să folosim un eufemism.

– Cât de mult știi? o întreabă cu circumspecție. Despre casă. Despre tot ce s-a întâmplat.

– Păi, totul e foarte complicat, începe Libby. În primul rând știam ceea ce-mi povestiseră părinții mei, anume că părinții mei biologici fuseseră uciși într-un accident de mașină când aveam zece luni. Apoi erau informațiile culese din articolul lui Miller, potrivit cărora părinții mei aparțineau unui cult și încheiaseră un pact de sinucidere, iar eu ajunsesem în grija unor țigani. În fine, în urmă cu două zile Miller și cu mine eram în casa din Cheyne Walk când a apărut tipul ăsta. La o oră destul de târzie. Ne-a spus... ne-a spus că se numea Phin.

Clemency se holbează la ea, nevenindu-i să creadă.

– Phin?

– Da.

Ochii femeii se umplu de lacrimi.

– Ești sigură? Ești sigură că era Phin?

– Păi, ne-a spus că așa îl cheamă. Ne-a spus că tu ești sora lui. Că nu v-a văzut pe tine sau pe mama voastră de ani de zile.

Clemency clatină din cap.

– Dar era atât de bolnav când l-am lăsat acolo, în casă! Atât de bolnav! Și l-am căutat peste tot, și eu și mama. Peste tot. Ani de-a rândul. Am fost la toate spitalele din Londra. Am umblat prin parcuri, uitându-ne la oamenii fără adăpost. L-am tot așteptat să apară brusc în prag. Cum asta nu s-a întâmplat, ei bine... am presupus c-a murit. Altfel, s-ar fi întors, nu-i așa? De ce să nu ne caute? Vreau să spun, ar fi făcut-o, nu? După o scurtă pauză reia: Ești sigură că era Phin? Cum arăta?

Libby descrie ochelarii cu ramă de corn, părul blond, genele lungi, gura cu buze pline.

Clemency dă din cap aprobator.

Și apoi Libby îi povestește despre apartamentul luxos și pisicile persane. Repetă gluma despre motanul pe nume Dick, moment în care Clemency scutură din cap.

– Nu. Ăsta nu e Phin. Nu, nici vorbă. Se oprește o clipă, rotindu-și ochii prin încăpere în timp ce-și adună gândurile. Știți ce cred eu? spune în cele din urmă. Cred că e Henry.

– Henry?

– Da. Nutrea față de Phin o dragoste profundă, însă neîmpărtășită. Era aproape obsedat. Se uita la el cu o privire pierdută. Se îmbrăca la fel ca el. Îi copia frizura.

A încercat chiar să-l ucidă o dată. L-a împins în Tamisa. L-a ținut cu capul sub apă. Din fericire, Phin era mai puternic decât Henry. Mai solid. A reușit să scape. Henry a omorât pisica lui Birdie, știai?

– Poftim?

– A otrăvit-o. I-a tăiat coada. I-a aruncat restul corpului în fluviu. Așadar, semnele erau vizibile de mult. E cumplit s-o spui despre un copil, dar în opinia mea Henry avea în adâncurile sufletului un filon de răutate pură.

55

N-am omorât pisica lui Birdie. Bineînțeles că n-am omorât-o. E drept însă c-a murit din cauza mea.

Lucram la o altă poțiune cu mătrăgună, mai tare decât cea pe care le-o dădusem lui David și Birdie ca să pătrund în camera lor. Ceva care să le provoace o stupoare mai puțin temporară. Am testat-o pe pisică, spunându-mi că dacă nu-i făcea rău putea fi folosită fără riscuri și pe oameni. Din păcate, i-a făcut rău. Învățându-mi lecția, am făcut următoarea poțiune mult, mult mai slabă.

Cât despre coada pisicii, ei bine, sună urât când o spui așa, direct: „I-am tăiat coada". Am luat-o. Era foarte frumoasă, atât de moale și de divers colorată! Pe atunci, amintiți-vă, nu mai aveam nimic, nimic care să mă aline, îmi fusese luat totul. Ei nu-i mai trebuia oricum. Deci, da, am luat coada pisicii. Și – *fake news* – n-am aruncat pisica în Tamisa. Cum aș fi putut? N-aveam voie să ies din casă. De fapt, pisica e îngropată și acum în grădina mea de plante medicinale.

În legătură cu acuzația că *eu* l-aș fi împins pe Phin în Tamisa și nu invers: ei bine, pur și simplu este falsă. Ar putea fi adevărat însă că Phin m-a împins în timpul unei încăierări care s-a iscat după ce eu am încercat să-l azvârl în apă. Da. Se poate ca lucrurile să fi stat astfel. Mi-a spus că mă holbam la el. I-am zis:

- Mă holbez la tine pentru că ești superb.

- Ești bizar, mi-a răspuns. De ce trebuie să fii întotdeauna atât de bizar?

- Nu știi, Phin? Nu știi că te iubesc?

(Înainte de a mă judeca prea aspru, vă rog să vă amintiți că luasem LSD. Nu eram în toate mințile.)

- Încetează, mi-a zis, părând stânjenit.

- Te implor, Phin! Te implor! Te iubesc din clipa în care te-am văzut...

Și apoi am încercat să-l sărut. Buzele mele s-au atins de ale lui, și preț de câteva clipe am crezut că avea să mă sărute și el. Încă țin minte șocul acela, moliciunea buzelor lui, răsuflarea care a trecut din gura lui într-a mea.

Când i-am pus mâna pe obraz s-a tras în spate și m-a privit cu un asemenea dezgust fățiș, încât am avut senzația că o sabie îmi străpunsese inima.

M-a împins, aproape doborându-mă la pământ. Atunci l-am împins, și el m-a împins, și eu l-am împins, și el m-a împins, și așa am căzut în apă, știu că n-a fost cu intenție din partea lui. Cu atât mai grav este faptul că l-am lăsat pe tatăl lui să creadă că mă împinsese anume, că n-am spus nimic când Phin a fost încuiat în camera lui atâta timp. Nici el n-a mărturisit nimănui că a fost un accident, deoarece ar fi însemnat să le spună că-l sărutasem. În mod clar, nu exista confesiune mai dăunătoare decât asta.

56

Într-o noapte de vară, spre mijlocul lui iunie, am auzit-o pe sora mea mugind.

Nu există alt cuvânt pentru asta.

Suna exact ca o vacă.

A durat destul de mult timp. Era în camera de oaspeți, care fusese pregătită anume pentru ea. Clemency și cu mine am fost alungați de-acolo, cu ordinul de a rămâne în camerele noastre până când ni se spunea că puteam reveni.

Mugetul a continuat ore în șir.

În cele din urmă, la vreo zece minute după miezul nopții, am auzit un țipăt de bebeluș.

Da. Tu erai.

Serenity Love Lamb. Fiica lui Lucy Amanda Lamb (14 ani) și a lui David Sebastian Thomsen (41).

Mi s-a dat voie să te văd abia spre seară, și trebuie să recunosc că mi-ai plăcut. Aveai o mutrișoară de pui de focă. Și te uitai la mine fără să clipești, într-un fel care mă făcea să mă simt văzut cu adevărat, așa cum nu mă mai simțisem de mult. Te-am lăsat să-mi ții degetul în mânuța ta, și mi s-a părut ciudat de bine. Mereu am crezut că urăsc bebelușii, dar poate că nu era așa.

Și apoi, peste câteva zile, ai fost luată de lângă sora mea și mutată în camera lui David și a lui Birdie. Sora mea a fost dusă la etaj, în camera pe care o împărțise și înainte cu Clemency. Noaptea te auzeam plângând dedesubt și o auzeam pe sora mea plângând alături. Ziua era adusă la parter ca să pompeze lapte într-un recipient cu aspect medieval de unde era turnat în biberoane cu aspect medieval; la sfârșit era trimisă înapoi în camera ei.

Astfel, toate s-au schimbat iarăși: linia dintre ei și noi s-a rotit cu câteva grade, sora mea era iarăși una dintre noi. Acest ultim act de cruzime a fost cel care ne-a reunit.

57

Lucy face un pas spre el.

Fratele ei.

Fratele ei mai mare.

Acum nu mai are nici o îndoială.

– Unde ai fost, Henry? Unde ai fost? murmură privindu-l adânc în ochi.

– Ei, știi, pe ici, pe colo.

Furia începe să-i clocotească în vintre. Toți anii ăștia în care a fost singură! Toți anii ăștia în care n-a avut pe nimeni! Și iată-l pe Henry, înalt și arătos, încercând să-i toarne gogoși.

Își repede pumnii în pieptul lui și urlă:

– Ai părăsit-o! Ai lăsat-o! Era doar un bebeluș!

– Nu! strigă el prinzând-o de mâini. Tu ai plecat! Tu! Eu am fost cel care a rămas. Singurul care a rămas! Întrebi pe unde am fost. Unde naiba ai fost *tu*?

– Am fost... începe ea, apoi își lasă mâinile să cadă pe lângă corp. Am fost în iad.

Rămân tăcuți câteva clipe. În cele din urmă, Lucy se întoarce și-l cheamă pe Marco.

– Marco, fă cunoștință cu Henry. E unchiul tău. Henry, el e fiul meu. Marco. Și ea e Stella, fiica mea.

Marco își plimbă privirea de la mama lui la Henry.

– Nu înțeleg. Ce are asta de-a face cu bebelușul?

– Henry era... Lucy se întrerupe, oftează, apoi o ia de la capăt: Era un bebeluş care locuia aici, cu noi toți, când eram copii. A trebuit s-o lăsăm aici pentru că... pentru că a trebuit. Acum, Henry a venit, la fel ca mine, să vadă bebeluşul, mai precis tânăra, pentru că are douăzeci și cinci de ani.

Henry își drege glasul, făcând-o să se răsucească spre el.

– Eu am întâlnit-o deja. M-am văzut cu Serenity. A fost aici, în casă.

– Dumnezeule, bâiguie Lucy. E bine?

– Da. Sănătoasă și voioasă, drăgălașă ca o cadră.

– Dar unde e? Unde e acum?

– În momentul ăsta e cu vechea noastră prietenă, Clemency.

Lucy trage aer în piept.

– Clemency! Dumnezeule! Unde e?

– Din câte înțeleg, locuieşte în Cornwall. Uite. Henry își deschide telefonul şi-i arată un punct care pulsează pe hartă. Aici e Serenity, îi spune indicând punctul. Numărul doisprezece, Maisie Way, Penreath, Cornwall. I-am strecurat în telefon un program de urmărire. Doar ca să n-o pierd iar.

– Dar de unde știi că acolo e și Clemency?

– Surpriză!

Henry închide aplicația ce afişează poziția lui Serenity și deschide o alta. Apasă pe săgeata de pe bara audio, și dintr-odată se aud voci. Două femei care stau de vorbă.

– Ea e? întreabă Lucy. E Serenity?

Henry ascultă atent câteva clipe.

– Da, cred că e ea, îi spune dând volumul mai tare. Iar cealaltă voce îi aparține lui Clemency. Fii atentă.

58

Clemency l-a rugat pe Miller să le lase singure. Vrea să-i spună povestea lui Libby între patru ochi. Așadar, după ce jurnalistul scoate câinele la plimbare, Clemency își încrucișează sub ea picioarele lungi și începe:

– Planul era să salvăm bebelușul. Henry urma să-i drogheze pe adulți cu poțiunea somniferă pe care o crease, iar noi trebuia să furăm pantofii ascunși în camera lui David și a lui Birdie și niște haine normale, să luăm banii și bebelușul, să subtilizăm cheia din borseta tatei și să fugim în stradă, unde aveam să oprim un polițist ori un trecător demn de încredere, spunându-i că în casă erau niște oameni care ne țineseră prizonieri ani de zile. Apoi, aveam să ajungem cumva până aici, la mama. Încă nu stabiliserăm cum aveam să luăm legătura cu ea. O cabină telefonică, un apel cu taxă inversă și Dumnezeu cu mila. După cum vezi, nu era un plan foarte bine pus la punct, adaugă Clemency cu un zâmbet strâmb. Tot ce voiam era să plecăm.

La puțin timp după aceea, tata ne-a anunțat că avea să dea o petrecere de ziua lui Birdie, care împlinea treizeci de ani. Henry, care devenise liderul nostru neoficial, ne-a chemat în camera lui și ne-a spus că acela era momentul potrivit. În timpul petrecerii lui Birdie. Avea să se ofere să gătească el toată mâncarea. Mi-a cerut să-i cos un mic buzunar la talia colanților, astfel încât să-și poată ascunde acolo sticluțele cu poțiune. Trebuia să ne purtăm cu toții ca și când am fi fost foarte încântați de petrecere. Lucy și cu mine chiar am învățat o melodie la vioară anume pentru Birdie.

– Și Phin? întreabă Libby. Care era rolul lui în tot planul ăsta?

Clemency oftează.

– În general, Phin era foarte retras. Și Henry nu voia să-l implice. Ăștia doi... Atmosfera dintre ei era toxică. Henry îl iubea pe Phin, dar Phin îl ura pe Henry. Pe deasupra, desigur, Phin era bolnav.

– Ce avea?

– N-am aflat niciodată. Mă întrebam dacă nu cumva suferea de cancer sau ceva la fel de grav. De asta, mama și cu mine ne-am gândit întotdeauna că probabil... știi... s-a dus pe lumea cealaltă.

După câteva clipe, Clemency își alungă tristețea și reia:

– Oricum, în ziua petrecerii eram încordați. Toți trei. Dar ne prefăceam în culmea entuziasmului. De fapt, în unele privințe sigur că eram entuziaști. Era petrecerea noastră de eliberare! La sfârșitul ei ne aștepta o viață normală, sau cel puțin o viață *diferită*. Am cântat la vioară piesa dedicată lui Birdie, distrăgând atenția adulților în timp ce Henry pregătea mâncarea. N-am putut să nu observ contrastul bizar dintre tata și Birdie, pe de o parte, și restul lumii de cealaltă parte. Noi aveam cu toții un aspect bolnăvicios, pe când Birdie și tata radiau de vitalitate și mulțumire. Tata stătea cu brațul pe după umărul ei, având pe chip o expresie de stăpânitor. În timp ce frământă perna pe care o ține în poală, Clemency privește înainte cu duritate. Era ca și cum i-ar fi „îngăduit“ femeii aceleia să aibă o petrecere de ziua ei, din străfundurile bunătății lui, de parcă și-ar fi zis: „Uite câtă fericire am creat! Uite cum pot să fac tot ce vreau, și totuși oamenii încă mă iubesc!“

Vocea începe să-i tremure, așa că Libby îi atinge ușor genunchiul.

– Ești bine?

Clemency dă din cap în semn de confirmare.

– N-am povestit nimănui până acum. Nici mamei, nici soțului meu, nici fiicei mele. E greu, știi? Să vorbesc despre tata. Despre ce fel de om era. Și despre ceea ce i s-a întâmplat. Pentru că, dincolo de tot ce-a făcut, era tatăl meu. Și-l iubeam.

– Ești sigură că poți continua? o întreabă Libby mângâind-o pe braț.

Clemency încuviințează din cap și-și îndreaptă umerii.

– De obicei puneam platourile în mijlocul mesei și ne serveam singuri, dar în seara aceea Henry a spus că voia să ne servească el, ca și când am fi fost clienți într-un restaurant. În felul ăsta putea să se asigure că fiecare farfurie ajungea în fața cui trebuia. Apoi, tata a ținut un toast. Și-a ridicat paharul înspre comeseni și a spus: „Știu că viața n-a fost prea blândă cu noi, mai ales pentru cei care au suferit o pierdere. Știu că uneori pare greu să-ți păstrezi credința, dar faptul că suntem aici, după toți acești ani, și suntem încă o familie, ba chiar o familie mai mare – spunând acestea, ți-a atins căpșorul – ne arată ce bine ne-am descurcat și cât de norocoși suntem“. După aceea s-a întors spre Birdie și a zis... Clemency se oprește să-și tragă răsuflarea înainte de a continua. A zis: „Iubita mea, viața mea, mama copilului meu, îngerul meu, rațiunea mea de a trăi, zeița mea. La mulți ani, dragoste! Îți datorez totul“, și apoi s-au sărutat îndelung, cu zgomot, și țin minte că m-am gândit... m-am gândit: „Sper din tot sufletul c-o să muriți amândoi".

Clemency îi aruncă lui Libby o privire încărcată de tristețe. Peste câteva momente reia firul poveștii:

– A durat cam douăzeci de minute până când poțiunea a început să-și facă efectul. După trei sau patru minute, toți adulții erau inconștienți. Lucy te-a luat din poala lui Birdie și ne-am apucat de treabă. Henry ne-a spus că avem douăzeci de minute, maximum jumătate de oră înainte ca drogul să-și piardă puterea. I-am culcat pe adulți pe podeaua bucătăriei, iar eu am scotocit prin tunica tatei în căutarea borsetei. În capătul scărilor am luat la rând cheile până când am găsit-o pe cea de la ușa camerei lui David și a lui Birdie.

Dumnezeule, a fost un șoc teribil! Henry ne spusese la ce să ne așteptăm, și totuși, să vezi cu ochii tăi lucrurile minunate ale soților Lamb strânse acolo, antichitățile, și parfumurile, și cosmeticele, și bijuteriile, și alcoolul! Henry ne-a zis: „Uitați-vă. Uitați-vă la toate lucrurile astea. În timp ce noi nu aveam *nimic*. Asta e răutatea pură. Aveți în față expresia răutății pure".

Trecuseră cinci minute din cele treizeci pe care le aveam la dispoziție. Am găsit scutece, costumașe, biberoane. În momentul acela, dându-mi seama că Phin stătea în spatele meu, i-am spus: „Repede! Găsește niște haine. Ai nevoie de ceva gros, afară e frig".

„Nu cred că pot", mi-a răspuns el. „Sunt prea slăbit."

„Dar nu te putem lăsa aici, Phin!" i-am zis.

„Nu pot. Pur și simplu nu pot. OK?"

Trecuseră deja aproape zece minute, așa că nu mai puteam să irosesc un timp prețios ca să-l conving. Văzând că Henry umplea o geantă cu bani, l-am întrebat: „N-ar trebui să-i lăsăm ca probe? Pentru poliție?"

„Nu, sunt ai mei. Nu-i las", mi-a replicat el.

Tu începuseși să plângi, iar Henry țipa: „Fă-o să tacă! Pentru numele lui Dumnezeu!"

În momentul acela s-au auzit pași pe scara din spatele nostru. În clipa următoare s-a deschis ușa, și Birdie a apărut în prag. Arăta în ultimul hal și nu era în stare să-și coordoneze mișcările. S-a împleticit înăuntru cu brațele întinse către Lucy, bolborosind: „Dați-mi bebelușul! Dați-mi-l!" După care s-a repezit glonț spre tine. Henry se pierduse cu firea și zbiera la toată lumea, în timp ce Phin stătea țeapăn, arătând de parcă urma să leșine. Am încremenit în momentul acela, gândindu-mă că, dacă Birdie era trează, însemna că toți ceilalți se treziseră. Că tata se trezise. Că în orice moment toți aveau să vină acolo, iar noi aveam să fim încuiați în camerele noastre pentru tot restul vieții. Inima mi-o luase razna. Eram îngrozită. Și atunci, nici în ziua de azi nu știu cum s-a întâmplat, am văzut-o pe Birdie pe podea. Era pe podea, și din colțul ochiului ei picura sânge. Ca niște lacrimi roșii. Și părul ei, chiar aici, spune Clemency arătând spre locul de deasupra urechii sale. Era întunecat și lipicios. M-am uitat la Henry, care ținea în mână un fildeș.

Libby o privește întrebător, așa că-i explică:

– Arăta ca un fildeș de elefant. Sau un corn de cerb. Ceva de genul ăsta.

Libby se gândește la videoclipul pe care li l-a arătat Phin. Se gândește la capetele de animale agățate pe pereți și la vulpile împăiate care tronau de parcă ar fi fost vii pe birourile imense din mahon.

– Era în mâna lui Henry și avea sânge pe el, continuă Clemency. Cu toții am încetat să respirăm câteva secunde, chiar și tu. Se lăsase o tăcere absolută. Pândeam sosirea celorlalți. Pândeam răsuflarea lui Birdie. Fusese horcăită, acum se oprise. Un pârâiaș de sânge i se scurgea din păr de-a lungul tâmplei până în ochi... Clemency îi descrie traseul pe propria-i față cu vârful degetului. Am întrebat: „E moartă?“

„Taci din gură“, s-a răstit Henry. „Taci și lasă-mă să mă gândesc.“

M-am dus să văd dacă-i mai bătea inima, însă Henry m-a împins atât de tare, încât am căzut pe spate. „Las-o! Las-o!“ a urlat, după care a pornit spre ușă zicându-ne: „Voi stați aici. Nu vă mișcați“.

M-am uitat la Phin. Arăta îngrozitor, era pe punctul de a-și pierde cunoștința, așa că l-am îndrumat să se așeze pe pat. În scurt timp a revenit și Henry, pământiu la față.

„S-a întâmplat ceva“, ne-a spus. „Ceva a mers prost. Nu pricep. Ceilalți. Sunt morți. Cu toții.“

Ultimele cuvinte îi ies din gură ca un icnet. Cu ochii plini de lacrimi, Clemency își duce mâinile la gură.

– Toți. Tatăl meu. Mama și tatăl lui Henry. Morți. Și Henry nu contenea să bâiguie: „Nu pricep, nu pricep. Abia dacă le-am dat ceva. O cantitate infimă, n-ar fi fost de ajuns ca să omoare o pisică. Nu pricep“.

Dintr-odată ne-am trezit că marea noastră operațiune de evadare constituia de fapt o uriașă capcană din care nu mai puteam ieși. Cum să mai fugim în stradă căutând un polițist prietenos, când tocmai omorâserăm patru oameni? *Patru oameni!*

Clemency face o pauză să-și tragă răsuflarea. Libby observă că mâinile îi tremură.

– Și aveam un bebeluș cu noi, și totul era... Of, te superi dacă ieșim în grădină? Am nevoie de o țigară.

– Nu, nici vorbă, spune Libby.

În grădina din spate, cu ronduri în care predomină pietrișul, se află niște canapele din ratan. Se apropie amiaza, soarele e aproape de zenit, dar acolo e răcoare și umbră. Clemency scoate un pachet de țigări din sertarul măsuței de cafea.

– Ascunzătoarea mea secretă, spune zâmbind.

Pe pachet e fotografia unei persoane suferind de cancer bucal. Libby nu suportă s-o privească. „Oare de ce fumează oamenii?“ se întreabă. „Când știu că ar putea să moară din cauza asta?“ Mama ei fumează. „Băiețeii mei“, își numește țigările. „Unde mi-s băiețeii?“

O urmărește pe Clemency ținând chibritul la capătul țigării, inhalând, suflând fumul afară. Tremurul mâinilor îi încetează imediat.

– Unde rămăsesem? o întreabă.

59

Ştiu că sună de parcă ar fi fost un dezastru înfiorător. Bineînţeles. Orice situaţie care implică patru cadavre este departe de a fi ideală.

Însă ceea ce nimeni nu pare să înţeleagă este că fără mine, Dumnezeule, am putea fi încă acolo, nişte schelete de vârstă mijlocie care şi-ar fi ratat întreaga viaţă. Sau am fi morţi. Da, să nu uităm că am putea fi morţi. Desigur, lucrurile n-au mers chiar aşa cum o prevedea planul, dar am scăpat de acolo. *Am scăpat de acolo.* Şi nimeni altcineva nu avea un plan, corect? Nimeni altcineva nu era pregătit să se murdărească pe mâini. E uşor să critici. Nu-i uşor să preiei controlul.

Nu numai că aveam pe cap patru cadavre, un bebeluş şi două adolescente: îl aveam şi pe Phin. Dar Phin era în plin delir şi reprezenta o povară; prin urmare, ca să-mi fac viaţa mai uşoară, l-am încuiat în camera lui.

Da, ştiu. Dar aveam nevoie de linişte ca să reflectez.

Îl auzeam pe Phin tânguindu-se din camera lui de la etaj. Fetele au vrut să se ducă la el, dar le-am zis: „Nu, staţi aici. Avem treabă. Nu vă duceţi nicăieri".

Din punctul meu de vedere, prioritatea o constituia Birdie. Era bizar s-o văd acolo, atât de mică şi de frântă, pe această fiinţă care ne controlase vieţile atâta vreme. Purta bluza pe care i-o cususe Clemency de ziua ei şi un lanț dăruit de David. Părul ei lung era răsucit într-un coc. Ochii albaștri se holbau la perete. Un glob ocular era de un roșu strălucitor. Picioarele îi erau goale și osoase, unghiile - prea lungi și ușor îngălbenite. I-am desprins lanțul de la gât și l-am vârât în buzunar.

Clemency plângea.

– Ce păcat! Ce păcat! E fiica cuiva! Și acum e moartă!

– Nu e nici un păcat, i-am retezat-o cu asprime. Merita să moară.

Împreună cu Clemency am cărat-o la mansardă și apoi pe acoperiș. Era foarte ușoară. În capătul celălalt al acoperișului plat unde stătusem odinioară ținând mâna lui Phin era un fel de jgheab plin cu frunze moarte care ducea la burlanul ce cobora de-a lungul zidului. Am înfășurat-o în prosoape și cearșafuri și am vârât-o acolo, după care am acoperit-o cu frunze uscate și niște resturi de schele pe care le-am găsit în preajmă.

Am coborât în bucătărie, unde am privit fără pic de emoție cele trei cadavre. Nu-mi permiteam să asimilez gravitatea situației. Îmi ucisesem părinții. Pe mama mea cea frumoasă și proastă și pe tatăl meu cel sărac și cu mintea dusă. Trebuia să mă distanțez de faptul că, din cauza mea, mama n-avea să-și mai plimbe niciodată mâna prin părul meu, n-avea să mă mai numească niciodată băiețelul ei drag, că n-aveam să mai stau niciodată într-un club exclusivist cu tatăl meu, bând în tăcere limonadă. Nu-mi rămânea nici o familie la care să mă întorc de Crăciun, eventualii mei copii n-aveau să se bucure de dragostea bunicilor și nici să se preocupe de soarta lor când îmbătrâneau, nimeni n-avea să se preocupe de soarta mea când îmbătrâneam. Eram orfan. Orfan și, accidental, ucigaș.

N-am intrat în panică însă. Mi-am stăpânit emoțiile și m-am uitat la cele trei siluete întinse pe podeaua bucătăriei, gândindu-mă: „Arată ca membrii unui cult. Oricine ar intra aici în momentul ăsta le-ar vedea tunicile negre și ar fi convins că s-au sinucis".

Era limpede ce aveam de făcut. Trebuia să regizez scena aducerii la îndeplinire a unui pact suicidar. Am aranjat accesoriile pregătite pentru petrecere în ceva ce arăta mai puțin a „serată frivolă de a treizecea aniversare" și mai mult a „cina cea de taină foarte solemnă". Ne-am descotorosit de farfuriile în plus. Am spălat toate cratițele și tigăile și am aruncat toată mâncarea veche. Am tras corpurile astfel încât să fie orientate în aceeași direcție. Le-am apăsat vârfurile degetelor pe sticluțele goale și apoi le-am așezat pe masă în dreptul fiecărui loc, ca și când ar fi luat otrava odată.

Nu ne vorbeam.

În mod ciudat, atmosfera avea ceva sacru.

Am sărutat-o pe mama pe obraz. Era foarte rece.

L-am sărutat pe tata pe frunte.

Și apoi m-am uitat la David. În fața mea zăcea bărbatul care, așa cum prezisese Phin cu câteva luni în urmă, îmi zdrobise viața. Bărbatul care ne distrusese, ne bătuse, ne privase de hrană și de libertate, ne luase pașapoartele, îmi lăsase gravide mama și sora, încercase să ne ia casa. Pusesem capăt existenței lui jalnice, iar acum mă simțeam triumfător. Însă aveam și o senzație teribilă de dezgust.

„Uită-te la tine", voiam să-i spun. „Uite ce nenorocit ai ajuns!"

Voiam să-mi apăs talpa pe fața lui și să i-o strivesc, dar am rezistat tentației și m-am dus înapoi în camera lui Birdie și a lui David, unde am golit toate cutiile. Într-una am găsit sacoșele pe care le făcuse Birdie ca să le vândă la Camden Market, și le-am umplut cu vârf și îndesat. Am găsit aproape șapte mii de lire, pe care le-am împărțit la patru. Am găsit și bijuteriile mamei și butonii de aur ai tatei și coliere de platină și o ladă întreagă de whisky. Am turnat whisky-ul în chiuvetă și am dus sticlele goale la ușă, alături de sticla de șampanie. Bijuteriile le-am pus în sacoșe, apoi am desfăcut cutiile și le-am lăsat într-un teanc.

Odată ce din casă dispăruse orice indiciu care ar fi pus sub semnul întrebării ideea apartenenței la un cult, am plecat în liniște, pe ușa din față, și am luat-o spre fluviu. Trebuie să fi fost ora trei dimineața. Au trecut câteva mașini, însă nici una n-a încetinit, nimeni n-a părut să ne observe. Ne-am oprit pe mal, chiar acolo unde eu și Phin ne încăieraserăm cu atâția ani înainte, acolo unde ajunsesem să am vedenii în adâncul apei negre. Eram suficient de calm încât să-mi apreciez primele momente de libertate după doi ani. După ce am aruncat sticlele goale, lenjeria de mătase, flacoanele de parfum și rochiile de seară, în sacoșe îngreunate cu pietre, am rămas nemișcați. Auzeam respirația tuturor, frumusețea și pacea momentului copleșind preț de o clipă oroarea întregii situații. Aerul care venea dinspre suprafața de oțel a fluviului era dens, mirosind a motorină și a forță vitală. Mirosea a toate acele lucruri de care ne fusese dor din momentul în care David Thomsen intrase în casa noastră, din ziua în care el și familia lui se mutaseră la mansardă.

– Simțiți? am zis, întorcându-mă spre fete. Am reușit. Chiar am reușit!

Clemency, care plângea pe tăcute, s-a smârcâit și și-a șters nasul cu podul palmei, dar îmi dădeam seama că Lucy simțea și ea puterea faptei pe care o săvârșiserăm.

Dacă n-ai fi fost tu, Serenity, Lucy ar fi fost mai slabă. Și-ar fi jelit mămica, scâncind asemenea lui Clemency. Dar pentru că te avea pe tine știa că miza era mult mai mare decât identitățile noastre de copii iubiți ai unei mame și ai unui tată. Își ridicase bărbia cu un aer curajos, aproape rebel. Eram mândru de ea.

– O să fie bine, i-am spus. Știi asta, nu?

A încuviințat din cap. Am rămas așa un minut sau două până când, zărind luminile unui remorcher ce se apropia de noi, am zbughit-o peste drum înspre casă.

Atunci s-a întâmplat.

Clemency a fugit.

Nu purta pantofi. Doar șosete. Pantofii mamei pe care-i păstrase Birdie îi erau mult prea mici, pe când ai lui David erau mult prea mari.

O clipă m-am mulțumit s-o privesc fugind. Am lăsat să treacă momentul de nehotărâre, după care i-am spus lui Lucy:

– Întoarce-te în casă!

Apoi m-am răsucit pe călcâie și am luat-o la goană după Clemency.

Mi-am dat seama rapid că în felul ăsta atrăgeam atenția asupra mea. Erau câțiva oameni pe stradă: era joi noaptea, tinerii se întorceau acasă de la stația autobuzului de noapte de pe King's Road. Cum aș fi putut să explic situația în care eu, în tunică neagră, fugăream o fată îngrozită și desculță, tot în tunică neagră?

M-am oprit la colțul cu Beaufort Street. Inima mea, care nu mai cunoscuse de mult șocul alergării, îmi zvâcnea sub coaste ca un piston, dându-mi o stare de greață. M-am oprit și m-am aplecat în față, auzind cum respirația îmi intra și-mi ieșea din corp ca unui animal de povară sugrumat, iar în cele din urmă m-am întors și am luat-o agale spre casă.

Lucy mă aștepta în hol. Tu erai în poala ei, sugând de zor.

– Unde e? m-a întrebat. Unde-i Clemency?

– A plecat, am gâfâit. S-a dus...

60

Libby se uită fix la Clemency.

– Unde? Unde te-ai dus?

– La spital. Am urmat semnele până la departamentul de urgențe. Am văzut cum se uitau oamenii la mine. Dar știi, la ora aceea din noapte, la urgențe, nimeni nu te bagă în seamă. E o nebunie, vin o mulțime de bețivi și de zănatici. Toți sunt speriați și îngrijorați. M-am dus la ghișeu și am zis: „Cred că fratele meu e pe moarte. Are nevoie de ajutor medical".

Sora m-a privit și m-a întrebat: „Câți ani are?"

„Optsprezece", am zis.

„Unde sunt părinții voștri?" a vrut ea să știe, și în momentul acela m-am blocat. Nu pot să explic. Am încercat să spun ceva, însă cuvintele pur și simplu nu-mi ieșeau din gură. Aveam în minte imaginea tatei mort, întins acolo ca un guru de circ. Și Birdie pe acoperiș, înfășurată ca o mumie. M-am gândit: „Cum pot să le spun oamenilor să meargă în casa aceea? Ce-o să zică? Ce-o să se întâmple cu bebelușul? Ce-o să se întâmple cu Henry?" Așa că m-am răsucit pe călcâie și am plecat. Mi-am petrecut noaptea la spital, mutându-mă de pe un scaun pe altul. De fiecare dată când cineva mă privea ciudat ori părea gata să-mi spună ceva, mă ridicam și-mi găseam alt loc.

Dimineață m-am spălat la toaletă, apoi m-am dus glonț la un magazin de încălțăminte. Aveam un trenci pe mine și-mi prinsesem părul la spate. Eram atât de inobservabilă pe cât poate fi un copil care umblă desculț pe stradă la începutul lui aprilie. Aveam o mulțime de bani în sacoșă. Mi-am cumpărat o pereche de pantofi, după care am început să bântui prin oraș. Nimeni nu s-a uitat l-a mine. Nimeni nu m-a băgat în seamă. Am mers tocmai până la Gara Paddington, luându-mă după indicatoarele rutiere. Deși locuiam la Londra de șase ani, nu aveam o hartă mintală a orașului. Dar am reușit să ajung acolo. Și mi-am luat un bilet de tren până în Cornwall. Ceea ce era o nebunie, pentru că n-aveam numărul de telefon al mamei. N-aveam adresa ei. Nu știam nici măcar numele orașului. Însă aveam amintiri, lucruri despre care ne vorbise în cursul vizitelor ei, imediat după ce se mutase aici. Ultima oară pomenise de un restaurant de pe plajă cu sushi și înghețată albastră, unde voia să ne ducă atunci când aveam s-o vizităm. Spunea că erau o mulțime de surferi, că-i privea de la fereastra apartamentului ei. A menționat un vecin, un artist excentric care avea în grădină o mulțime de sculpturi falice realizate din mozaic colorat. A spus că la colțul străzii ei era un chioșc de *fish and chips*, că ratase trenul rapid spre Londra și luase unul care oprise în optsprezece stații.

Așa mi-am croit drum până la mama. Până la Penreath, până pe strada ei, până la apartamentul ei.

Ochii lui Clemency se umplu de lacrimi la această amintire, iar degetele i se îndreaptă spre pachetul de țigări de pe masă. Scoate una, o aprinde și trage fumul în piept.

– A venit la ușă, și când m-a văzut acolo... Cum vocea i se îneacă la fiecare cuvânt, respiră profund ca să se calmeze înainte de a continua: Când m-a văzut acolo, m-a tras înăuntru, m-a luat în brațe și m-a ținut așa mult, mult timp. Simțeam mirosul de băutură, știam că nu era perfectă și știam de ce nu venise după noi, dar știam la fel de bine că întregul calvar se terminase. Și că eram în siguranță.

În cele din urmă m-am uitat în jur. Apartamentul ei era în neorânduială, vedeai lucruri peste tot. Nu mai eram obișnuită cu așa ceva; mă învățasem să trăiesc cu golul, cu neantul.

A eliberat canapeaua ca să mă pot așeza, apoi a rostit: „Phin? Unde e Phin?“

Evident, în momentul acela am înghețat, deoarece adevărul era că fugisem și-l lăsasem acolo, încuiat în camera lui. Iar dacă i-aș fi explicat de ce era încuiat în camera lui ar fi trebuit să-i explic tot restul. Am privit-o, și era într-un asemenea hal, și eu eram într-un asemenea hal, și ar fi trebuit să-i spun tot. Dar pur și simplu nu puteam. Prin urmare, i-am spus că adulții își curmaseră viețile în virtutea unui pact. Că Henry, Lucy și Phin erau încă acasă cu tine. Că poliția urma să sosească și totul avea să fie în regulă. Știu că sună ridicol, dar nu uita cine fusesem, prin ce trecusem. Nu mai știam de cine să ascult. Noi, copiii, ne avuseserăm doar unul pe celălalt în toți anii aceia. Lucy și cu mine eram inseparabile, ca două surori... ei bine, până a rămas însărcinată.

– Lucy? se miră Libby. Lucy a rămas însărcinată?

– Da. Credeam... Nu știai?

Inima lui Libby o ia la goană.

– Ce să știu?

– Că Lucy era...

Însă Libby știe deja ce urmează să spună. Mâinile i se duc singure la gât când bolborosește:

- Ce era Lucy?

- Păi, era mama ta.

Tânăra femeie se uită fix la poza gurii canceroase de pe pachetul de țigări al lui Clemency, absorbind fiecare detaliu oribil, dezgustător, ca să blocheze valul de greață care a inundat-o. Mama ei nu e o frumoasă mondenă cu părul à la Priscilla Presley. Mama ei e o adolescentă.

- Cine era tatăl meu? întreabă într-un târziu.

- Era... tatăl meu, îi răspunde Clemency privind-o spășită.

Pe jumătate se aștepta la asta.

- Câți ani avea Lucy?

Bărbia lui Clemency îi cade în piept.

- Paisprezece. Tata avea patruzeci și ceva de ani.

- Și a fost... știi tu? întreabă Libby clipind rar.

- Nu. Nu din câte spunea Lucy. Din câte spunea ea, a fost...

- Consensual?

- Da.

- Dar era atât de tânără! Din punct de vedere legal, tot viol se cheamă.

- Așa-i. Dar tata... era foarte charismatic. Avea un mod anume de a te face să te simți deosebit. Sau un mod de a te face să te simți un zero. Și întotdeauna era mai bine să te numeri printre cei deosebiți. Știi, pot înțelege cum s-a întâmplat. Pot înțelege... dar asta nu înseamnă că nu mi s-a părut ceva oribil. L-am urât pentru asta. Și am urât-o pe ea.

Rămân tăcute o vreme. Libby lasă ca dezvăluirile din ultimele minute să-i pătrundă în creier. Mama ei era o adolescentă. O adolescentă, acum o femeie de vârstă mijlocie pierdută pe undeva prin lume. Tatăl ei era un bătrân libidinos, un pedofil, un animal. Gândindu-se la asta, tresare când telefonul îi anunță un mesaj pe WhatsApp de la un număr pe care nu-l recunoaște.

– Scuze, îi spune lui Clemency ridicându-și telefonul. Pot?

Poza atașată mesajului are legenda: „Te așteptăm! Vino!"

Recunoaște locul unde a fost făcută: în casa din Cheyne Walk. Și acolo, așezată pe jos, ținându-și mâinile sus înspre camera telefonului, e o femeie: zveltă, brunetă, foarte bronzată. Poartă o vestă și are tatuaje pe brațele musculoase. La stânga ei se află un băiat frumos, de asemenea brunet și bronzat, și o fetiță superbă cu bucle blonde, piele măslinie și ochi verzi. La picioarele lor stă un cățel alb cu pete negre și maro care gâfâie de căldură.

Iar în prim-plan, ținând telefonul cu brațul întins și arătându-și dinții foarte albi într-un zâmbet larg, e bărbatul care s-a prezentat drept Phin. Libby întoarce ecranul spre Clemency.

– Este...?

– Dumnezeule! Clemency își îndreaptă degetul spre ecran arătând spre femeie. Ea e! E Lucy!

Libby mărește chipul femeii din poză. Seamănă cu Martina, femeia despre care a crezut pentru scurtă vreme că era mama ei. Are același ten într-o nuanță închisă și același păr negru lucios, dar al ei e maro-ruginiu la vârfuri, ars de soare. Pe fruntea ei se văd câteva riduri fine. Are ochii căprui-închis, ca ai Martinei. Ca ai fiului ei. Pare că a trecut prin multe; pare obosită; este absolut splendidă.

Ajung pe Cheyne Walk cinci ore mai târziu.

La ușă, Libby își pipăie cheile în buzunarul poșetei. Ar putea să descuie și să intre; la urma urmei, e casa ei.

Dintr-odată însă o lovește gândul că nu e casa ei. Nu e deloc casa ei. Casa i-a fost lăsată copilului Martinei și al lui Henry. Un copil care n-a ajuns să trăiască nici măcar o zi.

Pune cheile la loc în poșetă și sună la numărul de pe care a fost trimis mesajul de pe WhatsApp.

-Alo?

E o femeie. Vocea ei este blândă și melodioasă.

-Vorbesc cu... Lucy?

-Da. Cine sunteți?

-Sunt... sunt Serenity.

61

Lucy lasă telefonul și se uită la Henry.

– E aici.

Se duc împreună la ușă.

Câinele începe să latre, așa că Henry îl ia în brațe și-i spune să stea cuminte.

Cu inima bătându-i de să-i sară din piept, Lucy își netezește părul, își aduce un zâmbet pe chip, apoi apasă clanța.

În fața ei se află fiica pe care trebuise s-o lase în urmă. Fiica de dragul căreia a ucis un om ca s-o poată revedea.

Fiica ei e de înălțime medie, carură medie, nu seamănă deloc cu bebelușul rotofei pe care l-a lăsat în leagănul de la Harrods. Are părul blond, fără bucle însă. Are ochi albaștri, dar nu e acel bleu apos al bebelușului pe care trebuise să-l abandoneze. Poartă pantaloni scurți de bumbac, o bluză cu mâneci scurte, espadrile roz. Strânge la piept o poșetă verde-crud. Are niște cercei de aur micuți din care atârnă câte un cristal de forma unei picături. Nu e machiată.

– Serenity...?

– Da. Sau Libby, la serviciu, spune ea râzând ușor.

Lucy izbucnește la rândul ei în râs.

– Libby. Desigur, ești Libby. Intră, te rog!

Trebuie să reziste tentației de a o îmbrățișa. În schimb, o conduce ținând-o cu mâna pe după umeri.

În spatele lui Serenity se află un tip masiv, arătos, cu barbă. I-l prezintă drept prietenul ei, Miller Roe.

Lucy îi conduce în bucătărie, unde copiii ei așteaptă încordați.

– Dragilor, ea este Serenity. Sau, de fapt, Libby. Iar Libby este...

– Bebelușul? completează Marco uluit.

– Da, Libby este bebelușul.

– Care bebeluș, mami? vrea să știe Stella.

– Bebelușul pe care l-am născut când eram foarte tânără. Bebelușul pe care a trebuit să-l las la Londra. Bebelușul despre care n-am spus nimănui niciodată. E sora voastră mai mare.

Marco și Stella au rămas cu gurile căscate. Libby schițează un salut cu o fluturare a mâinii. Se lasă o tăcere stânjenită, pe care Marco o rupe în cele din urmă:

– Știam eu! Am știut tot timpul! De când am văzut pe telefonul tău! Știam că e bebelușul tău!

Sare în picioare; un moment, Lucy se gândește că vrea să fugă, supărat pe ea pentru că i-a ascuns existența primului său copil, dar el aleargă spre Libby și o prinde în brațe, strângând-o cu putere. Peste creștetul lui, Lucy vede cum ochii lui Libby se deschid larg nu doar de surprindere, ci și de plăcere. Îl mângâie pe păr și-i zâmbește mamei sale.

Apoi, desigur, pentru că Marco a făcut-o, Stella îl imită și se agață de coapsele lui Libbby. „Iată-i", se gândește Lucy. „Cei trei copii ai mei. Împreună." Îi privește cu mâna la gură, cu lacrimi șiroindu-i pe obraji.

62

Nu am o inimă de piatră, Serenity, te asigur. Ții minte cum te-am lăsat să-mi prinzi degetul în ziua în care ai venit pe lume, cum m-am uitat la tine și am simțit ceva înflorindu-mi în suflet? Am simțit asta și în urmă cu două zile, când ne-am revăzut. Pentru mine erai tot bebelușul acela; îți păstraseși inocența, erai lipsită de orice viclenie.

Pe de altă parte, n-am putut să nu observ că ai ochii lui albaștri, tenul lui alb, genele lui lungi și negre.

Nu prea semeni cu Lucy.

Nu semeni deloc cu David Thomsen.

Semeni perfect cu tatăl tău.

Și, privind în urmă, e ridicol că nu mi-am dat seama, deși toate indiciile erau acolo. Buclele tale blonde, ochii albaștri, buzele pline... cum de David nu și-a dat seama? Cum de Birdie nu și-a dat seama? Cum de nimeni nu și-a dat seama? Probabil pentru că era imposibil să crezi. Imposibil chiar să concepi așa ceva.

Faptul că sora mea se culca cu David și cu Phin în același timp.

N-am aflat decât a doua zi după petrecerea de ziua lui Birdie.

Lucy și cu mine nu ne hotărâserăm încă în privința căii de urmat. Phin se învârtea furios prin cameră, distrugând totul în jur, așa că l-am legat de calorifer ca să nu se rănească. Spre binele lui.

Lucy a fost oripilată.

- Ce faci? a strigat la mine.

- O să se rănească, i-am spus. E doar până când stabilim ce facem cu el.

Te ținea în brațe. Nu fuseserăți despărțite nici o secundă din ajun, de când te luase din brațele lui Birdie.

- Trebuie să chemăm pe cineva să-l trateze.

- Da, așa e. Dar nu trebuie să uităm că am omorât niște oameni și că am putea ajunge la închisoare.

- Dar a fost un accident! a spus ea. Nici unul dintre noi n-a vrut să omoare pe nimeni. Polițiștii o să înțeleagă asta.

- Nu. N-o să înțeleagă. Nu avem nici o dovadă că am fost maltratați. Că s-a petrecut ceva în neregulă aici. Avem doar versiunea noastră asupra evenimentelor.

În momentul acela am tăcut brusc. M-am uitat la Lucy, m-am uitat la tine și m-am gândit: „Asta este. Asta e dovada de care avem nevoie, dacă hotărâm să cerem ajutor, dovada maltratării e aici. E chiar aici".

- Lucy, am spus. Bebelușul. Bebelușul e dovada că ai fost victima unui abuz. Ai cincisprezece ani. Aveai paisprezece atunci când s-a născut fetița. Pot să facă un test ADN. Să constate că David era tatăl ei. Poți să spui că te-a violat în mod repetat încă de când erai mică. Poți să spui că Birdie l-a încurajat. Și că după aceea ți-au furat copilul. În definitiv, nici nu e o minciună. Iar eu pot să spun... pot să spun că i-am găsit pe adulți așa. Aș putea să las un bilet fals, prin care ei să afirme chipurile că le e rușine de ce-au făcut. De felul în care ne-au tratat.

Dintr-odată m-a copleșit sentimentul că puteam ieși din situația aceea. Puteam să plecăm de acolo fără să ne pască pușcăria, Phin avea să se însănătoșească, Lucy avea să-și păstreze bebelușul și toată lumea avea să fie drăguță cu noi.

Atunci însă, Lucy mi-a zis:

– Henry, tu știi că Serenity nu e a lui David, nu-i așa?

Dumnezeule, ce idiot credul puteam să fiu! Nici atunci nu mi-am dat seama. Țin minte că m-am gândit: „Ei poftim, și al cui să fie?"

În momentul acela mi-a picat fisa. Întâi am râs. După aceea mi s-a făcut greață. În cele din urmă am îngăimat:

– Chiar? Tu? Și Phin? Serios?

Lucy a dat din cap, confirmând.

– Dar cum? Când? Nu înțeleg.

– În camera lui, mi-a răspuns cu ochii în pământ. Numai de două ori. A fost, nu știu, ca un fel de alinare. M-am dus să-l văd pentru că eram îngrijorată în privința lui. Pentru că părea atât de bolnav. Și apoi ne-am trezit pur și simplu...

– Ah, Dumnezeule. Târfă ce ești!

A încercat să mă oprească, dar am împins-o cu putere.

– Stai departe de mine. Mă scârbești! Ești nebună și dezgustătoare. Ești o curvă. O curvă mizerabilă!

Da, n-am menajat-o deloc. Rareori m-am simțit mai dezgustat de o ființă umană ca în acea zi.

Nu mă puteam uita la ea. Nu puteam judeca rațional. De câte ori încercam să mă gândesc la ceea ce aveam de făcut, mintea mi se umplea de imagini cu Lucy și Phin: el peste ea, el sărutând-o, mâinile lui, mâinile pe care le ținusem atunci, demult, pe acoperiș, atingându-mi sora peste tot. Nu mai cunoscusem niciodată o asemenea turbare, o asemenea ură, o asemenea durere.

Voiam să omor pe cineva. Și de data asta voiam s-o fac cu intenție.

M-am dus în camera lui Phin. Lucy a încercat să mă oprească, dar am împins-o.

– E adevărat? am răcnit. E adevărat că te-ai culcat cu Lucy? Cum Phin mă privea inexpresiv, am urlat iarăși: Așa e? Spune-mi!

– Nu-ți spun nimic până nu mă dezlegi.

Părea epuizat. Arăta ca și cum ar fi fost pe punctul de a dispărea în neant.

Mânia a început să mi se risipească; m-am așezat pe marginea patului și mi-am prins capul între palme. Când am ridicat privirea, ochii lui erau închiși.

După o lungă tăcere l-am întrebat:

– Ești pe moarte, Phin?

– La dracu', habar n-am.

– Trebuie să plecăm de aici. Trebuie să-ți revii. Serios.

– Nu pot.

– Dar trebuie.

– Lasă-mă aici, în Paștele mă-sii! Vreau să mor.

Mi-a trecut prin minte, trebuie să recunosc, că aș fi putut să-i pun o pernă pe față și s-o apăs, să-mi apropii fața de a lui ca să-i absorb ultima răsuflare, să-i șoptesc vorbe de alinare la ureche, să-l domin, să-i smulg forța vitală, să-mi însușesc puterea lui. Dar, adu-ți aminte, în afară de bebelușul născut mort al mamei – și am făcut nenumărate căutări pe Google în ultimii ani, e foarte greu să întrerupi o sarcină normală folosind pătrunjel –, n-am ucis pe nimeni cu premeditare.

Sunt un ticălos, Serenity, știu asta. Capacitatea mea de empatie e atrofiată. Totuși, pot nutri compasiune, pot iubi.

Și-l iubeam pe Phin mai mult decât am iubit pe oricine altcineva de atunci încoace.

I-am dezlegat încheietura mâinii și m-am așezat lângă el, cu spatele la calorifer.

– Ți-a plăcut vreodată de mine? l-am întrebat. Măcar pentru o clipă?

– Întotdeauna mi-a plăcut de tine, mi-a zis. De ce să nu-mi placă?

Mi-am ales cu grijă cuvintele.

– Pentru că mie îmi place de tine? Prea mult?

– Enervant, a spus el cu o notă de umor căznit în vocea-i slabă. Foarte enervant.

– Da. Înțeleg asta. Îmi pare rău. Îmi pare rău că l-am lăsat pe tatăl tău să creadă că m-ai împins în Tamisa. Îmi pare rău că am încercat să te sărut. Îmi pare rău că sunt enervant.

Casa scârțâia și gemea în jurul nostru. Tu dormeai. Lucy te pusese în vechiul leagăn din dressingul părinților. Eram treaz de treizeci și șase de ore, și tăcerea deplină, întreruptă doar de sunetul respirației lui Phin, m-a făcut să închid ochii imediat, pradă unui somn fără vise.

Când m-am trezit, peste două ore, Lucy și Phin plecaseră, iar tu încă dormeai în leagănul tău.

63

Libby o privește pe Lucy, această femeie înconjurată de copiii ei iubitori pe care i-a adus tocmai din Franța. Și-a adus până și câinele. În mod clar, nu e genul de femeie care să-i lase în urmă pe oamenii pe care-i iubește.

– De ce m-ai părăsit? o întreabă.

Lucy scutură din cap cu vehemență.

– Nu, nu! Nu te-am părăsit. Nu te-am părăsit niciodată. Dar Phin era îngrozitor de bolnav, pe când tu erai perfect sănătoasă. Așa că te-am pus în leagăn, am așteptat să adormi și m-am întors în camera lui Phin, unde Henry adormise. Am reușit să-l conving pe Phin să se ridice. Era atât de greu, iar eu eram atât de slabă! Cu chiu, cu vai ne-am dus acasă la medicul tatei, doctorul Broughton. Fusesem acolo când eram mică, țineam minte că nu era departe și avea o ușă roșu-aprins. Era miezul nopții. El a venit să ne deschidă în halat. M-am prezentat, apoi i-am spus – râde fără veselie la această amintire – i-am spus: „Am bani! Pot să vă plătesc!“

La început s-a încruntat furios, dar apoi l-a privit atent pe Phin și a zis: „Vai de mine!“ A urcat iute la etaj, mormăind în barbă, și peste câteva minute a revenit îmbrăcat în pantaloni și cămașă.

Ne-a dus în cabinetul lui. Toate luminile erau stinse. Le-a aprins, două rânduri de neoane care au început să lumineze dintr-odată. A trebuit să-mi feresc ochii. L-a întins pe Phin pe un pat și a început să-l examineze. „Ce naiba se întâmplă?" m-a întrebat. „Unde-s părinții tăi?"

Habar n-aveam ce să-i răspund. „S-au dus", i-am zis. Mi-a aruncat o privire piezișă, parcă vrând să spună că aveam să discutăm despre asta mai târziu, după care a sunat pe cineva. L-am auzit explicând situația la telefon, folosind un jargon medical complicat. Peste o jumătate de oră și-a făcut apariția un tânăr. Era asistentul doctorului Broughton. I-au luat sânge lui Phin, iar asistentul a plecat în toiul nopții cu o geantă plină de flacoane pentru laborator. Nu dormisem de două zile, vedeam la propriu stele verzi. Doctorul Broughton mi-a făcut o ciocolată caldă. A fost... oricât de ciudat ar părea, a fost cea mai bună ciocolată caldă din viața mea. Am adormit chiar acolo unde stăteam, pe canapeaua din sala de consultații.

Când m-am trezit era cinci dimineața și asistentul se întorsese de la laborator. Phin era sub perfuzie, însă avea ochii deschiși. Doctorul Broughton mi-a spus că suferea de malnutriție severă, dar, cu o hidratare intensivă și multă odihnă, avea să-și revină.

„Tatăl lui a murit", i-am spus. „Nu știu unde stă mama lui. Avem un bebeluș. Nu știu ce să fac."

La vestea că aveam un bebeluș i-a căzut fața.

„Dumnezeule! Câți ani ai?"

„Cincisprezece."

Mi-a aruncat o privire ciudată. „Unde e copilașul?"

„Acasă", i-am zis. „Cu fratele meu."

„Și părinții tăi? Unde s-au dus?"

„Au murit."

„Ah, nu ştiam. Îmi pare foarte rău." După un moment de gândire a adăugat: „Uite, nu ştiu ce se întâmplă exact şi nu vreau să mă amestec în nici un fel, dar mi-ai adus băiatul ăsta şi am datoria de a mă îngriji de el. Prin urmare, o să-l ţin aici o vreme. Am destul spaţiu."

I-am spus că vreau să plec, să mă întorc la tine, dar el m-a oprit zicându-mi: „Pari anemică. Vreau să-ţi fac nişte analize înainte să te las să pleci. Să-ţi dau ceva de mâncare".

M-a hrănit cu un castron de cereale şi o banană, apoi mi-a luat sânge şi mi-a verificat tensiunea, dinţii, urechile, de parcă aş fi fost un cal la târg.

Mi-a spus că sunt deshidratată şi că am nevoie să mi se administreze o perfuzie şi să fiu ţinută sub observaţie o vreme.

Lucy ridică privirea spre Libby şi trage aer în piept înainte să continue:

– Îmi pare atât de rău! Când doctorul mi-a spus în sfârşit că eram suficient de întremată ca să pot pleca, totul se terminase. Venise poliţia, veniseră serviciile sociale, tu dispăruseşi. Am ajuns prea târziu, murmură ea cu ochii plini de lacrimi.

64

Eu am fost cel care a avut grijă de tine, Serenity. Ți-am dat piure de banane, și lapte de soia, și terci de ovăz, și orez. Ți-am schimbat scutecele. Ți-am cântat cântece de leagăn. Am petrecut multe ore împreună. Era limpede că Lucy și Phin n-aveau să se întoarcă, iar cadavrele din bucătărie începeau să se descompună. Cineva avea să anunțe autoritățile, nu încăpea nici o îndoială. Știam că era momentul să plec. Am adăugat câteva rânduri la biletul așa-zișilor sinucigași. „Pe fetița noastră o cheamă Serenity Lamb. Are zece luni. Vă rugăm să faceți în așa fel încât să ajungă la niște oameni cumsecade." Am vârât stiloul cu care scrisesem între degetele mamei, apoi l-am luat și l-am pus pe masă lângă bilet. În fine, te-am hrănit și te-am îmbrăcat cu un body curat.

Chiar când eram pe cale să ies am simțit în buzunar lăbuța de iepure a lui Justin. O țineam acolo ca să-mi poarte noroc, nu c-aș crede în chestiile astea, și în mod clar nu-mi purtase pic de noroc de când o luasem din camera lui Justin. Dar îți doream tot binele din lume, Serenity. Erai singura ființă pură din casa aceea, singurul lucru bun care apăruse acolo. Prin urmare, ți-am strecurat lăbuța de iepure în așternuturi.

După aceea te-am sărutat și ți-am spus: „Adio, fetiță scumpă".

Am ieşit prin spatele casei, într-un costum de-al tatei făcut la comandă pe Savile Row şi nişte pantofi tot de-ai lui, luaţi de pe Jermyn Street. Legasem bolo-ul la gulerul uneia dintre cămăşile tatei şi-mi pieptănasem părul cu cărare pe-o parte. Sacoşa mea era plină cu bani şi bijuterii. Mergeam cu paşi mari, bucurându-mă să simt pe piele căldura soarelui matinal. La prima cabină telefonică am sunat la 999 şi, preschimbându-mi vocea, am spus că eram îngrijorat în privinţa vecinilor mei, pe care nu-i mai văzusem de ceva timp. În plus, se auzeau plânsete de bebeluş.

Am luat-o pe King's Road; toate magazinele erau încă închise. Am mers până la Gara Victoria, unde m-am aşezat pe terasa unei cafenele în costumul meu de pe Savile Row şi am comandat o cafea. Nu mai băusem cafea niciodată. Voiam din tot sufletul o cafea. Însă când mi-a fost adusă şi am gustat-o, mi s-a părut dezgustătoare. Am golit în ea două pliculeţe de zahăr şi m-am forţat s-o beau. După aceea m-am dus la un hotel oarecare din apropiere, unde am plătit pentru trei nopţi. Nimeni nu m-a întrebat câţi ani am, iar în registru m-am înscris drept Phineas Thomson. Thomson cu „o". Nu Thomsen cu „e". Voiam să fiu aproape Phin. Nu întru totul Phin.

Odată ajuns în cameră, am deschis televizorul. La sfârşitul buletinului de ştiri s-a difuzat un scurt material. Trei cadavre. Un pact de sinucidere. Un cult. Un bebeluş sănătos, luat în grija serviciilor sociale. Copii daţi dispăruţi. Căutările poliţiei în curs. Fotografiile prezentate erau cele din ultimul an de şcoală primară. Aveam zece ani şi eram tuns regulamentar. Lucy avea opt ani şi o tunsoare paj. Eram de nerecunoscut. Nu s-a pomenit nimic despre Phin sau Clemency.

Am răsuflat uşurat.

Şi după aceea? Ce s-a întâmplat între Henry cel de atunci, puştiul de şaisprezece ani care urmărea în chiloţi ştirile pe cuvertura de nylon a patului dintr-o cameră ieftină de hotel, şi bărbatul de vârstă mijlocie de azi?

Vrei să ştii? Îţi pasă?

Ei bine, mi-am găsit o slujbă. Am lucrat într-un atelier de reparaţii electrice din Pimlico deţinut de o familie de nebuni din Bangladesh pe care-i durea în cot de povestea vieţii mele atâta timp cât nu întârziam la serviciu.

M-am mutat într-un cămin de nefamilişti. Mi-am cumpărat cărţi de programare şi un computer şi am studiat noapte de noapte, singur.

De acum internetul şi telefonia mobilă luaseră avânt, aşa că am demisionat de la atelierul de reparaţii şi m-am angajat la Carphone Warhouse de pe Oxford Street.

M-am mutat într-un apartament cu două camere din Marylebone, cu puţin înainte ca Marylebone să devină inaccesibil ca preţ. Am început să-mi vopsesc părul blond. M-am apucat de exerciţii fizice. Am făcut muşchi. Noaptea umblam prin cluburi şi făceam sex cu diverşi necunoscuţi. M-am îndrăgostit, dar el m-a lovit. M-am îndrăgostit iar, însă m-a părăsit. Mi-am albit dinţii. Mi-am luat peşti tropicali. Au murit. M-am angajat la o nouă companie de internet. La început eram cinci. După trei ani eram cincizeci, eu aveam un salariu anual din şase cifre şi propriul birou.

Am cumpărat un apartament cu trei dormitoare în Marylebone. M-am îndrăgostit. El mi-a spus că-s urât şi că nimeni n-o să mă iubească niciodată, după care m-a părăsit. Mi-am făcut operaţie estetică la nas. Mi-am pus extensii la gene. Mi-am injectat buzele cu puţin Botox.

Apoi, în 2008, m-am dus la avocatul al cărui nume era trecut în testamentul părinţilor mei. Atâta timp încercasem să ascund în adâncurile minții casa din Cheyne Walk și ceea ce s-a întâmplat acolo, încercasem să-mi făuresc o nouă viață cu o nouă identitate (deși în mare parte împrumutată)! Nu mai voiam să am nimic de-a face cu amărâtul de Henry Lamb ori cu trecutul lui. Pentru mine era mort. Dar, pe măsură ce înaintam în vârstă și viața mi se așeza pe un curs stabil, am început să mă gândesc tot mai mult la tine; voiam să știu unde ești, cine ești, dacă ești fericită sau nu.

După cum aflasem de la știri, autoritățile presupuseseră că erai fiica Martinei și a lui Henry Lamb. „Biletul de sinucidere" scris de mine fusese luat drept bun și nu se efectuaseră teste ADN pentru a confirma ipoteza. Amintindu-mi de testamentul părinților mei, mi-am dat seama că într-o bună zi era foarte posibil să reapari în viața mea. Dar nu știam dacă fondul fiduciar mai exista și era gestionat de aceiași avocați. Nu știam nici dacă nu cumva David modificase termenii contractului de administrare în perioada când exercita un control deplin asupra mamei.

Trecusem de treizeci de ani. Eram înalt, blond, musculos și bronzat. M-am prezentat drept Phineas Thomson.

– Caut informații despre o familie pe care am cunoscut-o pe vremuri, am spus. Cred că firma dumneavoastră s-a ocupat de problemele lor juridice. Soții Lamb de pe Cheyne Walk.

O tânără a răsfoit câteva hârtii, a apăsat câteva taste la computer, apoi mi-a spus că firma administra un fond fiduciar pentru familia Lamb, dar nu avea dreptul să-mi dea detalii.

Acolo lucra și un băiat drăguț. Îi surprinsesem privirea cât stăteam în sala de așteptare. L-am așteptat în fața sediului până la prânz, când a ieșit să ia masa.

Îl chema Josh. Bineînțeles. Pe toți îi cheamă Josh în vremurile astea.

L-am dus în apartamentul meu, i-am gătit, am făcut sex cu el și, evident, pentru că nu voiam decât să-l folosesc, s-a îndrăgostit de mine până peste cap. Prefăcându-mă că și eu îl iubeam, am avut nevoie de mai puțin de o lună ca să-l conving să găsească actele, să le copieze și să mi le aducă.

Aveam în fața ochilor, negru pe alb, hotărârea luată de părinții mei atunci când eu eram un bebeluș și Lucy nici măcar nu venise pe lume. Casa de la numărul șaisprezece de pe Cheyne Walk și întreg conținutul ei urma să fie păstrată pentru moștenitorii Martinei și ai lui Henry Lamb până când cel mai vârstnic dintre aceștia împlinea douăzeci și cinci de ani. Până la urmă, David nu reușise să pună mâna pe document, și nici Lucy nu formulase vreo revendicare, din cât se părea. Actul se afla încă acolo, așteptându-te pe tine să împlinești douăzeci și cinci de ani. O persoană mai cinică decât tine s-ar putea gândi că te-am căutat pur și simplu ca să pun mâna pe moștenirea care mi se cuvine. În definitiv, n-aveam nici o dovadă că sunt Henry Lamb, așa că n-aș fi putut s-o revendic pentru mine, dar prin intermediul tău aveam șansa de a primi ceea ce îmi revenea de drept. Să știi însă că nu era vorba despre bani. Am o grămadă de bani. Era vorba de încheierea unui capitol din viața mea. Și era vorba despre tine, Serenity, și despre legătura dintre noi.

Prin urmare, în iunie anul ăsta am închiriat prin Airbnb apartamentul de peste fluviu, mi-am cumpărat un binoclu și m-am pus la pândă pe terasă.

Într-o dimineață m-am strecurat în curtea din spate a casei de pe Cheyne Walk și am petrecut o zi întreagă pe acoperiș desprinzând scheletul lui Birdie din învelişul lui mumificat. Trăgându-i unul câte unul oasele micuțe. Aruncându-le într-un sac negru de plastic. La căderea întunericului am azvârlit sacul în Tamisa. Era surprinzător de mic. Am dormit în noaptea aceea pe vechea mea saltea, iar a doua zi m-am întors în apartamentul închiriat. Și apoi, peste patru zile, ți-ai făcut apariția. Împreună cu avocatul. Ai tras deoparte panoul. Ai deschis ușa. Ai închis-o în spatele tău.

Am scos un oftat de uşurare.

În sfârşit.

Bebeluşul se întorsese.

65

Libby o priveşte cercetător pe Lucy.

– Ce s-a întâmplat cu Phin? După ce l-ai lăsat la doctorul Broughton? S-a însănătoşit?

– Da, s-a refăcut.

– Trăieşte încă?

– Da, din câte ştiu.

Libby îşi acoperă gura cu mâinile.

– Dumnezeule! Unde e?

– N-am idee. Nu l-am mai văzut de când aveam vreo optsprezece ani. Am stat împreună în Franţa timp de câţiva ani, după care am pierdut legătura.

– Cum aţi ajuns în Franţa?

– Doctorul Broughton şi-a rugat un cunoscut să ne ducă acolo. Doctorul Broughton părea să cunoască pe toată lumea. Era genul acela de om – un înlesnitor, i-aş zice. Întotdeauna avea un număr la care să sune, o favoare pe care s-o poată cere, un tip care ştia pe altcineva. Era medicul personal al multor infractori celebri. Cred că i se mai întâmplase să fie trezit în toiul nopţii ca să sutureze cine ştie ce rană de glonţ.

Odată ce a văzut povestea noastră la ştiri, şi-a dat seama că trebuia să ne expedieze cât mai repede. La o săptămână după ce bătusem la uşa lui mi-a spus că eram destul de înzdrăveniţi ca să putem pleca. Un tip ne nume Stuart ne-a înghesuit în spatele unei camionete Ford Transit și ne-a dus prin Eurotunel până la Bordeaux. Ne-a lăsat la o fermă aparținând unei femei pe care o chema Josette. Altă legătură de-a doctorului Broughton. Ne-a ținut câteva luni în schimbul muncii la fermă. Nu ne-a întrebat cine eram sau de ce ne aflam acolo.

Phin și cu mine n-am mai... știi tu. Ceea ce se întâmplase între noi înainte fusese doar din cauza situației în care eram amândoi. După ce ne-am căpătat libertatea am redevenit doar prieteni, aproape ca frate și soră. Însă vorbeam despre tine tot timpul, întrebându-ne ce făceai, cine se ocupa de tine, gândindu-ne cât erai de drăguță, cât de frumos aveai să crești, cât de deștepți fuseserăm să te facem.

– V-ați pus vreodată problema să mă căutați? întreabă Libby cu un aer meditativ.

– Da, spune Lucy. Ne-am gândit. Sau, cel puțin, eu m-am gândit. Phin era mai circumspect, viitorul lui îl preocupa mai mult decât trecutul. Nu vorbeam despre celelalte lucruri. Nu vorbeam despre părinții noștri, despre ceea ce se întâmplase. Am încercat, însă Phin nu voia. Era ca și cum și-ar fi șters totul cu buretele din minte. Era ca și cum nu s-ar fi întâmplat nimic. În acel prim an s-a descurcat foarte bine. Era bronzat și într-o formă fizică excelentă. Amândoi eram, de fapt. Josette avea o vioară veche la care nu cânta, așa că m-a lăsat pe mine s-o folosesc. Îi cântam iarna, iar vara, când ferma se umplea de studenți și muncitori itineranți, le cântam și lor. Josette m-a lăsat să merg cu vioara în orașul din apropiere, unde am început să cânt vinerea și sâmbăta seara. Strângeam banii câștigați astfel pentru ziua când Phin și cu mine aveam să venim la Londra după tine.

Apoi, într-o dimineață, cam la doi ani după aceea, când m-am trezit, am constatat că Phin dispăruse. Mi-a lăsat un bilet în care scria: „Am plecat la Nisa". Oftând, Lucy continuă: Am stat la Bordeaux până la sfârșitul verii, când banii strânși au fost destui ca să-mi cumpăr un bilet de autocar până la Nisa. Săptămâni întregi am dormit pe plajă, în timpul zilei încercând să dau de Phin. Într-un târziu am renunțat. Aveam vioara lui Josette. Cântam în fiecare seară. Am ajuns să câștig destui bani ca să locuiesc într-un hostel. Am împlinit nouăsprezece ani, douăzeci, douăzeci și unu. Și apoi am cunoscut un bărbat. Un tip foarte bogat. M-a cucerit din prima. M-a luat de nevastă. Am făcut un copil. L-am părăsit pe tipul foarte bogat și am cunoscut un tip foarte sărac. Am mai făcut un copil. Tipul sărac m-a părăsit, și apoi...

Se întrerupe, iar Libby îi studiază expresia. E ceva nedeslușit, aproape de neconceput acolo. Peste câteva clipe însă, unda aceea dispare și Lucy își reia povestirea:

– Și apoi era ziua ta, așa că m-am întors.

– Dar de ce nu te-ai întors mai devreme? vrea să știe Libby. Când ai împlinit douăzeci și cinci de ani. Nu știai de fondul fiduciar?

– Ba da, știam de el. Însă n-aveam nici o dovadă că eu eram Lucy Lamb. N-aveam certificat de naștere. Pașaportul meu era fals. Eram prinsă într-o căsnicie absolut îngrozitoare cu tatăl lui Marco. Totul era... suspină Lucy. Și după aceea m-am gândit: dacă Henry nu revendică moștenirea și nici eu n-o fac, casa îi va reveni automat bebelușului, ție, deoarece toată lumea crede că ești copilul părinților mei. Asta o să fac, mi-am zis. Aștept până când fetița împlinește douăzeci și cinci de ani și atunci o să mă întorc s-o regăsesc.

Când am avut primul meu smartphone, în urmă cu câțiva ani, primul lucru pe care l-am făcut a fost să-mi notez data în calendar, ca nu cumva să uit. De atunci, în fiecare minut din fiecare zi am așteptat clipa asta. Am așteptat să mă întorc.

– Și Phin? întreabă disperată Libby. Ce s-a întâmplat cu Phin?

– Nu pot decât să presupun că s-a dus într-un loc unde nu-l va găsi nimeni. Îmi imaginez că asta voia.

Libby oftează. Asta e. În sfârșit, tabloul e complet.

Cu excepția unei piese.

Tatăl ei.

PARTEA A PATRA

66

Libby stă cu degetul mare pe telefon. Are deschisă aplicația băncii, și de la ora nouă azi-dimineață își reverifică soldul o dată la cincisprezece minute. E ziua când trebuie să primească lichidarea pentru casa din Cheyne Walk. Au vândut-o în urmă cu o lună, în sfârșit, după luni întregi fără vreo vizionare și apoi un val de oferte când scăzuseră prețul; după două încercări eșuate de semnare a contractului, până la urmă un sud-african care plătea cu bani gheață a bătut palma în două săptămâni.

Șapte milioane patru sute cincizeci de mii de lire.

În contul ei sunt însă doar trei sute optsprezece lire. Ultimele rămășițe din ultimul salariu.

Cu un suspin, se întoarce spre monitorul computerului. Ultimul ei proiect de bucătărie. O mobilă drăguță, pictată, în stil Shaker[1], cu mânere de cupru și un blat de marmură. Prima casă a unor tineri căsătoriți. O să arate superb. Și-ar dori s-o poată vedea în realitate, dar asta n-o să se întâmple. Nu acum. Azi e ultima ei zi la Northbone Kitchens.

Este și ziua când împlinește douăzeci și șase de ani. Adevărata ei zi de naștere. Nu 19 iunie, ci 14 iunie. Prin urmare, e cu cinci zile mai bătrână decât credea. E în

---

[1] Mobilă de bună calitate, cu un design minimalist, realizată de membrii unei secte religioase cunoscute drept The Shakers (n.tr.)

regulă. Cinci zile reprezintă un preț mic pentru șapte milioane de lire, o mamă, un unchi și doi frați vitregi.

Iar acum, că nu mai urcă pe o scară șubredă în mintea ei către o zi de naștere arbitrară, cui îi pasă dacă ajunge acolo cu cinci zile înainte de termen?

Încarcă iarăși pagina.

Trei sute nouă lire. O plată prin PayPal pe care a făcut-o în urmă cu o săptămână a fost încasată.

E o zi splendidă. Îi aruncă o privire lui Dido.

– Vrei să mâncăm în oraș? Fac cinste.

Dido se uită la ea pe deasupra ochelarilor de citit și-i zâmbește.

– Cum să nu?

– În funcție de situația contului meu, dacă intră banii sau nu, o să fie ori sendvișuri și cola, ori homar și șampanie.

– Homarul e supraestimat, chicotește Dido înainte de a se întoarce la ecranul computerului ei.

Telefonul îi vibrează la ora unsprezece. E un mesaj de la Lucy: „Ne vedem mai târziu! Am rezervat pentru ora opt!"

Lucy locuiește cu Henry în apartamentul lui cochet din Marylebone. După toate aparențele, nu se înțeleg deloc. Henry, care a trăit singur douăzeci și cinci de ani, nu suportă să-și împartă spațiul cu doi copii, iar pisicile lui urăsc câinele. Lucy a început deja să-și caute o casă în St. Albans. În ce-o privește, Libby a pus ochii pe o căsuță georgiană minunată, cu două mii de metri pătrați de teren, chiar la marginea orașului.

Încarcă iarăși pagina.

Trei sute nouă lire.

Își verifică e-mailul, în caz că i s-a trimis vreo notificare, însă nu e nici un mesaj nou.

Banii se vor împărți la trei după plata taxei de succesiune. Nu e casa ei. Ea nu e sora lor. Dar ei au insistat.

- N-am nevoie de o treime, le-a zis. Câteva mii îmi sunt de ajuns.

Ei au continuat să insiste.

- Ești nepoata lor, a spus Lucy. Ai aceleași drepturi ca și noi.

La ora unu, ea și Dido ies din showroom.

- Mă tem că ne alegem doar cu sendvișuri.

- Foarte bine, chiar mi-era poftă de un sendviș.

Se duc la cafeneaua din parc și ocupă o masă afară, la soare.

- Nu-mi vine să cred că pleci, oftează Dido. Atmosfera o să fie atât de... era să zic liniștită, dar nu ești o persoană prea gălăgioasă. O să-mi lipsești, Libby. Tu și părul tău extraordinar. Și teancurile tale ordonate.

- Teancurile mele ordonate?

- Da. Dido mimează un paralelipiped de hârtii. Știi tu. Toate colțurile aliniate. O să-mi fie dor de tine, atâta tot, încheie ea zâmbind.

Libby o privește atent.

- Nu te-ai gândit niciodată să-ți dai demisia? După ce ai moștenit casa și toate celelalte lucruri? Adică, sigur n-ai nevoie să muncești, nu?

Dido ridică din umeri.

- Presupun că nu. Și uneori îmi vine să las totul baltă și să petrec toată ziua la grajduri cu Spangles, înainte să-i vină sorocul. Dar, până la urmă, n-am nimic altceva. Pe când tu... tu acum ai totul. Tot ceea ce bucătăriile nu-ți pot da.

Libby zâmbește. Prietena ei are dreptate. Nu e vorba doar de bani, ci de oamenii cărora le aparține acum, familiei care a format un cerc în jurul ei. În plus, a descoperit că sub toate teancurile acelea ordonate şi planificarea atentă se ascundea o altă personalitate, cea autentică. În realitate n-a fost niciodată dură şi organizată, dar a trebuit să adopte această ipostază pentru a contrabalansa neseriozitatea mamei sale. Ca să se integreze la şcoală. Ca să se integreze într-un grup de prieteni ale căror valori nu le-a împărtăşit niciodată cu adevărat.

Ea reprezintă mai mult decât prieteniile acelea distante şi criteriile imposibile de pe Tinder. Este produsul unor oameni mai buni decât părinţii naturali pe care şi i-a inventat, designerul grafic şi specialista în PR de modă cu maşină decapotabilă şi căţei minusculi. Cât de puţină imaginaţie a dovedit!

Cu mintea în altă parte, apasă iar pe butonul de reîncărcare a paginii.

Îşi coboară privirea spre ecran. E un număr complet aiurea. Un număr fără nici o noimă. Are prea multe zerouri, prea multe cifre de orice fel. Întoarce telefonul spre Dido.

– Vai, Doamne! Dido îşi acoperă faţa cu palmele pentru a-şi înăbuşi un ţipăt, apoi se întoarce în direcţia cafenelei. Ospătar! Două sticle din cel mai bun Dom Pérignon, vă rog. Şi treisprezece homari. Repede!

Desigur, nu e nici un ospătar, şi clienţii de la masa de alături le privesc uimiţi.

– Prietena mea tocmai a câştigat la loto, le explică Dido.

– Ah, exclamă femeia. Ce noroc, felicitări!

Dido se răsuceşte înapoi spre Libby.

– Ştii, chiar nu trebuie să te întorci la muncă după-masă. E ziua ta. Şi tocmai ai primit o grămadă de bani. Dacă vrei, poţi să-ţi iei liber.

Cu un zâmbet larg pe chip, Libby îşi mototoleşte şerveţelul şi-l pune pe tava de plastic.

– Nici gând. Nu sunt genul care să abandoneze. În plus, sunt destul de sigură că am lăsat niște hârtii nealiniate.

Dido îi zâmbește la rândul ei.

– Haide atunci, încă trei ore și jumătate de normalitate. Să le ducem la capăt, nu?

67

Timp de o oră, Lucy are apartamentul doar pentru ea. Folosește acest răgaz ca să facă o baie, să-și dea unghiile cu ojă, să-și usuce părul cu foehnul și să și-l aranjeze peste umeri, să se ungă cu cremă hidratantă și să se machieze.

Nici acum nu ia toate aceste lucruri de-a gata. A trecut un an de când Henry a găsit-o în casa de pe Cheyne Walk, de când a reunit-o cu Serenity. De un an, Lucy locuiește cu Henry în apartamentul lui imaculat din Marylebone, unde doarme pe un pat dublu cu așternuturi moi de bumbac și n-are nimic altceva de făcut toată ziua decât să plimbe câinele și să pregătească niște mese delicioase. Se vede cu Clemency o dată pe lună, când beau șampanie și vorbesc despre copiii lor, și despre muzică, și despre idiosincraziile lui Henry, de fapt despre orice în afară de ceea ce au îndurat în copilărie. Nu vor fi niciodată la fel de apropiate ca pe vremuri, dar tot sunt prietene foarte bune.

Marco are treisprezece ani și învață la o școală particulară foarte apreciată din Regent's Park, pentru care plătește Henry și unde „toată lumea vapează și ia ketamină", după cât se pare. Și-a pierdut complet accentul franțuzesc și declară oricui stă să-l asculte: „Acum mă identific drept londonez".

Stella are șase ani și e în clasa întâi la o școală primară din Marylebone; prietenele ei cele mai bune se numesc amândouă Freya.

Ieri, Lucy a luat metroul până în Chelsea și s-a oprit în fața casei. Panoul a fost înlăturat, iar inscripția cu „de vânzare“ a fost înlocuită cu „vândut“. În curând, casa va dudui de zgomotul bormașinilor și ciocanelor, fiind dezmembrată și refăcută pentru a se conforma gusturilor și nevoilor altei familii. În curând va fi căminul altcuiva, și noii proprietari nu vor ști niciodată, nici măcar nu vor bănui ce s-a întâmplat între acei pereți cu atâția ani în urmă, nu vor ști că patru copii au fost maltratați și ținuți prizonieri și apoi eliberați în lume, distruși, formați incomplet, pierduți, năuciți. Îi vine greu să-și aducă aminte cum era ea însăși pe atunci, îi vine greu să accepte o Lucy care era atât de disperată după atenție, încât s-a culcat atât cu un tată, cât și cu fiul acestuia. Uneori se uită la Stella, fetița ei perfectă, și încearcă să și-o imagineze la treisprezece ani, dăruindu-se așa numai ca să se simtă iubită. Durerea care o străpunge în acele clipe e de nesuportat.

Chiar atunci îi sună telefonul, și, așa cum i se întâmplă mereu și probabil i se va întâmpla până la sfârșitul vieții, simte un fior pe șira spinării. Uciderea lui Michael nu a fost elucidată, dar autoritățile s-au resemnat cu ideea că a avut drept cauză niște datorii neplătite către asociații lui din lumea interlopă. Numele ei a fost menționat doar o dată în ziarele franceze, la scurt timp după ce crima a ajuns în presă:

„Se crede că Rimmer, care a fost căsătorit de două ori, are un copil cu prima soție, o britanică, Lucy, al cărei nume de familie nu este cunoscut. Potrivit menajerei lui Rimmer, el și fosta lui soție s-au revăzut recent, însă ea nu este considerată suspectă în acest dosar.“

Totuși, nu va fi niciodată exclusă posibilitatea ca un detectiv tânăr, abia ieșit de pe băncile școlii și disperat să-și demonstreze valoarea, să redeschidă cazul și să-i ia urma. Probabil că niciodată nu se va putea relaxa complet.

Mesajul de acum nu e de la un detectiv începător, ci de la Libby: un screenshot al soldului de la bancă, însoțit de o exclamație: „Pam-pam!"

Parcă i s-a luat o piatră de pe inimă. Încă o fază a vieții ei s-a încheiat, și alta începe, se gândește. Acum poate să-și cumpere o casă. În sfârșit. O casă pentru ea și copiii ei, și câine. O casă pe care s-o aibă pentru totdeauna, pe care nimeni n-o să i-o poată lua. Și atunci va putea să-și aleagă în liniște calea. I-ar plăcea să ia cursuri de vioară. I-ar plăcea să devină un muzician profesionist. Iar acum nu mai are de înfruntat nici un obstacol.

Prima jumătate a vieții lui Lucy a fost dificilă și sumbră, marcată de bătălii grele. A doua jumătate va fi luminoasă.

Îi răspunde lui Libby: „Șampanie pentru toată lumea! Ne vedem mai târziu, scumpo. Sunt nerăbdătoare să sărbătorim împreună. Totul".

Mesajul lui Libby vine imediat: „Și eu abia aștept să te văd. Te iubesc".

„Și eu te iubesc", scrie Lucy, adăugând un lung șir de inimioare.

Fetița ei este extraordinară: un suflet blând și generos, în multe feluri o combinație între Stella și Marco, dar semănând leit cu tatăl său în felul în care-și croiește drumul prin viață și-și face singură regulile, rezultatul final fiind o personalitate unică. Se dezvoltă și se schimbă într-un mod remarcabil, lăsând în urmă unele dintre ticurile și defectele care o țineau în loc, îngăduind vieții să-i arate calea în loc să-și impună ea un traseu. Fiecare clipă de tristețe dintre ziua în care a părăsit-o în leagăn și cea în care a regăsit-o nu a fost în zadar. Fiica ei este un înger.

Își ia telefonul și trece în revistă persoanele de contact până ajunge la litera G. Compune un mesaj:

„Dragă Giuseppe,

Sunt eu, Lucy. Mi-e atât de dor de tine! Vreau doar să-ți spun că sunt fericită și sănătoasă, la fel și copiii și Fitz. Nu mă mai întorc în Franța. Acum am o viață nouă, minunată, și vreau să prind rădăcini aici. Dar o să mă gândesc la tine mereu și o să-ți fiu veșnic recunoscătoare pentru că mi-ai stat alături atunci când viața mea o luase razna. Aș fi fost pierdută fără tine.

Cu dragoste, Lucy".

68

În seara aceea, toată familia o așteaptă pe Libby în restaurantul din Marylebone.

Lucy, Marco, Stella și Henry.

Marco o întâmpină cu o îmbrățișare călduroasă și stângace, lovindu-și fruntea de clavicula ei.

– La mulți ani, Libby!

Îmbrățișarea Stellei e mai gingașă.

– La mulți ani, Libby! Te iubesc!

Sunt niște copii minunați, și asta i se datorează în primul rând femeii care i-a crescut, se gândește Libby. Ea și Lucy au devenit foarte apropiate într-un timp foarte scurt. Diferența mică de vârstă o face s-o privească mai curând ca pe o nouă prietenă decât ca pe femeia care i-a dat naștere.

Lucy se ridică, își pune brațele pe după gâtul sărbătoritei și-i aplică un sărut sonor pe obraz.

– La mulți ani! În sfârșit, pot să-ți spun asta din toată inima. După douăzeci și șase de ani. Dumnezeule, am crezut c-o să mă rup în bucăți!

– Așa e, încuviințează Henry venind și el s-o felicite. A mugit ca o vacă. Ore în șir. Ne astupaserăm urechile ca să n-o mai auzim.

Libby încă nu s-a lămurit în privința lui. Uneori, amintindu-și de vorbele lui Clemency, cum că Henry ar avea un filon de răutate pură, simte un fior pe șira spinării. Se gândește la faptele pe care le-a săvârșit, execuția a patru oameni, mumificarea corpului unei femei, mutilarea unei pisici. Însă n-a comis nici o crimă cu premeditare, și Libby e convinsă că, dacă cei patru copii s-ar fi dus la secția de poliție în noaptea aceea și ar fi explicat ce se întâmplase, că fusese un accident cumplit, dacă ar fi spus cum fuseseră maltratați și închiși, ar fi fost crezuți și reabilitați. În loc de asta, se transformaseră în fugari, ducându-și viețile pe căi inimaginabile.

Henry e ciudat, dar își asumă asta cu franchețe. Susține cu tărie că nu i-a încuiat cu intenție în dormitorul de oaspeți în noaptea aceea, că nu le-a luat telefoanele și n-a șters înregistrarea făcută de Miller.

– Ei bine, dacă am făcut-o, trebuie să fi fost mai beat decât credeam, le-a spus.

Și Libby n-a găsit nici un program de urmărire sau de ascultare instalat pe telefonul ei. Dar nici nu și-a schimbat codul de acces.

El neagă și că ar fi făcut operații estetice ca să semene cu Phin.

– De ce aș fi vrut să semăn cu Phin? Arăt mult mai bine decât el.

N-are răbdare cu copiii, și pătrunderea bruscă a unui număr atât de mare de oameni în mica lui lume strict controlată l-a descumpănit. Adesea e morocănos, dar uneori îi face pe toți să râdă. Are o concepție laxă asupra adevărului și pare să trăiască undeva, la marginea realității. Cum ar putea Libby să-l condamne? După toate ororile prin care a trecut? Probabil că și ea ar trăi la marginea realității dacă ar fi avut o copilărie la fel de traumatizantă.

Citește mesajul din felicitarea pe care i-a dat-o Henry: „Dragă Libby Jones, sunt nemaipomenit de mândru să te pot numi nepoata mea. Te-am iubit atunci și te voi iubi mereu. La mulți ani, frumoaso!“

O privește ușor îmbujorat de stinghereală. De data asta, Libby nu mai acceptă una dintre obișnuitele lui îmbrățișări precaute. De data asta se repede să-l ia în brațe și-l strânge până când și el o strânge la rândul lui.

– Și eu te iubesc, îi murmură la ureche. Îți mulțumesc pentru că m-ai găsit.

Chiar atunci își face apariția și Miller.

Dido avea dreptate.

Era ceva acolo.

Deși numele lor de familie, Roe și Jones, sună prost împreună, deși mama lui e oarecum distantă, deși Miller are burtă, o barbă prea mare, nici un animal de companie și o fostă nevastă, e ceva ce înseamnă mult mai mult decât toate astea. Și ce altceva este un tatuaj, dacă nu un desen pe piele? Nu e o ideologie. E o mâzgălitură.

Miller a renunțat la articol de dragul ei. După noaptea din vara trecută când Libby și-a regăsit familia, el și-a luat carnetul și i-a smuls toate paginile.

– Dar asta e pâinea ta de toate zilele, e cariera ta, obiectase ea. Ai fi putut să câștigi o avere.

El o redusese la tăcere cu un sărut.

– Nu vreau să te fac să-ți pierzi iarăși familia. O meriți mult mai mult decât merit eu un articol de senzație.

Acum, Libby se așază lângă el și-l sărută de bun-venit.

– La mulți ani, Lamb[1], îi șoptește el la ureche.

Asta e porecla pe care i-a dat-o. Niciodată n-a mai avut o poreclă.

În clipa următoare îi întinde un plic gros.

– Ce-i asta?

– Deschide-l și o să afli, îi spune zâmbind.

E o broșură tipărită pe hârtie lucioasă făcând reclamă unei cabane de safari de cinci stele din Botswana, The Chobe Game Lodge.

---

[1] *Lamb* – în limba engleză, „miel" (n.red.)

- Este...?

Miller zâmbește larg.

- Se pare că da. Potrivit tipului foarte amabil de la recepție, șeful ghizilor este un bărbat de patruzeci și ceva de ani pe care-l cheamă Phin. Dar acum își scrie numele cu un „F". Finn. Finn Thomsen.

- El e?

- Sunt convins în proporție de nouăzeci și nouă la sută că e el. Dar avem o singură modalitate ca să fim siguri.

Miller scoate o foaie printată din buzunar și i-o dă. Este e-mailul de confirmare a rezervării pentru o cameră dublă de lux la The Chobe Game Lodge.

- Pot s-o iau pe mama, dacă nu vrei să vii. Întotdeauna a vrut să meargă la un safari.

Libby clatină din cap.

- Nu. Vreau să merg. Sigur că vreau!

Citește e-mailul, apoi revine la broșură. Atenția îi e atrasă de o fotografie: un jeep plin cu turiști uitându-se la o ceată de lei. Îl privește cu atenție pe ghid, care stă pe locul din față, zâmbind către aparatul de fotografiat. Are o claie de păr blond des, ars de soare, iar zâmbetul lui e strălucitor, asemenea luminii din savană.

Arată de parcă ar fi cel mai fericit om din lume.

Îi seamănă leit.

- Crezi că e el?

- Nu știu, spune Miller.

Se uită la Henry și Lucy, așezați de partea cealaltă a mesei, și le arată broșura. Cu capetele lipite, cei doi examinează fotografia, apoi Lucy își duce pumnul la gură, pe când Henry se lasă pe spătar.

Lucy încuviințează din cap cu vigoare.

- Da, spune cu emoție în glas. Da, e el. E Phin. Trăiește. Uitați-vă la el! Trăiește!

69

Trăiește. Phin trăiește. Inima îmi bate aiurea, sunt amețit. E de o frumusețe pentru care merită să înduri chinurile iadului. Cu bronzul acela perfect, hainele de camuflaj, rânjetul acela larg și nonșalant, stând într-un jeep fără nici o grijă care să-i apese sufletul! Pun pariu că niciodată nu se gândește la mine, pun pariu că nu se gândește la nici unul dintre noi. Mai ales la tine, Serenity. Nu-i păsa de tine când locuiai în casa noastră. N-o să-i pese de tine nici acum.

În mod cert, Lucy mințea când a spus că vorbeau despre tine tot timpul cât au stat împreună în Franța. Phin nu e genul căruia să-i placă bebelușii. Nu e un familist. E un tip introvertit, singuratic. Singura dată, *singura dată* când am reușit să-l scot din carapace a fost prima oară când ne-am drogat. Momentul acela când ne-am ținut de mână, când l-am simțit trecând în mine, când am devenit Phin. El n-a devenit Henry, bineînțeles – cine ar fi vrut să se transforme în mine? Dar eu m-am transformat în el. O scriam peste tot prin casă, oriunde puteam, erau ca niște strigăte tăcute în colțuri și diverse locuri ascunse. „EU SUNT PHIN".

Dar cum aș fi putut să fiu Phin din moment ce Phin era acolo, amintindu-mi permanent în ce măsură nu eram Phin? Cu fiece alungare neatentă a șuviței de pe frunte sau ridicare a umerilor, cu fiece privire melancolică spre peretele opus dintr-o cameră goală în timp ce dădea alene pagina unui roman la modă.

Ideea de început a fost a unui elixir al dragostei. Trebuia să-l facă să se îndrăgostească de mine. N-a mers. Tot ce-a reușit a fost să-l slăbească. Să-l facă mai puțin frumos. Cu cât era el mai slab, cu atât mai puternic deveneam eu. Așa că am continuat să-i administrez tinctura. Nu ca să-l omor, n-am avut niciodată intenția asta, ci doar ca să-i micșorez lumina astfel încât eu să pot străluci mai mult. Și în noaptea aceea, în noaptea petrecerii pentru aniversarea lui Birdie, când Lucy mi-a spus că Phin era tatăl copilului ei, m-am dus în camera lui să-l omor.

Dar când mi-a cerut să-l dezleg i-am spus: „Numai dacă mă lași să te sărut". Și l-am sărutat. În timp ce mâna lui era încă legată de țeava caloriferului, în timp ce trupul îi era distrus aproape complet, l-am sărutat, pe buze, pe chip. Nu s-a opus. M-a lăsat. L-am sărutat pe îndelete. Mi-am plimbat degetul peste buzele lui, i-am mângâiat părul, am făcut tot ce visasem să fac de la unsprezece ani, din clipa în care intrase în casa noastră, moment în care nu știam că aveam să-mi doresc vreodată să sărut pe cineva.

Mă așteptam să mă respingă, însă n-a făcut-o. Accepta totul fără crâcnire.

Apoi, când am hotărât că-l sărutasem destul, i-am dezlegat mâna, m-am așezat lângă el cu spatele la calorifer și mi-am trecut brațul pe după trupul lui cald.

Am închis ochii.

Am adormit.

Când m-am trezit, Phin dispăruse.

De atunci n-am încetat să-l caut.

Dar acum a fost găsit.

Știam că rugbistul bărbos al lui Libby o să-l găsească.

Și a făcut-o.

Mă uit la Miller; mă uit la tine.

Îmi aștern pe față cel mai afabil zâmbet cu putință și le spun:

– E loc și pentru mine?

MULȚUMIRI

Mulțumesc unui trio de redactori incredibili: în primul rând, redactorului meu din Marea Britanie, Selina Walker, care a muncit zi și noapte și weekenduri întregi ca să organizeze, să cizeleze și să refacă manuscrisul astfel încât să devină lizibil. Apoi, lui Lindsay Sagnette din Statele Unite, care a adăugat un nou nivel de perspectivă și claritate. În sfârșit, Richendei Todd, care și-a depășit cu mult rolul și m-a obligat să abordez o mulțime de chestiuni problematice pe care încercasem să le ignor deoarece nu știam cum să le rezolv. Voi trei mi-ați dat o lecție prețioasă despre contribuția decisivă pe care o poate avea un redactor bun. Îi mulțumesc și agentului meu extraordinar, Jonny Geller, care nu m-a lăsat să-mi vând drepturile pentru carte în restul lumii până n-am adus-o la forma cea mai bună cu putință. Cu cât redactorii te pun să muncești mai mult la un manuscris, cu atât mai mult le pasă de tine și de efortul tău. Sunt extrem de norocoasă să vă am alături de mine.

Îi mulțumesc Najmei Finlay, excepționala mea agentă de presă din Marea Britanie, care își începe concediul de maternitate și se va întoarce abia când vom avea o nouă carte de promovat; bucură-te de fiecare clipă petrecută cu bebelușul tău superb!

Îi mulțumesc lui Deborah Schneider, incredibila mea agentă din Statele Unite, pentru... ei bine, știi tu pentru ce! A fost un an pe care n-o să-l uit prea curând!

Îi mulțumesc lui Coco Azoitei pentru jargonul tehnic de care am avut nevoie ca să descriu testarea unei viori care a suferit reparații și le mulțumesc tuturor celor care mi-au oferit informații pe Facebook despre fondurile fiduciare. Orice greșeală în această privință îmi aparține în exclusivitate.

Le sunt recunoscătoare echipelor editoriale din Marea Britanie, Statele Unite și tot restul lumii pentru că s-au ocupat atât de bine de carte – și de mine! – cu mulțumiri speciale pentru Ariele și Haley din Statele Unite, Pia și Christoffer din Suedia, Oda din Norvegia și Elisabeth și Tina din Danemarca.

Le mulțumesc editorilor mei specializați în audiobookuri și studiourilor de înregistrare care realizează lucrări de o calitate excepțională și le mulțumesc tuturor actorilor și artiștilor care mi-au citit atât de frumos cuvintele.

Le mulțumesc bibliotecarilor, librarilor, organizatorilor de festivaluri și tuturor celor care m-au ajutat să pun cartea în mâinile cititorilor.

Le mulțumesc membrilor familiei mele (incluzând aici și menajeria mea) care m-au ținut permanent cu picioarele pe pământ.

În fine, mulțumiri speciale celor două doze duble de votcă și apă tonică al căror rol a fost esențial; ele m-au acompaniat în timpul scrierii ultimelor trei capitole într-o noapte lungă de vineri și m-au ajutat să găsesc ultimele rânduri, despre care știam că erau ascunse pe undeva. Noroc!

În colecția Buzz BOOKS
au apărut:

Celeste Ng, *Tot ce nu ți-am spus*
L.S. Hilton, *Maestra*
Jonathan Dee, *Privilegiații*
Emma Healey, *Elizabeth a dispărut*
Peter Swanson, *Cei care merită să moară*
Fiona Barton, *Văduva*
Carla Guelfenbein, *Cu tine în depărtare*
Carla Guelfenbein, *Restul e tăcere*
Austin Wright, *Tony și Susan*
Martin Suter, *Maestrul bucătar*
J.P. Delaney, *Fata dinainte*
Patricia Highsmith, *Carol*
Alexandra Oliva, *Supraviețuitoarea*
Charles Belfoure, *Arhitectul parizian*
Ottessa Moshfegh, *Eileen*
Elan Mastai, *Omul care a cucerit timpul*
Carla Guelfenbein, *Femeia vieții mele*
L.S. Hilton, *Domina*
Susanna Tamaro, *Mergi unde te poartă inima*
Agatha Christie, *Crima din Orient Express*
Sana Krasikov, *Patrioții*
Celeste Ng, *Mici focuri pretutindeni*
Darcey Bell, *O mică favoare*
Fiona Barton, *Copilul*
Michel Faber, *Cartea Lucrurilor Noi și Ciudate*
Maria Semple, *Unde ai dispărut, Bernadette?*

Tim Johnston, *Coborârea*
Susanna Tamaro, *Ascultă glasul meu*
Matthew FitzSimmons, *Dispariția*
Agatha Christie, *Casa strâmbă*
Agatha Christie, *Vinovat fără vină*
Agatha Christie, *Zece negri mititei*
A.J. Finn, *Femeia de la fereastră*
Jonas Bonnier, *Jaf cu elicopterul*
Aimee Molloy, *O mamă perfectă*
Greer Hendricks, Sarah Pekkanen, *Soția dintre noi*
Niklas Natt och Dag, *1793. În umbra morții*
Donna Tartt, *Sticletele*
Linda La Plante, *Văduve*
Stefan Ahnhem, *Victimă fără chip*
Cynthia D'Aprix Sweeney, *Moștenirea*
L.S. Hilton, *Ultima*
Sarah Pinborough, *Prin ochii ei*
Alex Michaelides, *Pacienta tăcută*
Sarah Vaughan, *Anatomia unui scandal*
Agatha Christie, *Ucigașul ABC*
Christine Mangan, *Necunoscuta din Tanger*
Shirley Jackson, *Casa bântuită*
Chloé Esposito, *Rea*
Stefan Ahnhem, *Al nouălea mormânt*
J.P. Delaney, *Crede-mă când mint*
Adrian McKinty, *Lanțul*
Peter Swanson, *O minciună perfectă*
Emily Gunnis, *Fetița din scrisoare*

Christopher Bollen, *Prietenie trădată*
Jean Hanff Korelitz, *Ar fi trebuit să știi*
Bernard Cornwell, *Nebuni și muritori*
Anonim, *Nume de cod: Kingfisher*
Ann Napolitano, *Dragă Edward*
Stefan Ahnhem, *Motivul X*
Daniel Silva, *Cealaltă femeie*
Peter Swanson, *Fata cu un ceas în loc de inimă*
Christy Lefteri, *Apicultorul din Alep*
Jeanine Cummins, *Pământ american*
Kate Elizabeth Russell, *Vanessa mea cea întunecată*
Megan Campisi, *Devoratoarea de păcate*
Sarah Pinborough, *Prietena mea de suflet*
Alex Marwood, *Micile ticăloase*
Daniel Silva, *Fata cea nouă*
Stefan Ahnhem, *X feluri de a muri*
Anders Roslund, *Trei zile*
Josh Malerman, *Malorie*
Jasper DeWitt, *Pacientul*
Affinity Konar, *Gemenele de la Auschwitz*
Lisa Jewell, *O viață regăsită*
Daphne du Maurier, *Rebecca*
Max Seeck, *Vânătoarea de vrăjitoare*
Jean Hanff Korelitz, *De la început*
John le Carré, *Pe serviciul adversarului*
Daphne du Maurier, *Verișoara mea Rachel*
Ashley Audrain, *Îndoiala*
John le Carré, *Omul nostru din Panama*

Patricia Highsmith, *Ape adânci*
J.P. Delaney, *Soția perfectă*
Rumaan Alam, *Lasă lumea în urmă*
Sarah Vaughan, *Mici dezastre*
Ruth Druart, *În timp ce Parisul dormea*
Emily Gunnis, *Fetița pierdută*
Harriet Tyce, *Portocala sângerie*
Lisa Jewell, *Secrete întunecate*

Tipar: ARTPRINT
E-mail: office@artprint.ro
Tel.: 021 336 36 33